HALE (LORDS-OF-CARNAGE-MC 8)

DAPHNE LOVELING

HALE
Lords-of-Carnage-MC

Daphne Loveling

Übersetzt von Katja Steinberg
www.translatebooks.com

Foto: FuriousFotog
Umschlaggestaltung: Coverlüv

Deutsches Lektorat: Rebekka Haindll Wörtereule Lektorat & Korrektorat

Die Originalausgabe erschien 2018 unter dem Titel *Hale: Lords of Carnage MC*

ISBN: 9798854570763

Autor: Daphne Loveling
P.O. Box 40243
St. Paul, MN 55104 USA
daphne@daphneloveling.com

Für Rachelle, eine wundervolle Leserin und ein Fan.
Und für Timothy, der als Inspiration für einen ganz
besonderen Charakter in diesem Buch diente!

PROLOG

HALE

Ein Gefallen bringt dich schneller um als eine Kugel.

Mein Dad hat mir das einmal gesagt.

Wie sich herausgestellt hat, hatte er damit nur halb recht.

Eine Kugel tötet dich vielleicht schneller. Aber ein Gefallen kann dich gründlicher zerstören. Selbst wenn du ihn überlebst und davon berichten kannst.

Die Geschichte, die ich euch erzählen werde, ist meine eigene.

Ich bin immer noch am Leben. Körperlich, jedenfalls.

In anderer Hinsicht?

Das werdet ihr am Ende selbst entscheiden müssen.

1

HALE

Verdammt noch mal, Angel", schnauze ich und kippe den Shot runter. Das ist jetzt der dritte in den letzten zehn Minuten. „Ich bin gerade erst von der letzten Tour zurückgekommen, verdammt. Ich bin nicht das einzige vollwertige Clubmitglied hier. Schick jemand anderen."

Ich habe die Flasche und das Schnapsglas mit in die Chapel gebracht, weil ich mir ziemlich sicher war, dass mir das, was mein Präsident mir mitzuteilen hatte, nicht gefallen würde. Und da hatte ich nicht unrecht. Ich sehe von Angel zu Beast, seinem VP, und hoffe noch immer, dass meine Worte irgendetwas bewirken werden. Aber eigentlich weiß ich, dass es zwecklos ist.

„Das weiß ich", knurrt Angel. „Aber du bist der beste Mann für den Job, Hale. Ich brauche jemanden, der für mich nach Ironwood fährt und unseren Club bei den Gesprächen mit Dos Santos vertritt. Ich brauche jemanden, der dort meine Augen und Ohren ersetzt. Jemanden, dem ich vertrauen kann."

„Ich bin einer der wenigen Männer hier, die weder eine Old Lady noch Kinder haben, meinst du wohl", grummle ich.

Beast neben ihm grinst mich an. „Das auch."

Ich diskutiere zwar mit den beiden, aber eigentlich weiß ich, dass ich schon verloren habe. Angel ist mein Präsident. Wenn er sagt, dass ich zu unserem Ironwood-Chapter fahre, um dort den Lords-of-Carnage-MC zu vertreten, dann werde ich das tun. Egal, wie sehr ich mich auch darüber beschweren möchte – daran bestand nie ein Zweifel.

Also fluche ich innerlich vor mich hin und lehne mich in meinem Stuhl zurück. Ich sehe die beiden über den dunklen, geschnitzten Mahagonitisch hinweg an, der in der Chapel steht, und höre zu, während Angel mir erklärt, was er von mir will.

„Diese Pipeline zwischen Ironwood und hier wird ein gutes Geschäft für unseren Club", sagt er und trommelt mit den Händen auf den Tisch. „Wir müssen sicherstellen, dass das Ganze von Anfang an läuft wie geschmiert. Ich schicke dich dorthin, damit du dem Präsidenten des Ironwood-Chapters zur Hand gehen kannst. Wie schon gesagt, wirst du dort meine Augen und Ohren ersetzen.

Du wirst Axel und seinen Männern dabei helfen, diese Partnerschaft mit dem Dos-Santos-Kartell wie gewünscht in die Wege zu leiten. Ironwood wird im Süden Warenlieferungen von Dos Santos erhalten. Dann wird ein Teil der Ware von Ironwood in den Westen geschafft, wo er an die Gangs in diesem Teil des Staates verkauft wird. Und den Rest bringen sie hierher, zu uns. Danach übernehmen wir, transportieren die Ware hoch nach Cleveland und kümmern uns um die Übergabe am Hafen."

„Von welcher Art von Ware sprechen wir hier?", frage ich.

„Hauptsächlich Opioide. Smack, synthetisches Zeug … Angebot und Nachfrage, Bruder.“ Angel schnaubt, doch seine Stimme klingt düster. „Gelegentlich auch Waffen, wenn sie gebraucht werden.“

„Wie transportieren sie die Sachen?“

Angel wirft einen Blick auf Beast. „Das Ironwood-Chapter hat eine Werkstatt eröffnet“, fährt der fort. „*Car and Truck Repair*. Der Laden dient als Tarnung für den Warentransport. Sie heben die Fahrzeuge auf die Hebebühne, verstecken während der Arbeiten die Ware an der Unterseite und machen das Ganze dann wieder zu.“ Beast klopft mit den Fingerknöcheln auf den Tisch. „Bereit für die Weiterfahrt.“

„Also bin ich nur dort, um das zu überwachen?“, frage ich skeptisch.

„Ja, hauptsächlich. Um den Prozess zu überwachen, mich dort zu vertreten und sicherzugehen, dass die Sache gut anläuft. Melde dich bei mir, falls es irgendwelche Probleme geben sollte.“ Angel lehnt sich zurück. „Nimm Tank mit, vier Augen sehen mehr als zwei. Ihr beiden könnt sicherstellen, dass alles so abläuft, wie es soll. Ich will auch, dass du Ironwood auf das erste Treffen mit dem Dos-Santos-Kartell begleitest. Sieh dir die Scheiße an. Du wirst dort mein Sonderbotschafter sein und dafür sorgen, dass zwischen ihm und Chaco alles glattläuft.“ Angel fletscht die Zähne. „Kümmere dich darum, dass die Geschäftsbeziehung zwischen den beiden eine solide Grundlage hat.“

Ich unterdrücke ein Seufzen. Der Auftrag ist ziemlich simpel. Aber mein Bauchgefühl sagt etwas verdammt anderes. Also befehle ich meinem Bauchgefühl, gefälligst die Fresse zu halten.

Ich fahre nach Ironwood.

Verdammte Scheiße.

"Ihr werdet mir fehlen, Brüder", sagt Striker, der neben mir steht, und klopft mir auf den Rücken.

„Vergesst nicht, uns zu schreiben", witzelt Bullet.

„So lange werden wir nun auch nicht weg sein", knurre ich. „Eine Woche, allerhöchstens vielleicht zwei."

Zurück im Hauptraum des Clubhauses trinke ich noch zwei weitere Shots aus meiner Flasche Jacky, allerdings fühle ich mich immer noch stocknüchtern. Unglücklicherweise.

Ich bedeute Jude, einem der Hangarounds, der sich gerade darauf vorbereitet, ein Anwärter bei uns zu werden, mir ein Bier zu bringen. Weniger als eine Minute später stellt er es vor mir ab. Jude ist der kleine Bruder von Angels Old Lady, Jewel. Unsere erste Begegnung ist alles andere als ideal verlaufen, um es milde auszudrücken. Ich muss allerdings zugeben, dass er mir langsam ans Herz wächst. Natürlich würde ich ihn das niemals merken lassen.

„Hat ganz schön lange gedauert", grummle ich.

„Ich bin das Warten wert", erwidert Jude mit einem schiefen Grinsen und klimpert mit den Wimpern.

„Hau ab mit diesem Mist", grunze ich angewidert.

Aber Jude grinst nur. „Du weißt ganz genau, dass du mich liebst."

Ich schnaube, als er davongeht. „Sein Mundwerk wird diesen Jungen irgendwann noch in Schwierigkeiten bringen." Ich nehme einen großen Schluck von der bernsteinfarbenen Flüssigkeit und lasse mich noch ein wenig von Striker und Bullet auf den Arm nehmen, gönne ihnen allerdings nicht die Genugtuung, mir anmerken zu lassen, wie sehr ich mich ärgere.

Sie wissen, dass ich angepisst bin, aber sie haben keine Ahnung, wie sehr. Es ist nicht so, dass ich wütend auf Angel bin. Ich bin einfach generell wütend. In den letzten paar Monaten habe ich etwa fünfundsiebzig Prozent meiner Zeit außerhalb von Tanner Springs verbracht. Ich bin verdammt müde, und eigentlich hatte ich mich darauf gefreut, das Wochenende damit zu verbringen, mich in Pussys zu wälzen und danach für ein paar Tage zum Angeln nach Connegut zu fahren, einem Unterschlupf des Clubs, der an einem sehr forellenreichen Fluss liegt.

Zu unserem neuen Ironwood-Chapter im Süden zu fahren, ist verdammt noch mal so ziemlich das Letzte, was ich gerade tun will. Dafür habe ich auch meine Gründe, und die bestehen nicht nur darin, dass ich mich auf ein bisschen Freizeit gefreut hatte. Aber diese Gründe spielen für meinen Clubpräsidenten keine Rolle, und das ist auch richtig so. Sie gehen nur mich etwas an. Meine persönlichen Probleme sind nicht die Probleme des Clubs.

Das heißt aber nicht, dass ich mich darüber freuen muss.

Tank, der neben Striker sitzt, zuckt mit den Achseln. Im Gegensatz zu mir hat er nichts dagegen, runter nach Ironwood zu fahren. „Zur Hölle, du musst es mal anders betrachten“, sagt er philosophisch. „Da unten gibt’s viel frische Pussy. Eine ganz neue Auswahl.“ Er hebt eine Hand und umreißt damit die imaginäre Szene, die er vor sich sieht. „Und wir haben mindestens eine Woche Zeit, um all die hübschen Muschis, die Ironwood zu bieten hat, auszuprobieren.“

Tank will mich mit diesen Worten aufheitern, aber das gelingt ihm nicht. „Muschi ist Muschi“, knurre ich. „Und ich habe schon genug davon ausprobiert, um zu wissen, dass es da keine Unterschiede gibt, die gravierend genug wären, dass sich so eine Reise für mich lohnen würde."

„Abwechslung bringt Würze ins Leben, Bruder", sagt Striker mit einem Grinsen. „Und außerdem haben wir hier weniger Konkurrenz, wenn du weg bist."

„Ja. Hau ab, du Mistkerl", schnaubt Bullet, hebt seine Flasche und stößt mit Striker an.

Es stimmt schon, dass ich hier mehr Muschis abkriege als die anderen. Aber was soll ich sagen, die Clubmädels mögen mich eben. Und ich habe schon genug Frauen in Tanner Springs den Kopf verdreht, um auch in den örtlichen Bars, die nichts mit Bikern zu tun haben, schnell von ihnen umschwärmt zu werden. Es wird immer Frauen geben, die Lust darauf haben, mal was Verrücktes zu tun und sich mit einem großen, bösen Biker einzulassen, der nebenbei auch noch gut aussieht. Selbst in meinem eigenen Club eilt mir der Ruf voraus, dass ich einem geilen Arsch nicht widerstehen kann. Das ist eben mein Leben, und ich lebe es so, wie es mir gefällt. Und ich stelle verdammt noch mal sicher, dass die Frauen, mit denen ich ins Bett gehe, genau wissen, dass ich nur auf einen guten Fick aus bin. Sie kriegen, was sie wollen. Ich kriege, was ich will. Und am Ende sind alle glücklich und zufrieden.

In letzter Zeit hat das alles allerdings ein wenig an Reiz verloren. Ich bin mir nicht sicher, warum. Ich schätze, wenn man etwas, das man mag, zu oft macht, dann wird es manchmal irgendwann ... naja, zu viel eben.

Striker und Bullet ziehen mich weiter auf, und ich blende sie aus und sehe mich stattdessen in der Clubbar um. Auf der einen Seite sitzen Beast und Thorn an einem der hohen Tische. Ihre Old Ladys, Brooke und Isabel, sind bei ihnen. Brooke, eine zierliche Blondine, lehnt sich an

Beast, während er spricht. Er ist fast doppelt so groß wie sie. Brooke mag klein sein, aber sie ist krasser drauf als einige der Männer hier. Wahrscheinlich könnte sie einen der Anwärter mit einem einzigen Schlag außer Gefecht setzen. Brooke lacht über irgendetwas, das Beast gerade gesagt hat, und er schenkt ihr ein Lächeln, das jedem hier verdeutlicht, dass er ihr ganz und gar verfallen ist.

Das kann ich ihm auch nicht verübeln – sie ist unfassbar heiß, und außerdem knallhart.

Auf der anderen Seite flüstert Thorn Isabel gerade irgendwas ins Ohr. Sie läuft rot an und versetzt ihm einen Klaps auf die Brust. Dieser Mistkerl kann seinen irischen Akzent wie auf Kommando an- und abschalten, und diese Tatsache hat er sich schon mehr als einmal zunutze gemacht, um irgendeinem Mädel an die Wäsche zu gehen. Doch seit er Isabel getroffen hat, ist es, als würde der Rest der weiblichen Bevölkerung für ihn gar nicht mehr existieren.

Versteht mich nicht falsch. Ich freue mich für die beiden. Und ich freue mich auch für Angel und seine Old Lady Jewel. Aber verdammt noch mal, in letzter Zeit habe ich das Gefühl, als hätte jeder der Männer hier seine Eier feinsäuberlich verpackt und sie dann wie ein Volltrottel irgendeiner Frau überreicht. Bis auf Striker, Tank, Bullet und mich.

Das klingt verdammt beängstigend, wenn ich ehrlich bin. Und gefährlich obendrein. Wenn man sein Herz an eine Frau verliert, macht man sich verwundbar. Man riskiert damit seine eigene Sicherheit und die der Frau. Das Leben als gesetzloser Biker ist gefährlich. Die Loyalität dem Club gegenüber hält uns alle am Leben. Es ist absolut essenziell zu wissen, dass deine Brüder hinter dir stehen – und du hinter ihnen. Jede weitere Beziehung stellt nur eine Schwäche dar, die ausgenutzt werden kann. Old Ladys können ins Visier rivalisierender Clubs geraten. Kinder auch.

Unser Club würde sowas natürlich nicht tun. Wir sind vielleicht nicht gerade Pfadfinder, aber wir sind auch keine Wilden. Von unseren Feinden kann man das allerdings nicht behaupten. Nicht einmal von unseren Verbündeten, verdammt.

Ich will damit nicht sagen, dass ich denjenigen meiner Brüder, die eine Familie haben, nicht vertraue. Ich würde jedem Einzelnen davon mein Leben anvertrauen. Aber ich weiß, wie fertig es einen machen kann, wenn man seine Loyalität teilen muss. Es kann dazu führen, dass man sich seiner Ziele nicht mehr so bewusst ist. Einen zögern lassen, wenn man nicht zögern darf.

Also behalte ich meinen Schwanz und meine Eier lieber bei mir, vielen Dank auch.

„Grüßt Axel und Rourke von uns", sagt Bullet und meint damit den Präsidenten und den Vizepräsidenten des Ironwood-Chapters. Bevor ich ihn aufhalten kann, schnappt er sich meine Whiskyflasche und schenkt sich etwas ein. „Hey, ist nicht einer von den Ironwood-Typen dein Cousin, Hale?"

„Ja", murmle ich düster. „Mal. Ihr Sergeant at Arms."

Bei diesen Worten schürze ich die Lippen. Ausgerechnet der verdammte Mal sorgt in dem Club dafür, dass Recht und Ordnung herrschen. Welch Ironie. Ich bin mir nicht sicher, woher Bullet weiß, dass Mal und ich verwandt sind, und ich frage auch nicht nach. Stattdessen rede ich mir ein, dass es mir egal ist. Das böse Blut zwischen meinem Cousin und mir ist privat. Das Ganze reicht Jahre zurück, und es hat weder etwas mit dem Club noch mit der Gegenwart zu tun.

Das muss ich mir in Erinnerung rufen. Ich muss diese

Scheiße weit wegschieben. So weit weg, dass nicht die geringste Chance besteht, dass all das wieder an die Oberfläche kommt. Zusammen mit dem ganzen anderen Mist aus meiner Vergangenheit, der diese Reise nach Ironwood zu einem gottverdammten Albtraum macht.

2

KYLIE

Ich beiße mir nervös auf die Lippe, während ich mich über den Herd beuge und das Gemisch aus Rührei und Käse durchrühre, das gerade in unserer Pfanne brutzelt. Ursprünglich hatte sie mal eine Antihaftbeschichtung.

Die Menge an Essen, die ich für meinen Dad vorbereite, ist ziemlich optimistisch, denn ich habe ihn schon seit Monaten nicht mehr so viel auf einmal essen sehen. Aber ich sage mir, dass es besser ist, wenn er nicht alles davon schafft, als wenn er am Ende nicht satt wird. Selbst wenn das bedeutet, dass ein Teil davon im Müll landet.

Während die Eier brutzeln, gehe ich in Gedanken noch einmal die Liste an Aufgaben durch, die ich immer erledige, bevor ich meinen Vater für eine gewisse Zeit allein lasse. *Essen. Sein Handy bereitlegen, damit er mich im Notfall anrufen kann. Fernseher anschalten. Fernbedienung bereitlegen. Mrs. Helmans Nummer für Notfälle auf ein Post-it schreiben und auf den Beistelltisch legen.*

Als ich mir sicher bin, dass ich an alles gedacht habe, schalte ich den Herd aus und nehme die Pfanne runter. Mit dem Pfannenwender schiebe ich die Eier auf einen Teller, den ich neben dem Herd bereitgestellt hatte. „Abendessen ist fertig“, rufe ich, als ich mich umdrehe und damit ins Wohnzimmer gehe.

„Danke, Schätzchen“, murmelt Dad und sieht mit einem matten Lächeln auf den Lippen zu mir auf. Er sitzt jetzt aufrecht in seinem Lehnstuhl, der Fernseher ist auf stumm geschaltet und zeigt irgendeinen Sportkanal. Ich ziehe das Fernsehtablett zu ihm rüber und stelle den Teller vor ihm ab. Dann greife ich in meine hintere Hosentasche und ziehe die Gabel und das Stück Küchenpapier, das ich zu einer Serviette gefaltet habe, hervor.

„Voilà“, verkünde ich. „Besseren Service gibt's nirgendwo anders.“

„Du siehst hübsch aus.“ Dad nickt anerkennend. „Gehst du aus?“

Um die Wahrheit zu sagen, ist das Einzige an mir, das gerade anders ist, dass ich mein Haar gekämmt und ein wenig Make-up aufgelegt habe, aber die Tatsache, dass das einen so dramatischen Unterschied zu machen scheint, dass es meinem Vater auffällt, lässt traurige Rückschlüsse auf mein Sozialleben zu.

Mir kommt der Gedanke, dass Dad vielleicht auf die Idee kommen könnte, dass ich ein Date habe. Diese Erkenntnis und sein schlichter, liebenswerter väterlicher Optimismus brechen mir fast das Herz. Ich habe keine Zeit für Dates. Das ist aber nicht der einzige Grund. Ich habe auch nicht die Kraft, um Smalltalk zu halten und so zu tun, als wäre ich einfach nur irgendeine fröhliche, unbeschwerte junge Frau in ihren Zwanzigern. Und ehrlich gesagt gibt es in dieser Stadt sowieso niemanden, der für sowas infrage käme, selbst wenn ich Lust darauf hätte, mich ins Dating-Leben zu stürzen. Ich bin erst seit ein paar Monaten hier, aber das war mehr als genug Zeit, um die gesamte Auswahl an potenziellen Partnern für mich auszuspähen.

Sagen wir einfach, sie ist klein. Sehr klein.

„Ich gehe nur einen Freund besuchen“, antworte ich lässig. Das nervöse Kribbeln in meinem Magen wird ein wenig stärker, doch ich setze mein fröhlichstes Lächeln auf. „Ich bin in ein paar Stunden wieder zuhause.“

Dad fragt nicht weiter nach. Falls ihm aufgefallen ist, dass ich nervös aussehe, sagt er jedenfalls nichts dazu. Ich schätze, es ist einer der wenigen Vorteile seiner Krankheit, dass er nicht mehr so scharfsinnig zu sein scheint wie früher. Ich weiß allerdings, dass er sich auch Mühe gibt und sich so gut es geht aus meinem Privatleben raushält. Ich glaube, das liegt daran, dass er sich schuldig fühlt, weil er krank ist, und vor allem, weil ich mich um ihn kümmern muss. Was auch immer der Grund dafür ist, im Moment bin ich jedenfalls mehr als dankbar, dass er mir keine weiteren Fragen stellt. Denn ich möchte ihm wirklich nicht sagen, wohin ich heute Abend tatsächlich gehe, oder warum.

Ich beuge mich nach unten, um meinem Vater einen Kuss auf seinen immer kahler werdenden Kopf zu geben. Sein spärliches graues Haar, das vom Zurücklehnen in seinem Sessel ganz zerzaust ist, kitzelt mich dabei an der Nase. Meine Kehle wird ganz eng und ein scharfer Schmerz durchzuckt mich und macht es mir eine Sekunde lang unmöglich, etwas zu sagen oder auch nur zu schlucken. Ich kämpfe gegen die Tränen an, die in mir aufsteigen, hebe die Hand, streiche über seinen kratzigen Bart und nehme mir einen Augenblick, um tief durchzuatmen und meine Gesichtszüge wieder unter Kontrolle zu bekommen.

„Okay. Ich bin bald zurück“, sage ich fröhlich und schenke ihm ein Lächeln. „Dein Handy liegt da, und ich habe meines auf laut gestellt, falls du mich erreichen musst.

Den Teller kannst du einfach zur Seite stellen, wenn du fertig bist. Ich mache den Abwasch dann, wenn ich zurückkomme."

„Mach dir keine Gedanken über …", setzt er an, wird dann jedoch von einem Hustenanfall unterbrochen.

Das Lächeln erstarrt auf meinen Lippen, während ich darauf warte, dass er sich wieder beruhigt. Ich kämpfe darum, meine Gefühle unter Kontrolle zu behalten und mir nichts anmerken zu lassen. Diese Anfälle hat er jeden Tag unzählige Male, doch ich kann mich einfach nicht daran gewöhnen. Sie erinnern mich ständig daran, dass ich kurz davorstehe, meinen Vater zu verlieren. Die einzige Familie, die ich habe.

Wir wissen beide, dass uns die Zeit davonläuft. Der Krebs, der ihn innerlich zerfrisst, ist hungrig. Er befindet sich gerade im dritten Stadium, doch viel fehlt nicht mehr, bis er im vierten sein wird. Das bedeutet, dass er bereits gestreut hat, und ohne eine aggressive Behandlung sieht es sehr schlecht aus.

Leider können wir uns diese Behandlung nicht leisten. Dad musste seinen Job aufgeben, als die Symptome zu schlimm wurden, und verlor damit auch seine Krankenversicherung. Ich musste mein Studium abbrechen, um mich hier um ihn kümmern zu können, und meine Teilzeitstelle als Rezeptionistin im *Curl Up and Dye Salon* bringt nicht sonderlich viel ein.

Und das ist auch der Grund, warum ich heute Abend tue, was ich tue.

Weil ich verzweifelt bin. Und Verzweiflung lässt einen verzweifelte Dinge tun.

Auf dem Weg zu meiner Verabredung versuche ich, meine Nerven etwas zu beruhigen, indem ich mein Handy an das Radio im Truck meines Vaters anschließe und laut zu einigen meiner Lieblingssongs mitsinge. Ich werde ein bisschen heiser davon, aber immerhin bringt es meinen Kreislauf in Schwung.

Ich habe gerade den Stadtrand erreicht, als ich eine Textnachricht bekomme. Sie ist von Mal, der Person, die ich gleich treffen soll.

Planänderung. Präsident will, dass du stattdessen direkt zum Clubhaus kommst.

Was zur Hölle? Erneut beginnt mein Herz wie wild zu klopfen. Eigentlich sollte ich Mal in der Werkstatt treffen. Ich war noch nie im Clubhaus des MC. Aus früheren Unterhaltungen mit ihm weiß ich, dass es das Gebäude direkt neben der Werkstatt ist, auf demselben Grundstück. Es ist bestimmt keine große Sache, aber ... Ist so ein Clubhaus nicht eigentlich, naja, für alle Leute außer den Clubmitgliedern verboten? Zumindest dachte ich das immer. Irgendwie macht es mir viel mehr Angst, alleine dorthin zu gehen, als einfach nur mit meinem Pick-up in die Werkstatt zu fahren, wie ich es schon öfter getan habe.

Als ich das Gelände erreiche, schlägt mir das Herz bis zum Hals. Ich habe den Präsidenten des Ironwood-Lords-of-Carnage-MC schon öfter aus der Ferne gesehen, bin ihm aber nie von Angesicht zu Angesicht begegnet. Ich wusste nicht einmal, dass er weiß, wer ich bin. Vermutlich will er mich aufgrund der Umstände aber kurz überprüfen, nehme ich an. Wahrscheinlich will er wissen, wie ich aussehe, um dann zu entscheiden, ob er mir trauen kann.

Bei dem Gedanken muss ich unwillkürlich lachen. Wie genau überzeugt man denn einen Kriminellen – den Präsidenten eines gesetzlosen Bikerclubs – davon, dass man vertrauenswürdig ist?

Als ich auf den Parkplatz von *Ironwood Car and Truck Repair* fahre, biege ich nach links ab, statt wie sonst nach rechts in Richtung der Werkstatt. Ich stelle den Truck am hinteren Ende des Grundstücks ab, vor einem kleineren Gebäude, bei dem es sich um das Clubhaus handeln muss. Eine Reihe wuchtiger, tiefergelegter Harleys davor verrät mir, dass ich vermutlich richtigliege. Ich klettere aus dem Auto und mache mir gar nicht erst die Mühe, es abzusperren. Dann gehe ich auf den Eingang zu.

Als ich vor der Tür stehe, zögere ich jedoch. Soll ich anklopfen? Oder einfach reingehen? Ich habe keine Ahnung. Ich wünschte, ich hätte Mal gefragt, wie ich mich verhalten soll. Kurz erwäge ich, ihm eine Nachricht zu schreiben, aber das kommt mir irgendwie lächerlich vor, immerhin bin ich ja nun schon hier. Schließlich trete ich einen Schritt vor und klopfe dreimal zaghaft an die Tür.

Ich bekomme keine Antwort, also versuche ich es noch mal, diesmal lauter. Als auch darauf keine Reaktion kommt, beschließe ich, einfach über meinen Schatten zu springen. Ich greife nach der Türklinke, reiße sie nach unten und drücke die Tür viel kraftvoller auf, als ich eigentlich wollte. Sie fliegt auf und reißt mich mit sich, und so betrete ich halb stolpernd und mit einigem Gepolter den offenen Raum dahinter.

Meine lautstarke Ankunft zieht die Aufmerksamkeit zweier großer, tätowierter Männer auf sich, die gerade an einem Tisch in der Mitte des Raums Billard spielen. Einer der beiden, der gerade am Zug ist, hebt sein Queue und richtet sich auf. Eine lange Sekunde lang mustert er mich mit einer Mischung aus Trägheit und offenem sexuellem Interesse.

„Tja, verdammt", sagt er gedehnt und zieht einen Mundwinkel hoch. „Ist schon Weihnachten? Denn Santa hat mir genau das gebracht, was ich mir dieses Jahr verfickt noch mal gewünscht habe."

Ich finde mein Gleichgewicht wieder und straffe die Schultern, ich will mir keinesfalls anmerken lassen, wie viel Angst ich habe. Ganz automatisch wandern meine Augen zu seiner rechten Brust und den Aufnähern auf seiner Lederkutte. Kein Aufnäher, auf dem „Officer" steht.

„Ich bin hier, um euren Präsidenten zu treffen", sage ich. Meine Stimme klingt schrill und dünn in der testosterongeschwängerten Atmosphäre hier.

Der andere Billardspieler fängt an zu lachen, ein tiefes, sattes, grollendes Lachen, das sich versexter anhört, als es sollte. „Ist das so, Kleine? Hat Axel etwa jemanden von Rent-a-Hummer bestellt?"

Will er damit etwa ernsthaft andeuten, ich könne eine Prostituierte sein? Ich sehe herunter auf das saubere, aber abgewetzte Paar Jeans und die schlichte weiße Bluse, die ich trage, und beschließe, dass das vermutlich einfach nur seine Vorstellung von einem Witz ist. Und eine Herausforderung.

„Mal hat mich herbestellt", erwidere ich und zügle mein Temperament, denn das Letzte, was ich jetzt gebrauchen kann, ist, dass mir das bisschen an Kontrolle, das ich über diese Situation habe, entgleitet.

„Kylie", ruft eine Stimme von der Seite. Erleichtert drehe ich mich um und sehe Mal auf mich zu schlendern. Mit einem Finger bedeutet er mir, ihm zu folgen. Ich werfe den beiden Billardspielern einen kühlen Blick zu, als ich ihm erhobenen Hauptes folge und dabei hoffentlich überheblich und würdevoll aussehe.

„Du bist pünktlich“, murmelt Mal, während er mich einen kurzen Korridor entlangführt. „Das ist gut. Axel mag es nicht, wenn man ihn warten lässt.“

„Worum geht es denn überhaupt?“ Plötzlich habe ich das Gefühl, dass alles sehr schnell geht.

„Er will dich kennenlernen. Es geht um die neue Route. Will dich mit eigenen Augen sehen.“

Dann ist das hier also *tatsächlich* eine Art Test. Tja, wer A sagt, muss auch B sagen.

Wir betreten einen kleinen Raum im hinteren Teil des Gebäudes, der aussieht wie ein Wohnzimmer. Darin stehen ein niedriges Sofa und ein Kaffeetisch, und auf der anderen Seite vier übergroße Sessel. In dem am weitesten entfernten Sessel sitzt – wie ein König – der Mann, den ich als den Präsidenten des MC erkenne. Axel. Selbst im Sitzen wird deutlich, wie groß und muskulös er ist. Der intensive Blick seiner tiefblauen Augen könnte einen auf der Stelle festnageln. Ganz entspannt lehnt er sich in dem Sessel zurück, aber selbst in dieser Position sieht er aus wie ein Mann, der anderen Respekt abverlangt. Ein Mann, der sich nie völlig fallen lässt.

„Das ist Kylie“, sagt Mal schlicht.

„Setz dich.“

Ich tue, was er sagt, und bin heilfroh, dass ich keinen Rock angezogen habe, den ich jetzt so zurechtzupfen müsste, dass er meine Beine bedeckt.

„Sag mir, was du bisher für uns gemacht hast“, befiehlt Axel.

Hm. Er ist wohl kein Mann vieler Worte.

„Ich habe Ware transportiert“, erkläre ich, obwohl ich mir ziemlich sicher bin, dass er das schon weiß. „Immer wenn ich den Anruf kriege, komme ich zur Werkstatt und melde meinen Truck für eine Reparatur an." Ich nicke in Richtung des anderen Gebäudes. „Ich fahre rein, und deine Mechaniker machen, was auch immer sie machen. Wenn sie dann fertig sind, fahre ich zum Übergabeort – einem Laden in Rush City, wo man einen Ölwechsel machen lassen kann. Ich stelle den Truck dort auf einem Stellplatz ab. Die machen, was auch immer sie machen. Und wenn sie fertig sind, fahre ich wieder."

Da ich weiß, dass ich hier gerade auf die Probe gestellt werde, versuche ich, möglichst abgebrüht zu klingen. Unerschütterlich. Aber ich will verflucht sein, wenn das nicht der seltsamste Job ist, den ich je hatte.

„Wie macht sie sich?", fragt Axel Mal. Der nickt.

„Sie ist gut. Zuverlässig." Er wirft mir einen Blick zu. „Sie sieht so unschuldig aus. Das ist gut, um unter dem Radar zu fliegen."

„Denkst du, sie ist bereit für die Cincy-Tour?"

Mein Blick wandert zwischen den beiden Männern hin und her, ich muss mich beherrschen, um sie nicht darauf hinzuweisen, dass sie gerade über mich sprechen, als sei ich gar nicht anwesend.

„Ja", meint Mal mit einem Stirnrunzeln. „Ich glaube, sie kriegt das hin."

Axel starrt mich eine lange Sekunde lang an und denkt nach. Schließlich nickt er kurz. „Okay. Wir versuchen es. Wir werden deinen aktuellen Anteil verdoppeln. Probefahrt. Eine Tour."

„Ich will mehr als nur einen Anteil an dem Geld."

Axel erstarrt. „Was?"

„Ich will auch einen Teil der Ware."

Der Präsident der Ironwood Lords of Carnage wirft erst Mal einen scharfen Blick zu, und dann mir. „Was zur Hölle,

Bruder?“, bellt er. „Was hast du mir hier angeschleppt? Bist du ein Junkie, Kleine?“

Ich habe Angst, kann jedoch keinen Rückzieher machen. „Sehe ich etwa aus wie ein Junkie?“, frage ich ihn herausfordernd.

Axel entspannt sich wieder ein bisschen, starrt mich aber immer noch an. Seine Augen werden schmal. „Nein. Und du siehst auch nicht aus wie eine Dealerin. Deswegen haben wir dich ja verdammt noch mal angeheuert.“

„Ich bin keine Dealerin“, entgegne ich. „Ich bin auch kein Junkie. Was interessiert dich also der Rest?“

„Warum willst du dich da einmischen, Schätzchen?“, fragt Axel. Seine Stimme klingt seltsam, hat fast eine traurige Note, so als würde er mir nicht glauben. „Mit Drogen zu dealen ist ein ganz anderes Kaliber. Das ist verdammt gefährlich.“ Seine Augen wandern langsam über meinen Körper. „Vor allem für so ein heißes junges Ding wie dich. Leute werden verletzt. Oder sogar noch Schlimmeres.“

Unwillkürlich stoße ich ein Schnauben aus. „Tu doch nicht so, als ginge es dir um mein Wohlergehen. Ich weiß, dass ich nur eine Angestellte bin. Ich bin weder eine Dealerin noch ein Junkie“, wiederhole ich. „Ich brauche einfach nur regelmäßig Zugriff auf etwas, an das ich nicht herankomme. Ich habe meine Gründe dafür.“

Axel mustert mich mit anzüglichem Blick und ich fühle mich ein bisschen wie ein Käfer unter einer Lupe. Es ist verdammt unangenehm, aber ich bleibe standhaft, sage mir, dass es mir egal ist, was er denkt. Er hat kein Recht, irgendwas über mein Leben zu erfahren.

„Ja oder Nein.“ Ich sehe ihn direkt an. „Kriege ich den Job oder nicht?“

Axel atmet stoßartig aus, grinst aber. „Fuck. Du bist eine harte Nuss, was? An wie viel hattest du denn gedacht?“

Ich nenne ihm die Menge, die ich mir auf Grundlage der Schmerzmittel, die mein Vater im Moment nimmt und die wir uns nicht mehr lange werden leisten können, ausgerechnet habe.

Er blinzelt überrascht. „Du kannst dich für sie verbürgen?“, fragt er Mal erneut.

Mal bejaht das, und sagt, dass ich sonst gar nicht hier wäre. „Sie ist klug. Sie weiß, wie man unsichtbar bleibt.“

„Okay.“ Axel nickt. „Probefahrt. Wir machen erst Dayton. Und dann sehen wir weiter.“

„Vielen Dank.“ Ich versuche, mir die Erleichterung nicht anhören zu lassen, doch stattdessen klingen meine Worte nun steif und reserviert. Ich höre mich an wie ein kleines Mädchen, das so tut, als sei es erwachsen. Ich hasse das.

Mal steht auf und öffnet die Tür. Ich folge ihm zurück in den Korridor und hinaus in den Hauptraum. Wir haben nur ein paar Minuten in Axels Büro verbracht, doch in dieser Zeit ist das Clubhaus deutlich voller geworden. Mehr als ein halbes Dutzend Männer in Lederkutten sind jetzt hier, und irgendjemand hat Musik angemacht. Sieht so aus, als wäre das der Beginn eines schwungvollen Abends.

„Danke, Mal“, sage ich und widerstehe dem Drang, ihm die Hand entgegenzustrecken.

„Sorg dafür, dass ich es nicht bereue“, erwidert er, doch sein Tonfall ist auch ein wenig belustigt.

„Werde ich.“

„Also, was willst du denn tun, um mir für diesen Gefallen zu danken?“ Mal legt mir einen Arm um die Schultern und will mich an sich ziehen, doch ich ducke mich darunter weg.

„Moment mal“, sage ich lachend. Anders als die anderen

Männer in diesem Raum, macht Mal mir keine Angst. „Was ist denn mit deiner Freundin?"

„Was ist mit ihr?", schießt er zurück.

„Meinst du nicht, dass Cyndi was dagegen hätte, dass du dich an mich ranmachst?"

Mal kichert. „Cyndi hätte gegen einen Dreier nichts einzuwenden. Was ist mit dir?"

Ich verdrehe die Augen. „Das ist nichts für mich, fürchte ich", informiere ich ihn.

„Wie du willst", erwidert er schmunzelnd und wirft einen nachdrücklichen Blick auf meinen Hintern. „Ich sollte jetzt …", setze ich an, doch dann bleiben mir die Worte im Hals stecken, als mein Blick auf etwas – jemanden – fällt, von dem ich dachte, dass ich ihn nie wiedersehen würde.

Er steht mit dem Rücken zu mir, doch dann dreht er sich um, um mit jemandem zu sprechen. Und dieses Profil würde ich überall erkennen.

„O mein Gott", flüstere ich und fühle mich, als würden die Wände immer näherkommen. „Cameron Hale."

3

HALE

Wenigstens die Fahrt nach Ironwood verläuft gut. Statt den schnurgeraden, vierspurigen Highway zu nehmen, kann ich Tank davon überzeugen, die landschaftlich schönere Route zu wählen, die sich durch einen Flickenteppich von Kleinstädten durch Ohio schlängelt.

Die Landschaft, die an uns vorbeizieht, unterscheidet sich stark von unserem Zuhause im Nordosten. Ironwood dagegen liegt an der südlichen Spitze des Staates, wo es flaches Ackerland und von Gletschern geformte Hügellandschaften gibt, und wenn man noch weiter auf die Grenze zu Kentucky und West Virginia zufährt, kommt man in die Hochebenen der Appalachen. Die Straßen durchschneiden einige der schönsten Landschaften, die ich jemals gesehen habe. Sie waren einer der Gründe, warum ich mich damals zum ersten Mal auf ein Motorrad gesetzt habe. Highways, die sich durch solche Szenerien ziehen, kann man gar nicht wirklich schätzen, wenn man in einem Blechkäfig sitzt.

Ironwood befindet sich im äußersten Süden Ohios.

Während sich die Landschaft um uns herum verändert, verändert sich auch die Sprechweise der Menschen. Als wir schließlich an einer Tankstelle knapp außerhalb der Stadt halten, ruft der gedehnte Südstaaten-Tonfall der Tankstellenmitarbeiterin, der ich meine Karte reiche, Erinnerungen an Kentucky in mir wach, wo ich geboren wurde. Ich schiebe die Erinnerungen – die guten wie die schlechten – wieder weg, schließlich bin ich verdammt noch mal nicht hergekommen, um in Nostalgie zu versinken.

Tank plappert ohne Unterbrechungen, als wir zwanzig Minuten von Ironwood entfernt anhalten, um zu tanken. Offensichtlich hat er noch immer Spaß daran, mich wegen meiner schlechten Laune aufzuziehen, die immer schlimmer wird, je näher wir unserem Ziel kommen. Ich gebe mir Mühe, die miese Stimmung abzuschütteln, und tue so, als würde mir das nichts ausmachen, denn ich will ihm diese Genugtuung nicht gönnen.

„Warst du schon mal in dem Clubhaus von Ironwood?“, fragt er, als wir wieder auf unsere Maschinen steigen und uns für die letzten paar Meilen bereitmachen.

„Nein. Aber ich weiß, wo es sich befindet.“ Was ich ihm nicht sage, ist, wie gut ich die Gegend hier kenne. Je weniger Tank, oder sonst irgendjemand, über mein Leben hier weiß, desto besser. Es spielt sowieso keine Rolle.

„Alles klar. Fahr du voraus, Bruder.“ Wir starten unsere Motoren, und Tank hebt einen Finger vom Lenker, um mich wissen zu lassen, dass er abfahrtbereit ist. Ich fahre los und er folgt dicht hinter mir.

Gerade als wir die Tankstelle verlassen, biegt ein älteres Pärchen in einem aufgemotzten 68er-Corvette-Cabrio auf den Parkplatz und bedenkt unsere Kutten, die sie scheinbar wiedererkennen, mit verächtlichen Blicken. *Hm.* Sieht ganz so aus, als wäre die örtliche Bevölkerung nicht allzu glücklich darüber, einen neuen MC in ihrer Mitte zu haben. Tja, damit werden sie wohl irgendwie klarkommen müssen, denn das Ironwood-Chapter wird nicht von hier verschwinden. Das Gebiet der Lords of Carnage durch ein neues Chapter zu vergrößern, ist schon ein Teil von Angels Plänen, seit er Präsident geworden ist.

Das Ironwood-Chapter wird eine entscheidende Rolle dabei spielen, Waren von Mexiko und aus den Südstaaten zu uns zu schmuggeln. Außerdem werden sie auch für uns in Columbus, Dayton und Cincinnati verkaufen, sobald der Club groß genug dafür ist.

Angel hat einen Plan für die Lords. Eine Vision. Und wenn er die verwirklicht hat, werden wir die volle Kontrolle über jede Art von Schmuggelware haben, die in den Staat Ohio geliefert wird oder diesen durchläuft. Was wir jetzt aufbauen, wird noch für Jahre den Grundstein für die Geschäfte unseres Clubs bilden.

DAS CLUBHAUS von Ironwood ist kleiner und schäbiger als unseres. Es befindet sich auf demselben Gelände wie ihre riesige Werkstatt, *Ironwood Car and Truck Repair*. Anders als unsere eigene Werkstatt, *Twisted Pipes* – unsere einzige völlig legitime Einnahmequelle – hat Ironwood ihre nur als Tarnung eröffnet, damit sie unbehelligt Ware für uns transportieren und verkaufen können. Solange sie das Ganze schlau anstellen und sich nicht von den Cops oder den Bundesbehörden erwischen lassen, ist es eine gute Idee.

Als wir darauf zufahren, stelle ich beeindruckt fest, wie groß das Gebäude ist. Sie haben eine Menge Kapazitäten, genug, um sich um ihre nichtsahnenden tatsächlichen Kunden kümmern und gleichzeitig unbemerkt die gewünschte Ware lagern und verladen zu können.

Tank und ich parken vor dem Clubhaus. Den Betrieb in der Werkstatt können wir uns auch später noch ansehen. Jetzt müssen wir erst einmal den Präsidenten von Ironwood aufsuchen und über unsere Ankunft in Kenntnis setzen. Ich weiß von Angel, dass Axel uns erwartet, daher rechne ich nicht mit irgendwelchen Schwierigkeiten.

Vier Männer in Kutten stehen vor der Tür, als wir unsere Maschinen vor dem Gebäude abstellen. Einen Moment lang wirken sie angespannt, doch als sie unsere Farben erkennen, entspannen sie sich. Wir gehen auf sie zu und ich erkenne ein paar von ihnen: den Vizepräsidenten, der Rourke heißt, und einen Kerl namens Ranger.

„Brüder", grunze ich und hebe das Kinn.

Rourke tritt einen Schritt vor und klopft mir auf den Rücken. „Schön, dich zu sehen, Hale."

„Das hier ist Tank", sage ich und nicke in seine Richtung.

Rourke streckt ihm eine Hand entgegen und Tank schüttelt sie. „Gute Reise gehabt?", fragt er uns.

„Ja. Ist Axel da?"

„Er ist hier. Ich weiß, dass er gerade in einer Besprechung ist, aber er wird bald fertig sein."

Ich bin nicht in Stimmung, um hier zu warten. „Gut. Lasst uns reingehen."

Rourke wirft einen Blick auf die anderen Männer. „Klar." Er lässt die Zigarette, die er gerade geraucht hat, fallen und tritt sie auf dem staubigen Boden aus. „Kommt rein."

Wir folgen Rourke hinein, und ich sehe mich kurz in dem Clubhaus um. Es sieht aus wie eine Mischung aus einer Holzhütte und einem kleinen Flugzeughangar. Der Boden ist zwar aus Beton, die Einrichtung wirkt jedoch rustikal. In der Mitte des Raumes steht ein Billardtisch, der von einer Gruppe Ironwood-Lords umgeben ist.

„Wollt ihr ein Bier?“, fragt Rourke.

Tank nickt. „Das wäre spitze. Die Straßen waren ganz schön staubig.“

Rourke bedeutet dem Anwärter hinter der Bar, uns etwas zu trinken zu bringen, und er kommt sofort mit zwei eiskalten Bierflaschen zu uns. Während ich meine entgegennehme, lasse ich den Blick durch den Raum wandern. Bisher keine Spur von meinem Cousin. Ich nehme einen großen Schluck Bier und lasse zu, dass mich das kühle Getränk ein wenig beruhigt. Ein paar weitere Ironwood-Männer kommen herüber, um uns zu begrüßen. Die meisten davon kenne ich schon, zumindest vom Sehen: Matthias, Shooter, King und Blade. Einer der Männer, der sich Yoda nennt, erinnert mich ein bisschen an Tweak. Sie wollen wissen, ob es irgendetwas Neues aus unserem Chapter gibt, und während Tank und ich ihre Fragen beantworten, spüre ich, wie ich langsam ein wenig lockerer werde. Ein paar Minuten lang vergesse ich beinahe, warum ich eigentlich gar nicht hier sein will.

Aber dieses Gefühl hält nicht lange an.

Ich höre Geräusche aus dem kurzen Korridor hinter mir und drehe mich um. Axel, der Präsident von Ironwood, kommt aus einem Nebenzimmer, in dem sich ein Büro befinden könnte. Mein Cousin Mal ist bei ihm. Er lässt seinen Blick durch den Raum schweifen und sieht mir dann direkt in die Augen, als habe er mich schon erwartet. Säure brennt in meinem Hals, als ich mit einem leicht spöttischen Grinsen auf den Lippen den Blick abwende.

Was ich jedoch als Nächstes sehe, ist noch viel schlimmer und versetzt mir einen solchen Schock, dass ich fast mein Bier fallen lasse.

Heilige Scheiße. Kylie Sutton.

Sie ist wunderschön. Und das ist ja das Schlimme. Sie war schon immer wunderschön.

Ihr gold-braun schimmerndes, seidiges Haar erinnert an einen Sonnenuntergang im Herbst und fällt ihr glatt und offen über die Schultern. Ihre schokoladenbraunen Augen wirken so tiefgründig, dass man am liebsten in ihnen ertrinken möchte. Pralle Lippen, so weich und verletzlich, und eine kleine Stupsnase. Kleine Brüste, eine schmale Taille und Hüften, die gerade breit genug sind, damit sich die Jeans, die sie trägt, so an ihren Körper schmiegen, dass man förmlich darum betteln will, einen Blick auf ihre ellenlangen Beine werfen zu dürfen.

Irgendwie schafft sie es, sich auf dem schmalen Grat zwischen ungewöhnlich hübsch und überirdisch schön zu bewegen, und man könnte tagelang mit seinem Schwanz darüber diskutieren, was davon denn nun eher auf sie zutrifft. Sie ist das einzige Mädchen, das ich je kennengelernt habe, das ich einfach nur tagein, tagaus anstarren wollte. Ich habe es nie geschafft, mich zu entscheiden, ob ich sie nun lieber ficken oder nur verdammt noch mal ansehen möchte.

Ihr Gesicht ist schmäler als in meiner Erinnerung. Der Babyspeck ist verschwunden und ihre Züge sind schärfer geworden, seit ich sie vor Jahren zum letzten Mal gesehen habe. Aber es ist nicht nur das. Ihr Körper ist mager, vermittelt jedoch auch den Eindruck, dass man sich besser nicht mit ihr anlegen sollte. Da ist nicht ein Gramm Fett an ihrer Hüfte oder ihrem Hintern, und ich kann mich nicht entscheiden, ob sie das nun zäh oder zerbrechlich wirken lässt. Entspannt sieht sie jedenfalls nicht aus. Auf ihrem hageren Gesicht liegt ein hungriger Ausdruck, und der hat garantiert nichts damit zu tun, dass sie Appetit auf einen Burger hat. Vielmehr scheint sie sich nach irgendetwas zu sehnen. Was das sein könnte, weiß ich allerdings nicht.

Kylie dreht den Kopf in meine Richtung. Ihre schokoladenbraunen Augen treffen auf meine, und als ihre Hand hinauf zu ihrer Kehle wandert, murmelt sie irgendetwas, bei dem es sich um meinen Namen handeln könnte.

Tank neben mir scheint zu bemerken, dass irgendetwas los ist. „Kennst du sie?", fragt er leise, doch ich bringe ihn mit einer Handbewegung zum Schweigen.

Mein Kopf beginnt zu schwirren, während ich versuche, mir einen Reim auf die Szene machen, die sich in den letzten zwei Minuten vor mir abgespielt hat. Kylie hier inmitten des Ironwood-Clubhauses, zusammen mit Axel und Mal. Ich komme nicht mehr mit. Doch als der Ironwood-Präsident auf mich zukommt, lehnt Mal sich vor und murmelt irgendwas in Kylies Ohr. Sie reagiert mit einem kurzen Nicken und entfernt sich, um sich an einen leeren Tisch zu setzen. Sie wirft mir noch einen letzten verstohlenen Blick zu und zieht dann ihr Handy aus der Tasche, um sich damit zu beschäftigen.

Das Brennen in meiner Kehle wird stärker, während ich versuche, das alles zu verstehen. Meine Güte, ist Kylie mit Mal zusammen? Ist sie seine Old Lady? So steif, wie sie neben ihm und Axel stand, kann das eigentlich nicht stimmen. Aber mir will verdammt noch mal kein anderer Grund dafür einfallen, dass sie hier ist.

Was auch immer es ist, es kann nichts Gutes bedeuten, daran besteht kein Zweifel, denn sonst würde sich Kylie Sutton niemals im Clubhaus eines gesetzlosen MC aufhalten. Das Miststück bedeutet Ärger, egal, wo sie hingeht, das musste ich auf die harte Tour lernen.

Und das lässt meine Wut auf Mal, weil er sie hergebracht hat, nur noch weiter anschwellen. Denn gerade er sollte das eigentlich wissen.

4

KYLIE

Ich sitze allein an einem Tisch und kämpfe gegen die überbordende Übelkeit an, die plötzlich in mir aufsteigt. Während ich mich auf mein Handy konzentriere und so tue, als würde mir das alles überhaupt nichts ausmachen, spüre ich seinen Blick auf meinen Schultern wie eine schwere Last. Ich traue mich nicht, noch einmal den Blick zu heben, doch das muss ich auch gar nicht. Die paar Sekunden, die ich ihn angesehen habe, waren mehr als ausreichend, um den Anblick von Cameron Hale für den Rest meines Lebens in mein Gehirn zu brennen.

Er war schon immer groß, doch seine Schultern sind jetzt deutlich breiter. Sein ganzer Oberkörper ist ein Berg tätowierter Muskeln. Die ärmellose Lederkutte, die er über seinem hellgrauen Shirt trägt, lässt freie Sicht auf die zahlreichen Tattoos, die seine Unter- und Oberarme zieren. Über dem Kragen seines T-Shirts schlängelt sich noch mehr Tinte seinen Hals hinauf. Die Jeans, die er trägt, sehen abgetragen aus, und der weiche Stoff schmiegt sich an seine harten, muskulösen Beine. In den wenigen Sekunden, die ich ihn angesehen habe, konnte ich nicht umhin, die große

Beule unter dem Reißverschluss zu bemerken. Bei dem Anblick bin vor Scham rot angelaufen, hoffe aber, dass er das nicht gesehen hat.

Er trägt mittlerweile einen dunklen Bart, und sein Haar ist an den Seiten kurzgeschoren, nur oben ist es etwas länger. Mit gerunzelter Stirn starrt er mich an, und sein stechender Blick scheint mich völlig zu durchdringen. Ich bin zu weit weg, um zu sehen, welche Farbe seine Augen haben, doch das muss ich auch nicht, denn der Whiskyton ist mir nur allzu vertraut. Seine sonst so sinnlichen Lippen bilden heute eine harte Linie.

Als Cam mich ansieht, kann ich seinen Gesichtsausdruck nicht deuten, so verschlossen und teilnahmslos sieht er aus. Ich glaube schon fast, dass er mich nicht erkannt hat, doch dann wendet er schnell den Blick ab und verzieht leicht die Lippen. Abweisend.

In der Bar des Clubhauses ist es ziemlich warm, aber trotzdem lässt mich das Adrenalin in meinen Adern innerhalb von Minuten zu zittern beginnen. Cameron Hale hatte schon immer diese Wirkung auf mich. Machtvoll, schwindelerregend, bedrohlich und verführerisch – alles gleichzeitig. Alles an ihm war schon immer gewaltig. Überwältigend. Als hätte er sein eigenes Kraftfeld. Als wäre er ein Planet mit eigener Umlaufbahn.

Mal, Cam und Axel stehen auf der anderen Seite der Bar und unterhalten sich mit zwei anderen Männern, die ich nicht kenne. Es sieht so aus, als wäre Cam ebenfalls Mitglied eines MC. Seine Aufnäher sehen genauso aus wie die des Mannes neben ihm. Als er sich einmal umdreht, erhasche ich einen Blick auf seinen Bottom Rocker. Dort steht nicht „Ironwood“, sondern einfach nur „Ohio“. Die Clubfarben sind allerdings dieselben: Lords of Carnage.

Die fünf Männer unterhalten sich so lange, dass ich

schon anfange, mich zu fragen, ob ich nicht vielleicht einfach aufstehen und das Clubhaus unbemerkt verlassen kann. Doch just in dem Moment, als ich meine Beine auseinanderschlage und aufstehen will, klopft Axel Cam auf den Rücken und die Gruppe zerstreut sich. Axel und sein Vize gehen davon und lassen Mal, Cam und den dritten Mann zurück. Mal und Cam liefern sich ein kurzes Wortgefecht und sehen dabei ziemlich angespannt aus, dann wirft Mal Cam ein freches Grinsen zu, hebt einen Arm und deutet auf meinen Tisch.

Oh, scheiße.

Innerhalb von Sekunden haben die drei Männer meinen Tisch umstellt und jeder von ihnen greift nach einem Hocker.

„Hi, Schätzchen“, sagt der Mann, den ich nicht kenne, gedehnt und nickt mir zu. „Ich bin Tank.“

Ich schenke ihm ein dankbares Lächeln. „Kylie“, murmle ich und versuche, mich nicht allzu unwohl zu fühlen. „Freut mich, dich kennenzulernen.“

Tank zieht einen Mundwinkel nach oben. Seine Augen wandern nach unten zu meinen Brüsten, dann wieder hinauf zu meinem Gesicht. „Was hat denn so eine nette, höfliche junge Dame wie du bei dieser Bande von Halunken zu suchen?“, fragt er schmunzelnd.

„Sie ist eine alte Freundin von früher“, wirft Mal ein. „Nicht wahr, Cam? Du erinnerst dich doch sicher an Kylie?“

Tank sieht hinüber zu seinem Freund. „Ihr beide kennt euch?“

„Ja.“ Cameron durchbohrt mich mit seinem stechenden Blick, seine Lippen immer noch zu einer harten Linie zusammengepresst. Er zieht sich einen Stuhl heran und dreht ihn um, dann setzt er sich darauf und verschränkt die

Arme auf der Lehne. „Aber *Freundin* ist nicht unbedingt das Wort, das ich verwenden würde."

Mal fährt fort, als hätte Cam gerade überhaupt nichts gesagt. „Kylie erledigt ein paar Jobs für den Club. Ein paar Lieferungen."

Bei diesen Worten verzieht Cam das Gesicht. Eine tiefe Furche bildet sich zwischen seinen Augenbrauen, und in seine Augen tritt ein stürmischer Ausdruck. „Ist das dein verdammter Ernst?" Er starrt Mal ungläubig an.

„Ja", antwortet Mal und lacht. „Sie hat genau das richtige Gesicht dafür, meinst du nicht? Total unschuldig. Sie sieht aus wie eine verdammte Studentin. Sie ist perfekt. Kein Cop würde je auf die Idee kommen, dass sie ein Drogenkurier sein könnte."

Cams Reaktion verrät mir alles, was ich über seine Meinung zu diesem Thema wissen muss. Sein Gesicht ist voller Abscheu, wenn nicht sogar Hass. Mit aufgeblähten Nasenlöchern mustert er mich von oben bis unten.

„Ich dachte, du hättest verdammt noch mal deine Lektion gelernt", faucht er mich an. Schließlich stößt er ein angewidertes Knurren aus und wendet endlich den Blick von mir ab.

Seine Worte sollten mich nicht so verletzen. Es sollte mir egal sein, was Cam über mich denkt. Ich weiß ja ohnehin schon, dass er mich hasst. Dass er mich immer gehasst hat.

Naja, vielleicht nicht *immer*. Aber lange genug.

Daher überrascht es mich einen Moment lang, als ich Tränen in meinen Augen brennen spüre und meine Sicht verschwimmt. Ich habe Cameron Hale zwar schon seit Jahren nicht mehr gesehen, doch die Tragweite seines Urteils trifft mich wie ein Schlag in die Magengrube. Am liebsten würde ich ihn anschreien, ihm sagen, dass er mich überhaupt nicht kennt – dass er mich nie gekannt hat. Ich will herausschreien, dass ich meine Gründe habe, Gründe, die er niemals verstehen wird.

Aber das tue ich nicht.

Denn dass Cameron Hale mich hasst, ist etwas, das ich niemals werde ändern können. Er wird immer irgendeinen Grund finden, um schlecht über mich zu denken. Ob das nun gerechtfertigt ist oder nicht.

Und außerdem bin ich mir im tiefsten Inneren gar nicht zu hundert Prozent sicher, dass es *nicht* gerechtfertigt ist.

Als ich spreche, versuche ich so kühl und emotionslos wie möglich zu klingen. „Mal", sage ich und wende mich ihm zu. „Ich nehme an, dass Axel mich heute nicht noch einmal sehen will?"

„Nein. Aber ich muss dich rüber zur Werkstatt bringen", antwortet Mal. „Wir müssen deinen Truck richtig ausstatten, damit mehr Ware hineinpasst."

Trotz meiner Entschlossenheit atme ich einmal zittrig ein. „Wann ist meine nächste Tour?", frage ich. Ich kann Cams Blick auf mir spüren, tue jedoch so, als sei er gar nicht da.

„In ein paar Tagen." Mal runzelt die Stirn. „Axel will, dass du nach Dayton fährst. Eine kleine Probefahrt." Er wirft einen Blick auf Cam und Tank. „Wenn du deine Sache gut machst, bekommst du deinen Anteil am Gewinn und Axel wird dir einen größeren Auftrag erteilen."

Neben mir stößt Cam ein lautes Schnauben aus und knallt seine Bierflasche auf den Tisch. Ich versteife mich und stehe auf. „Gut", sage ich kühl. „Dann warte ich darauf, mehr Informationen über die Tour von dir zu bekommen."

Ich mache mir nicht die Mühe, mich von Cam oder Tank zu verabschieden, und hoffe, dass ich keinen von ihnen jemals wiedersehen werde. Stattdessen drehe ich mich auf dem Absatz um und steuere auf den Ausgang zu. Ich höre einige Pfiffe und Gejohle hinter mir, als die anderen Clubmitglieder mir hinterherschauen, schenke ihnen jedoch keine Beachtung.

Als ich draußen bin, gestatte ich mir ein kurzes Schluchzen, bevor ich mir mit der Faust gegen den Oberschenkel boxe und mich verfluche, weil ich mich wie ein Baby aufführe. Das Problem ist, dass Cams Meinung über mich sich eigentlich gar nicht von dem unterscheidet, was ich momentan selbst empfinde. Doch die Art, wie er mich gerade angesehen hat – so, als hätten sich seine schlimmsten Befürchtungen, was mich angeht, gerade bestätigt – hat mich zutiefst beschämt.

Seit dem Tag, als Mal und ich zum ersten Mal darüber gesprochen haben, dass ich für den Club arbeiten könnte, habe ich mir wieder und wieder eingeredet, dass ich keine Wahl habe. Dass das, was ich jetzt tue, meine einzige Chance ist, um meinem Vater das Leben zu retten. Er ist alles, was ich auf dieser Welt noch habe. Und auch, wenn er nicht perfekt ist und im Laufe seines Lebens mehr als nur einen Fehler begangen hat, liebe ich ihn. So sehr, dass die Vorstellung, ihn zu verlieren, mir das Herz zerreißt. Wenn mein Dad stirbt, werde ich ganz allein sein. Und ich habe furchtbare Angst, dass genau das passieren wird.

Cam weiß nichts davon. Wenn er es wüsste, würde er mich vielleicht mit etwas weniger Hass in den Augen ansehen. Die Lage meines Vaters verschafft mir doch sicherlich ein wenig moralischen Spielraum, oder? Die Entscheidungen, die ich Moment treffen muss, machen mich doch nicht zu einem Monster, oder etwa doch?

Ich hasse es, dass Cam mich dazu bringt, mich wegen dieser Entscheidungen noch schlechter zu fühlen als ohnehin schon. Ich laufe weiter auf meinen Truck zu, meine

Sicht ist vor lauter Tränen, die ich verzweifelt zurückzuhalten versuche, ganz verschwommen. Ich bin schon fast da und greife gerade nach meinen Schlüsseln, als mich eine Hand grob am Arm packt und umdreht.

„Was zur Hölle machst du hier?", knurrt Cam.

Sofort durchfährt mich die Hitze seiner Berührung. Angst, Wut und noch irgendetwas anders, das ich nicht näher erläutern möchte, lassen mir das Adrenalin in die Adern schießen, was dazu führt, dass die Tränen, die ich doch eigentlich zurückhalten wollte, sofort zu fließen beginnen.

„Nimm deine Hände weg", zische ich und reiße meinen Arm weg, als die Verzweiflung in mir sich in Rage verwandelt. „Mal hat dir schon gesagt, was ich hier mache! Das hat nichts mit dir zu tun!"

Cam lacht, und es ist ein bitteres, ungläubiges Lachen. „Bist du eine verdammte Idiotin?", beharrt er. „Weißt du denn nicht, wie scheißgefährlich es für dich ist, für einen MC voller gesetzloser Biker den Drogenkurier zu spielen? Mein Gott." Wütend fährt er sich mit der Hand übers Gesicht. „Hast du deine gottverdammte Lektion beim ersten Mal nicht gelernt?"

Mir dreht sich der Magen um, ich bin geschockt und wütend darüber, dass es nur Sekunden gedauert hat, bis er mir *das* ins Gesicht gespuckt hat. *Das hier hat rein gar nichts damit zu tun!* Beinahe schreie ich ihm das ins Gesicht, doch ich kann einfach nicht mit ihm darüber sprechen.

„Es ist mein Leben, Cam." Meine Stimme kocht vor Wut, und ich wische mir zornig über die Augen. „Mein Leben, meine Entscheidungen. Nichts davon geht dich irgendwas an."

„Doch, es geht mich verdammt noch mal was an." Mit

dem Daumen zeigt er auf den Aufnäher auf seiner rechten Brust. „Das hier bedeutet, dass das *alles* mich etwas angeht."

„Ich gehöre nicht zu deinem Club, Cam!", rufe ich und versuche, das letzte bisschen meiner Würde zu bewahren. „Ich habe dich nicht nach deiner Meinung gefragt. Ich kann meine Entscheidungen selbst treffen!"

„Deine Entscheidungen ruinieren aber das Leben aller Menschen um dich herum *außer* deinem eigenen", faucht er.

Und mehr braucht es nicht, damit ich mich fühle, als hätte er mir seine eiserne Faust in den Magen gerammt. Mehr braucht es nicht, damit diese eine Sache, an die ich niemals zu denken versuche, wieder zwischen uns schwebt. Genau zwischen uns, so als wäre noch eine dritte Person an diesem Gespräch beteiligt.

Ich muss weitere Tränen herunterschlucken, doch diesmal schmecken sie nach Wut. Und nach erdrückender, furchtbarer Schuld. „Du weißt überhaupt nichts über mich, Cameron Hale!", schreie ich. Am liebsten würde ich mich auf ihn stürzen. Ihm die Augen auskratzen. So lange auf sein Gesicht einprügeln, bis er keinen einzigen Zahn mehr im Mund hat. Ich koche innerlich vor Wut, weil ich eine Frau bin, und weil ich nicht groß und stark genug bin, um ihn so zu verletzen.

Und weil er nicht einmal die Faust heben muss, um mich zu verletzen. Dafür braucht er nur Worte.

Cam sieht mich aus schmalen Augen an. „Schwachsinn. Ich weiß verdammt noch mal viel zu viel über dich. Ich spreche aus schmerzlicher Erfahrung."

„Wenn du mich so sehr hasst, warum schert es dich dann überhaupt, was mit mir passiert?", rufe ich. „Lass mich einfach mein Leben ruinieren. Mich fallen zu sehen, sollte dich ja überglücklich machen."

Er wendet sich ab. „Jedes Mal, wenn du Scheiße baust, zahlt am Ende jemand anders den Preis dafür, Kylie. So war es schon immer, und so wird es immer sein."

„Fick dich!", rufe ich ihm zu, während er sich von mir entfernt. Er bleibt nicht stehen und meine Worte scheinen einfach an ihm abzuprallen. Ich stoße ein markerschütterndes Schluchzen aus, reiße die Tür meines Trucks auf und steige taumelnd ein.

Dann beginne ich so sehr zu weinen, wie ich es seit der letzten Begegnung mit Cameron Hale nicht mehr getan habe.

Auf einer Beerdigung, die niemals hätte stattfinden dürfen.

5

HALE

Zurück im Clubhaus rufe ich erst einmal dem Anwärter hinter der Bar zu, mir noch ein Bier zu bringen. Sobald er mir jedoch die Flasche reicht, stoße ich ein Brüllen aus und schleudere das Ding so hart ich kann an die gegenüberliegende Wand. Die Flasche zerspringt, Glasscherben fliegen in alle Richtungen und ein Rinnsal aus bernsteinfarbener Flüssigkeit läuft die Wand hinunter.

„Heeey, Bruder!“ Tank taucht neben mir auf. „Was soll denn dieser Wutanfall?“

Ich balle die Faust und drehe mich zu ihm um, doch er muss geahnt haben, was ich vorhabe, und weicht meinem Schlag aus.

„Scheiße, Hale“, murmelt er erstaunt und hebt beschwichtigend die Hände. „Was zur Hölle ist da draußen mit diesem Mädchen passiert?“

„Das geht dich einen Scheißdreck an“, fauche ich. Zu spät fällt mir auf, dass Kylie genau dasselbe zu mir gesagt hat. Ich stoße einen Fluch aus und schiebe mich an ihm vorbei, stürme blind vor Wut durch den Flur und in den ersten Raum, den ich finde.

Dort laufe ich auf und ab, und meine Stiefel klappern laut über den harten Boden, während ich versuche, die aufgestaute Wut und das Adrenalin in mir durch die Bewegung abzubauen.

Ich wünschte, Tank hätte mir eine reingehauen, nachdem ich das bei ihm versucht hatte. Was ich im Moment mehr brauche als alles andere, ist eine anständige Schlägerei. Aber da mir das verwehrt bleibt, wende ich mich um und ramme stattdessen meine Faust gegen die Wand. Sie hinterlässt ein Loch im Rigips, für das ich später werde geradestehen müssen. Als ich es leid bin, auf die Wand einzuschlagen, laufe ich wieder hin und her. Ein Stuhl steht mir im Weg, also trete ich mit dem Stiefel dagegen und er fliegt quer durch den Raum.

„*Fuck*!“, schreie ich in die Leere.

Erst vor einer verdammten halben Stunde bin ich noch auf meinem Motorrad gesessen und durch die ländlichen Gegenden Süd-Ohios gefahren, um einen Auftrag für meinen Präsidenten zu erledigen.

MEINE GEFÜHLE für Kylie Sutton waren schon immer … *kompliziert*.

Sie und ihr Vater Charlie zogen in dem Sommer nach Corydon, Kentucky, bevor unser letztes Jahr an der Highschool begann. Corydon ist eine unscheinbare Kleinstadt in Kentucky, direkt an der Grenze zu Ohio, wo Ironwood liegt. Kylies Mom war gerade bei einem Autounfall ums Leben gekommen, also zogen Vater und Tochter nach Corydon, um einen Neubeginn zu wagen.

Ich konnte nie verstehen, warum irgendjemand freiwillig dorthin ziehen würde. Die Stadt liegt mitten im Nirgendwo, und es gab damals nicht einmal für die knapp vierhundert Leute, die bereits dort lebten, genug Arbeit. Doch Kylies Dad war dort aufgewachsen und mit achtzehn weggezogen, um zum Militär zu gehen. Charlie Sutton kaufte ein leeres Grundstück am Stadtrand und stellte einen Wohnwagen darauf. Er machte sich als Gärtner selbstständig und arbeitete aus einem ramponierten Truck mit seinem Logo auf der Seite. Doch niemand in Corydon konnte es sich leisten, jemanden dafür zu bezahlen, seinen Rasen zu mähen, also ging seine Selbstständigkeit den Bach runter, bevor sie überhaupt richtig in Fahrt gekommen war.

Kylie Sutton war das erste und einzige neue Kind, das seit Jahren an unsere Schule gekommen war. Da sie die Neue war, zog sie vom ersten Schultag an die Blicke der Jungen auf sich. Sie war hübsch – sehr hübsch. Sie hatte auch hübsche Titten, nicht zu groß und nicht zu klein. Ihr Arsch sah in Jeans verdammt gut aus, und ihre Beine waren lang und wohlgeformt. Außerdem kam noch hinzu, dass wir nicht mit ihr aufgewachsen waren und sie nicht schon kannten, seit sie noch in Windeln gesteckt hatte, wie das bei praktisch allen anderen Mädchen in der Stadt der Fall war. Doch sie war mehr als nur die Summe ihrer Teile. Vom ersten Tag an, als sie einen Fuß in unsere Highschool setzte, drehten sich die anderen nach ihr um, Jungen wie Mädchen. Sie hatte irgendetwas an sich, das einen dazu brachte, noch ein zweites Mal hinsehen zu müssen. Und dann noch ein drittes Mal.

Der Kerl, der sie sich als Erster schnappen konnte, war mein bester Freund Scotty. Er, Mal und ich waren genau wie Kylie alle im Abschlussjahr. Scotty war selbst ein gutaussehender Mistkerl, hatte gerade Zähne und konnte gut reden. Außerdem hatte er auch ein eigenes Auto, was ihn in unserer Stadt zu einer großen Nummer machte. Es war zwar nur ein rostiger alter Ford, der die Hälfte der Zeit kaum lief, aber immerhin.

In Corydon galt Scotty bei den meisten Mädchen als guter Fang. Viele von ihnen wirkten ziemlich eifersüchtig auf Kylie, weil sie einfach aufgetaucht war und ihn für sich beansprucht hatte. Man sah es in den Blicken, die sie ihr zuwarfen, wenn sie und Scotty den Gang hinunterliefen. Ich weiß nicht, ob Kylie das aufgefallen ist, oder ob es sie überhaupt interessiert hat. Aber wie auch immer, jedenfalls schien sie in ihrem ersten Jahr dort nicht viele Freundinnen zu gewinnen, also fing Scotty an, sie zu uns mitzunehmen, und von da an verbrachte sie ihre Zeit stattdessen mit ihm, Mal und mir.

Ich mochte Kylie eigentlich ganz gern, zumindest am Anfang. Vielleicht war ich ein bisschen eifersüchtig, weil Scotty vor mir an sie rangekommen war. Ich muss gestehen, dass ich von Zeit zu Zeit an sie dachte, wenn ich nachts allein in meinem Zimmer war, hormongesteuert und begierig nach weiblicher Aufmerksamkeit. Zur Hölle, Mal tat das sicher auch, darauf würde ich wetten. Objektiv betrachtet, war das Mädchen eben einfach scharf. Aber, wie schon gesagt, Scotty war mein bester Freund. Er war wie ein Bruder für mich. Jeder Neid, den ich empfunden haben mag, war eher abstrakter Natur, weil er Sex hatte und ich nun einmal nicht. Und wie sehr ich mir auch gewünscht haben mag, dass ich bei Kylie als Erster zum Zug gekommen wäre, ich würde sie ihm sicherlich nicht wegnehmen.

Mal und ich gewöhnten uns daran, dass Kylie dabei war. Wir behandelten sie wie einen der Jungs und behielten unsere Gedanken und unsere Ständer für uns. Scotty und Kylie schienen ihre Beziehung zwar nicht allzu ernst zu nehmen – sie sprachen nicht übers Heiraten oder so verrückten Scheiß –, aber es war dennoch unübersehbar, wie stolz Scotty darauf war, ein Mädchen mit einem dermaßen geilen Arsch seine Freundin nennen zu können. Vielleicht fühlte er sich dadurch ein bisschen bedeutender – als wäre er zu etwas Größerem bestimmt, als in dieser beschissenen Kleinstadt zu leben.

Scotty war schon immer der Selbstbewussteste von uns Dreien gewesen. Er hatte geradezu fantastische Vorstellungen für seine Zukunft, wovon die meisten etwas damit zu tun hatten, in die Großstadt zu ziehen und irgendeine Art von erfolgreichem Geschäftsmann zu werden. Aber er war auch derjenige, der am schnellsten die Kontrolle verlor. Zum Beispiel trank er deutlich mehr als der Rest von uns. Jedes Mal, wenn wir es schafften, uns verbotenerweise einen Kasten Bier oder eine Flasche Schnaps zu besorgen, trank er doppelt so viel wie Mal und ich, und zwar auch doppelt so schnell. Wenn er betrunken war, erzählte er uns gerne irgendwelche großartigen Geschichten darüber, wie er diesen oder jenen reichen Typen kennengelernt hatte, als er seinem Vater aushalf, und dass diese Kerle ihm locker einen Job besorgen würden und er von da an ein Leben auf der Überholspur führen würde. Was die Details betraf, blieb Scotty allerdings immer ziemlich vage. Normalerweise ließen Mal und ich ihn einfach reden, und lachten ihn dann später aus, wenn er wieder nüchtern war und sich an die Hälfte der Dinge, die er uns erzählt hatte, nicht einmal mehr erinnern konnte.

Etwa nach der Hälfte unseres Abschlussjahres fing Scotty jedoch an, deutlich weniger Zeit mit Mal und mir zu verbringen. Zuerst hatten wir keine Ahnung, was los war, doch Mal meinte, er verbrächte wohl einfach nur mehr Zeit mit Kylie. Seine Theorie war, dass Kylie vermutlich endlich die Beine breitgemacht hätte, und Scotty nun einfach zu beschäftigt damit wäre, sie zu vögeln, um mit uns herumzuhängen.

Ich werde nicht behaupten, dass ich nicht irgendwie angepisst war. Doch ich nahm es hin, auch wenn mein Kumpel mir fehlte. Und ich schwor mir, dass ich mich selbst niemals so von einer Frau einnehmen lassen würde, dass ich meine Freunde vernachlässigte. Doch ich versuchte sehr, ihm das nicht übelzunehmen.

Wenn wir Scotty in der Schule oder danach auf dem Parkplatz trafen, erschien er uns immer distanzierter. Launisch sogar. Ich sah plötzlich eine Seite von ihm, die mir vorher nie aufgefallen war. Er schwänzte nun auch öfter die Schule. Mal und ich waren nicht gerade Musterschüler, aber wir strengten uns genug an, um nicht in Schwierigkeiten zu kommen, unseren Abschluss machen zu können und das Ganze verdammt noch mal hinter uns zu bringen.

Nun, wo Scotty nur noch selten auftauchte, hatten wir auch weniger mit Kylie zu tun, auch wenn sie dennoch jeden Tag zur Schule kam. Allerdings waren ihre Antworten immer nur sehr vage, wenn wir sie fragten, wo die beiden sich denn herumtrieben und warum Scotty die Schule schwänzte, wenn er diese Zeit dann nicht mit ihr verbrachte.

Wie sich herausstellte, lief hinter den Kulissen so einiges mehr ab, als Mal und ich wussten. Wir hätten es kommen sehen müssen. Als Scottys bester Freund hätte ich es wissen müssen. Ich hätte die Zeichen richtig deuten müssen. Aber, verdammt noch mal, ich tat es nicht. Ich tat es einfach nicht.

Was am Ende mit Scotty passiert ist, ist etwas, das ich mir niemals verzeihen werde. Und vor allem ist es etwas, das ich Kylie niemals verzeihen werde. Sie wusste davon, ich weiß, dass sie davon wusste. Und sie hat niemals auch nur einen verdammten Finger gerührt, um es zu verhindern, bis es zu spät war.

Wenn er Kylie nie getroffen hätte, wäre Scotty heute noch am Leben.

Und das ist der Grund, warum ich verdammt noch mal einfach nicht glauben kann, dass Mal sie in den Club mitgebracht hat. Nach allem, was passiert ist, hätte er es besser wissen müssen.

Beinahe wie auf Kommando wählt Mal genau diesen verdammten Moment, um den Raum zu betreten.

„Ich will gerade verflucht noch mal nicht mit dir reden, du Mistkerl", warne ich ihn.

Mal wirft einen Blick auf die Stelle an der Wand, auf die ich mit der Faust eingeschlagen habe, und hat doch tatsächlich die Eier, die Augen zu verdrehen.

„Was hat diese Wand dir je getan, Hale?", witzelt er.

„Ich hatte die Wahl: entweder die Wand oder das Gesicht von irgendjemandem." Ich starre ihn an. „Ich habe mich für die Wand entschieden."

„Mein Gott, Cam. Du bist wirklich unglaublich", sagt Mal seufzend und zieht eine Zigarette hervor.

„Ich bin unglaublich? *Ich* bin verdammt noch mal unglaublich?", brülle ich und springe auf. Meine Hand tut weh, aber ein paar Schläge kriege ich damit noch hin, und das wird Mal gleich herausfinden. „Warum zur Hölle hast du dieses Miststück hierhergebracht, Mal?"

„Verdammt noch mal ...", setzt er an, doch ich lasse ihn nicht ausreden.

„Vögelst du sie?", verlange ich zu wissen. „Ist das der Grund? Hat sie *dich* jetzt auch noch dazu gebracht, nur noch mit dem Schwanz zu denken?"

„Nein, ich vögle sie nicht! Gott! Auch wenn ich nicht Nein sagen würde." Trotz der Anspannung zwischen uns verzieht Mal die Mundwinkel zu diesem sardonischen Grinsen, das ich so gut kenne.

„Dann bist du verflucht noch mal ein größerer Idiot, als ich dachte", knurre ich.

„Hör mal, beruhig dich jetzt mal bitte, ja?" Mal schüttelt den Kopf. „Sieh mal, das ist keine große Sache. Ich habe Kylie vor einer Weile zufällig getroffen. Sie arbeitet als Rezeptionistin in diesem Friseursalon in der Stadt. Das Mädel, mit dem ich ins Bett gehe, schneidet dort Haare. Sie hat erwähnt, dass sie nach einer Möglichkeit sucht, sich was dazuzuverdienen." Mal zuckt mit den Achseln. „Es stellte sich heraus, dass wir sie gebrauchen konnten."

„Mein Gott ..." Ich fahre mir mit einer Hand durchs Haar. „Wie zur Hölle hast du Axel dazu überredet, dem Ganzen zuzustimmen?"

„Willst du mich verarschen?" Mal zieht an seiner Kippe und bläst den Rauch wieder aus. „Scheiße, ein Mädel wie sie ist einfach perfekt für die kleineren Aufträge. Sie fährt einfach zum Übergabeort, lässt ihren Truck da eine Weile stehen, unsere Kontakte legen sich unter das Auto und holen sich die Ware. Kurz darauf kommt sie zurück, steigt ein und fährt weg. Sie sieht nie auch nur irgendwas davon. Kriegt es nicht mal in die Finger."

„Was schmuggelt sie?"

„Verschreibungsscheine, bis jetzt." Mal zuckt erneut mit den Achseln. „Wir haben eine Abmachung mit einem Kerl, der für einen Pharmalieferanten arbeitet, der klaut sie für uns aus dem Lager dort. Einer der Sicherheitsmänner. Aber Axel möchte ihr ein paar größere Sachen übertragen."

„Wie viel zahlt ihr ihr für diesen Mist?"

„Einen kleinen Anteil am Gewinn. Und an der Ware."

„Gott“, zische ich. „Dann ist sie also ein verdammter Junkie. Oder eine Dealerin.“

„Ihr Anteil ist nicht groß genug, um ihn zu verkaufen, und damit wirklich Gewinn zu machen“, sagt er und schüttelt den Kopf. „Die Sachen müssen für sie sein. Oder jemanden, den sie kennt.“

„Also ist sie high, wenn sie für deinen Club fährt? Wessen Leben wird sie diesmal ruinieren, Mal? Denkst du, Scotty hätte …“

„Mein Gott, nicht schon wieder“, murmelt Mal. „Lass die Vergangenheit ruhen, Hale. Ich will nichts davon hören.“

„Du willst es nicht hören?“, wiederhole ich ungläubig. „Du wolltest *nie* was davon hören. Kylie Sutton kann man nicht vertrauen, und das weißt du verdammt noch mal, Bruder. Du bringst den Club in Gefahr, indem du sie für euch arbeiten lässt.“

„Sie wird nichts anstellen“, entgegnet Mal. „Was kann sie denn schon tun? Zur Hölle, das Schlimmste, was passieren kann, ist, dass sie mit der Ware erwischt wird und eine Weile hinter Gitter wandert. Sie wird niemandem sagen, wer ihr das Zeug gegeben hat. Sie weiß, dass der Club sie sonst niemals am Leben lassen würde. Die Tatsache, dass sie eine Vagina hat, ändert daran nichts.“

„Du machst dir was vor, Mal“, warne ich ihn. „Das einzige Gute an dem Miststück sind ihre Titten. Und du bist verdammt noch mal wahnsinnig, wenn du das nicht erkennst.“

Ich drehe mich um und lasse Mal stehen, bevor ich ihm dieselbe Behandlung angedeihen lassen kann wie der Wand.

Zurück im Hauptraum stürme ich an den anderen Männern einfach vorbei, auch an Tank. Er scheint aufstehen und mir folgen zu wollen, doch ich zeige ihm einen Stinkefinger und presche weiter.

Ich muss verdammt noch mal hier raus. Ich muss fahren.

Und ich muss vergessen.

6

KYLIE

„Jedes Mal, wenn du Scheiße baust, zahlt am Ende jemand anders den Preis dafür, Kylie. So war es schon immer, und so wird es immer sein."

„Fick dich!", flüstere ich mit zitternder Stimme, während ich zurück zum Haus meines Vaters fahre. Meine Augen sind ganz rot und aufgequollen vom Weinen. Mit diesen wenigen Worten hat Hale es geschafft, mich wieder in die Vergangenheit zu katapultieren. Und ich würde alles tun, um diese Vergangenheit ungeschehen zu machen.

Vielleicht hat Hale recht damit, mich zu hassen. Vielleicht ist es wahr, dass ich die Leben aller Menschen um mich herum zerstöre. Bei meinem eigenen ist mir das auf jeden Fall verdammt gut gelungen.

Als ich das winzige Mietshaus meines Vaters erreiche, schläft er auf seinem Sessel. Der Fernseher läuft noch, und der Teller mit dem Rührei steht halbleer auf dem Tablett neben ihm. Ein Sturm von Gefühlen wütet in meinem Inneren, als ich seinen ausgemergelten Körper betrachte, als ich zusehe, wie sich seine Brust im Rhythmus seines schnellen, flachen Atems hebt und senkt. Sein hartes Leben und all die falschen Entscheidungen, die er getroffen hat, haben sich in sein schon frühzeitig gealtertes Gesicht eingegraben. Er ist erst fünfundfünfzig, doch er sieht zwanzig Jahre älter aus.

Es kommt mir so unfair vor, dass er es geschafft hat, den Drogen zu entkommen, nur um jetzt dem Krebs zu erliegen.

Ich versuche, dem Schmerz in meiner Kehle zum Trotz zu schlucken, und denke darüber nach, was er alles durchgemacht hat. Was *wir* alles durchgemacht haben. Mein Vater ist kein Heiliger. Manch einer würde vielleicht sogar sagen, dass er nichts anderes verdient hat als diese Krankheit, die sich durch seinen Körper frisst. Aber er ist mein Dad. Ich muss alles tun, was in meiner Macht steht, um ihm zu helfen.

Selbst wenn Cameron Hale das anders sehen würde.

Ich greife nach Dads Teller und kratze die Reste des kalten Rühreis in den Mülleimer in der Küche. Dann ziehe ich die alte Überdecke vom Sofa und lege sie über seine schlafende Gestalt. Ich laufe durch den schmalen Flur in mein winziges Zimmer mit dem schmalen Einzelbett. Im Kopf gehe ich noch einmal durch, wie ich meinem Vater erklären werde, dass wir es uns plötzlich wieder leisten können, seine Krebstherapie fortzusetzen.

Ich habe bereits beschlossen, dass ich so tun werde, als hätte ich eine Beförderung bekommen und würde jetzt Vollzeit im Friseursalon arbeiten. Ich werde ihm sagen, dass zu der Beförderung auch eine Krankenversicherung für uns beide gehört, die wir im Moment natürlich nicht haben. Dad konnte noch nie gut mit Geld und Papierkram umgehen, daher weiß ich, dass es nicht schwierig sein wird, ihm zu verheimlichen, dass das mit der Krankenversicherung gar nicht so funktioniert.

Durch meine Aufträge als Drogenkurier für die Lords of Carnage werde ich genug Geld haben, um zumindest einen Teil der Therapie zu bezahlen. Und ich werde Zugriff auf Opioide haben, mit denen er seine Schmerzen lindern kann.

Als ich in dieser Nacht im Bett liege, kann ich nicht einschlafen. Meine Gedanken wandern immer wieder in die Vergangenheit, obwohl ich versuche, mich davon abzuhalten. Ich muss immer wieder an Camerons Hales bärtiges Gesicht heute denken. Die Art und Weise, wie sich seine dunklen, tiefgründigen Augen in meine gebohrt haben. Wie sie mich verurteilt haben. Immer wieder höre ich den rohen Hass in seiner Stimme, als er mir praktisch gesagt hat, dass ich wertlos bin.

Er hat nicht immer so über mich gedacht. Zur Hölle, eine Zeitlang dachte ich sogar, dass er mich irgendwie mag.

Oder vielleicht habe ich mir das auch nur eingebildet. Wunschdenken eines Mädchens, das mit einem Typen zusammen war, sich aber in gewisser Weise wünschte, sie wäre stattdessen mit dem besten Freund dieses Typen zusammen.

Damals, vor Scottys Tod, hatte ich wegen dieser Gedanken immer ein schlechtes Gewissen.

Und danach?

Tja, danach konnte ich das Gefühl, dass das alles meine Schuld war, einfach nicht abschütteln. Es fühlte sich so an, als wäre er vielleicht noch am Leben, wenn ich damals, als er mich um ein Date bat, einfach Nein gesagt hätte.

Und die Tatsache, dass ich mir immer irgendwie gewünscht hatte, dass Cam mich zuerst gefragt hätte?

Tja, das machte das Ganze nur noch schlimmer.

. . .

Als ich es endlich schaffe, einzuschlafen, träume ich zum ersten Mal seit Monaten wieder von Scotty. Der Albtraum ist mir allerdings schon vertraut. Ich hatte ihn seit seinem Tod unzählige Male.

Scotty und ich sind in dem Wohnwagen, in dem ich während der Highschool gewohnt habe. Mein Dad ist nicht da. Scotty öffnet eine Schublade in der Küche und zieht einen Beutel voller kleiner, durchsichtiger Kristalle heraus. Mit einem glücklichen Grinsen im Gesicht sieht er mich an und geht zum Tisch hinüber, wo er die kleinen Kristalle auf die Tischplatte schüttet. Und dann, während ich dort stehe und mich vor Entsetzen nicht bewegen kann, fängt er an, sich die Kristalle händeweise in den Mund zu stopfen. Sein Gesicht beginnt zu schmelzen, dann auch seine Hände, und schließlich sein ganzer Körper. Ich fange an zu schreien, doch kein einziger Laut kommt aus meinem Mund.

Abrupt wache ich auch, wie immer. Ich bin schweißgebadet. Doch als ich in die Dunkelheit starre und darauf warte, dass sich mein rasender Puls beruhigt …

Statt Scottys Gesicht sehe ich das von Cameron Hale vor mir.

Cam gibt mir die Schuld am Tod seines besten Freundes. Hat er schon immer. Und zur Hölle, ich gebe mir selbst auch die Schuld daran.

Aber er kennt nicht die ganze Geschichte. Er weiß nicht alles, was damals passiert ist.

Das sollte mir egal sein.

Aber das ist es nicht.

“Hey, Süße!”, begrüßt mich Cyndi, als ich durch die Eingangstür von *Curl Up and Dye* stürze, nur drei Minuten, bevor wir öffnen sollen. „Ich wollte dich gerade anrufen!“

„Tut mir leid, tut mir leid!“, keuche ich, flitze hinter den Tresen und stopfe meine Handtasche in eine der Schubladen. „Ich habe verschlafen, und dann musste ich meinem Dad noch Frühstück machen, bevor ich loskonnte.“

„Ich dachte gestern, ich würde dich vielleicht noch abends im MC-Clubhaus sehen“, meint sie kokett, zwinkert mir zu und wirft sich kunstvoll das hellblonde Haar über die Schulter. Cyndi ist immer so angezogen, als würde sie gleich in einen Club gehen, selbst um neun Uhr morgens. „Mal hat gesagt, dass du da warst, aber schon nachhause gegangen bist.“

„Ja.“ Unwillkürlich wandern meine Gedanken zurück zu Mals scherzhafter Bemerkung (zumindest *glaube* ich, dass sie scherzhaft gemeint war), dass wir ja einen Dreier haben könnten. Das ist kein Bild, das ich gerade in meinem Kopf haben will. „Ich, ähm, hatte noch was zu erledigen.“

„Süße, du musst irgendwann mal mit mir dortbleiben und Party machen!“ Sie kichert, und ihre geschminkten Lippen verziehen sich zu einem Lächeln. „Die Männer da wissen, wie man Spaß hat! Und hast du gesehen, wie scharf ein paar davon sind?“ Mit einem schiefen Grinsen sieht sie mich an. „Ich schwöre, wenn ich nicht mit Mal zusammen wäre, wäre ich absolut nicht wählerisch dabei, mir einen der anderen auszusuchen.“

Cyndi trifft sich jetzt schon seit ein paar Monaten mit Mal, für ihre Verhältnisse führen die beiden also eine lange, stabile Beziehung. Inzwischen hat sie ihre komplette Garderobe umgestaltet und im Stillen bezeichne ich ihren neuen Style als „Biker Glam“. Ich höre oft, wie sie Mals sexuelle Vorzüge lobt, wenn sie sich mit den anderen Friseurinnen unterhält – und manchmal sogar im Gespräch mit ihren Stammkunden. Ganz offensichtlich ist sie hin und weg von ihm.

Ich kann ihr deswegen nicht wirklich einen Vorwurf machen. Mal hat schon immer eine gewisse Anziehungskraft auf die Frauenwelt ausgeübt, selbst als wir noch jünger waren. Als ich hierhergezogen bin und angefangen habe, mit Scotty auszugehen, waren die anderen Mädchen in der Schule sehr offensichtlich eifersüchtig, weil ich meine Zeit mit drei der heißesten Jungs der Schule verbringen konnte. Und die Jahre danach haben Mal nur noch attraktiver gemacht. Er ist ein wahrer Muskelberg, und mit seinem lässigen, sexy Grinsen schafft er es, selbst jene Frauen um den Finger zu wickeln, die sich sonst von seinen Tattoos und der Lederkutte eher abgeschreckt fühlen würden. Gott sei Dank war ich selbst immer mehr oder weniger immun gegen Mals Charme. Für mich war er immer eher wie ein Bruder als sonst irgendwas.

Mit Cam sah das allerdings völlig anders aus.

Bevor ich mich davon abhalten kann, wandern meine Gedanken wieder zum gestrigen Abend im Clubhaus zurück – das erste Mal seit Scottys Beerdigung, dass wir drei wieder in einem Raum waren. Vor meinem inneren Auge erscheint Cams Gesicht, seine Augen, die mir so vertraut sind, der sinnliche Schwung seiner Lippen, der Junge von der Highschool, der immer noch irgendwie da ist, aber von dem Mann in den Hintergrund gedrängt wurde, der er heute ist. Anders als bei Mal hat Cams Gebaren so gar nichts Lässiges, Charmantes an sich. Alles an ihm strahlt Härte aus, Wut, und – unglücklich für mich – glühenden Sexappeal.

Ich reiße mich aus meinen Gedanken und lenke das Gespräch mit Cyndi auf ein anderes Thema, indem ich ihr ein Kompliment über das Paar Stiefel mache, das sie heute trägt – über Klamotten redet meine Freundin immer gerne. Und tatsächlich – sobald ich auf die Stiefel zu sprechen komme, erzählt sie mir sofort ganz aufgeregt alles über den Shoppingausflug, bei dem sie sie gefunden hat. Ich fahre den Computer hoch und öffne den Terminkalender, während ich ihr zuhöre.

Ein paar Sekunden später erscheint die Besitzerin des Salons. Ich begrüße Melda mit einem Lächeln und stoße einen stummen Seufzer der Erleichterung aus, weil ich vor ihr angekommen bin. Sie kann es nicht leiden, wenn Leute zu spät kommen.

„Ist der Kaffee schon fertig?", grummelt sie. Wie immer ist sie makellos gekleidet und geschminkt, doch ihrer Stimme hört man die frühe Uhrzeit dennoch eindeutig an. „Ich brauche ganz dringend Koffein."

„Ich wollte ihn gerade machen", sage ich hastig und springe auf. „Ich bringe dir eine Tasse, wenn er fertig ist."

Sie grunzt. „Von jetzt an kümmerst du dich zuerst um den Kaffee, wenn du hier ankommst", murmelt sie und richtet einen ihrer rot lackierten Fingernägel auf mich. Dann verschwindet sie, ohne meine Antwort abzuwarten, in ihrem Büro. „Zweimal Sahne, einmal Süßstoff", ruft sie noch über die Schulter, als wüsste ich nicht ganz genau, wie sie ihren Kaffee trinkt.

„Puh! Die ist heute Morgen ein bisschen gereizt", stellt Cyndi fest. „Wer ist denn heute mein erster Kunde?"

Ich werfe einen Blick auf den Computer. „Glennis Marston", verkünde ich. „Schneiden und Färben." Und schon befinden wir uns beide im Arbeitsmodus. Ich gehe rüber zur Kaffeemaschine und messe das Pulver ab.

„Geh ruhig nach hinten", sage ich zu meiner Freundin. „Ich bringe Gladis zu dir, wenn sie ankommt."

Der Vormittag vergeht wie im Flug. Weitere Stylisten kommen an, und die Kunden strömen herein, um ihre Termine wahrzunehmen und sich neue Frisuren, Maniküren oder Umstylings verpassen zu lassen. Ich bin froh, dass im Salon ein solcher Trubel herrscht, das lenkt mich von den Gedanken ab, die mir den ganzen Morgen über Kopfzerbrechen bereitet haben. Ich kümmere mich heute sogar besonders gut um die Kunden, biete ihnen Kaffee, Tee oder aromatisiertes Wasser an, wenn sie ankommen. Es tut gut, mich einfach nur als Rezeptionistin zu betrachten. Hier kann ich für eine Weile einfach nur eine Angestellte sein, die ihren Job macht. Mein Privatleben wird glücklicherweise in den Hintergrund gedrängt.

Nach der Mittagspause steht Cyndi bei mir am Empfang und wir unterhalten uns gerade über zwei ihrer Termine, als plötzlich die Tür auffliegt. Erschrocken drehen wir die Köpfe und sehen einen großen Mann in der Tür stehen.

Mein Magen macht einen unangenehmen Hüpfer vor Überraschung. Cyndi dagegen scheint überglücklich darüber, ihn zu sehen.

„Na, hallo, Hübscher!“, begrüßt sie Hale säuselnd. „Ich erinnere mich an dich, von gestern Abend im Clubhaus!“

Cam macht sich nicht die Mühe, höflich zu sein. Er sieht sie kaum an, sondern betritt einfach den Salon und hat den Raum innerhalb von Sekunden durchquert. „Ich muss mit dir sprechen“, knurrt er mich an.

Falls Cyndi auffällt, wie unhöflich er sich ihr gegenüber gerade verhält, so lässt sie sich das nicht anmerken. Stattdessen wendet sie sich zu mir um, zieht die Augenbrauen hoch und grinst mich selbstzufrieden an. „Ich dachte, du hättest gesagt, dass du gestern noch etwas zu erledigen hattest“, murmelt sie und zwinkert mir kokett zu. „Sieht so aus, als wäre das hier dieses *Etwas*, von dem du gesprochen hast!“

Ich öffne den Mund, um zu widersprechen, schließe ihn dann jedoch wieder, denn ehrlich gesagt fällt mir absolut nichts ein, das sie nicht noch weiter davon überzeugen würde, dass ich die letzte Nacht mit Cam verbracht habe.

Cam dagegen starrt sie nur verständnislos an. „Komm schon“, grunzt er, seine Augen kalt und voller Zorn. „Nach draußen.“

„Ich arbeite gerade“, protestiere ich und bin dankbar, dass der Empfangstresen zwischen uns steht. „Ich kann nicht einfach den Empfang verlassen.“

„Oh, Süße, keine Sorge. Ich springe für dich ein“, wirft Cyndi ein und winkt ab, ein mildes Lächeln auf den Lippen. „Mein nächster Termin ist erst in einer halben Stunde.“

Na wunderbar. Das war’s dann mit meiner Ausrede. Der vergnügte Ausdruck auf Cyndis Gesicht zeigt mir deutlich, dass sie glaubt, sie würde mir damit einen Gefallen tun. So wie Cam mich mit seinen Blicken durchbohrt, weiß ich wirklich nicht, wie sie allen Ernstes denken kann, er sei aus irgendeinem romantischen Beweggrund hier. Was auch immer es ist, worüber er mit mir sprechen will, ganz offensichtlich will er mich *nicht* anmachen.

Aber dank Cyndi hat sich meine beste Ausrede in Luft aufgelöst, und weil ich ganz bestimmt nicht will, dass er hier an meinem Arbeitsplatz eine Szene macht, folge ich Cam nach draußen. Sobald wir aus der Tür sind, laufe ich weiter bis ans äußerste Ende des Geländes, weg vom Parkplatz. Ich werde dieses Gespräch sicher nicht irgendwo führen, wo uns andere Leute hören können.

Als ich mich weit genug vom Eingang entfernt habe, wirble ich herum und verschränke schützend die Arme vor der Brust. „Okay, was willst du?“, verlange ich zu wissen.

„Was ist so verdammt wichtig, dass du an meinem Arbeitsplatz auftauchen und mich dermaßen blamieren musst?"

„Es interessiert mich einen Dreck, ob ich dich blamiere, Ky", zischt er. Ich zucke zusammen, als ich ihn den Spitznamen verwenden höre, den er, Scotty und Mal früher für mich benutzt haben. So wütend, wie er gerade ist, hätte mich kein Schimpfwort, mit dem er mich hätte bedenken können, mehr verletzen können. „Ich bin hergekommen, um dir zu sagen, dass du keine Drogen für die Lords schmuggeln wirst."

„Mein Gott", fauche ich und sehe mich um, um mich davon zu überzeugen, dass niemand in der Nähe ist, der uns hören könnte. „Kannst du bitte *leiser* sprechen? Und ich weiß wirklich nicht, was du in dieser Sache zu sagen hast, Cam. Soweit ich weiß, bist du nicht der Präsident dieses Chapters deines Clubs. Sondern Axel."

Meine Stimme zittert zwar ein wenig, als ich ihm so die Stirn biete, doch ich hoffe, dass ihm das nicht auffällt. In Wahrheit schüchtert er mich gerade total ein. Aber nicht nur das – ich starre ihn zwar trotzig an, spüre dabei allerdings einen scharfen Schmerz tief in meiner Brust. Trotz allem lösen seine vertrauten Züge – der Schwung seines Kinns, den ich in meiner Erinnerung so oft nachgezeichnet habe, das satte, whiskyfarbene Braun seiner Augen – eine schmerzhafte Welle des Verlangens in mir aus, von dem ich dachte, es sei längst erloschen. Doch das darf ich ihn nicht merken lassen.

„Axel weiß nicht, wie du bist", schnappt er, und seine Augen verengen sich zu Schlitzen. „Ich werde ihm schon klarmachen, dass man dir nicht vertrauen kann."

„Nein, das wirst du nicht", entgegne ich. „Wenn du denken würdest, dass du das kannst, dann wärst du jetzt nicht hier und würdest versuchen, mich dazu zu bringen, einen Rückzieher zu machen."

„Warum lässt du dich mit Ware bezahlen?", will er wissen.

„Geht dich nichts an", schieße ich zurück.

„Du bringst den Club in Gefahr."

„Woher willst du das wissen?"

„Weil ich dich kenne. Ich weiß, dass du keinen Gedanken an andere verschwendest, wenn du etwas tust. Du machst einfach, was du willst."

„Wenn du nur hergekommen bist, um mich zu beleidigen", sage ich kalt, „kannst du dir das sparen. Das hast du gestern schon getan. Wir hatten diese Diskussion bereits, Cam. Und wenn du mir nichts Neues zu sagen hast, sind wir hier fertig, denke ich."

Und diesmal bin ich es, die sich zuerst abwendet. Ich stürme zurück in den Salon und bleibe auch dann nicht stehen, als ich ihn meinen Namen rufen höre.

7

HALE

Kylie ist in dieser Sache aufbrausender, als ich dachte. Das macht mich verdammt noch mal wahnsinnig.

Trotzdem ringt es mir auch eine gewisse Bewunderung ab.

Ich habe aber immer noch nicht herausgefunden, warum zur Hölle sie unbedingt den Drogenkurier für Ironwood spielen will. Hier draußen im Tageslicht kann ich aber zumindest erkennen, dass sie die Wahrheit sagt, was ihren Drogenkonsum betrifft – zugedröhnt ist sie nicht. Ja, sie ist dünn und ein bisschen blass. Aber ihre Augen sind klar. Ihr langes, karamellfarbenes Haar hat sie heute zu einem unordentlichen Dutt hochgesteckt, sodass es ihre hohen Wangenknochen und ihre vollen Lippen nicht verdeckt. Es sieht nicht so aus, als ob sie Make-up tragen würde, aber sie ist dennoch verdammt noch mal wunderschön. Wie immer.

Eigentlich sollte es mich erleichtern, dass sie keine Drogen nimmt, aber es kotzt mich an, dass sie mir immer noch so unter die Haut geht. Sie steht da, mit glühenden Augen, schwer atmend vor Wut, und ich traue ihr keine verdammte Sekunde lang über den Weg. Doch meinem bescheuerten Schwanz brauche ich gar nicht erst versuchen, das zu erklären. Je mehr sie mit mir streitet, je mehr Anspannung sich zwischen uns aufbaut, desto weniger weiß ich, ob ich sie nun lieber an die Wand des Gebäudes hinter ihr drücken und mir ihre Beine um die Taille legen oder sie wie ein Höhlenmensch über meine Schulter werfen will. Mein Schwanz wünscht sich gerade nichts sehnlicher, als die Kontrolle übernehmen zu dürfen. Und es ist vermutlich wirklich gut, dass wir uns gerade an einem öffentlichen Ort befinden, denn sonst würde ich ihn vielleicht sogar lassen.

Als Kylie sich umdreht und zurück zum Eingang stapft, muss ich mich davon abhalten, ihr zu folgen – oder zu stöhnen, als mein Blick auf ihren prallen Arsch fällt. Sie drückt die Tür auf und betritt den Salon, und auf einmal bin ich verdammt noch mal steinhart. Ich bin so steif, dass ich bei der kleinsten Brise abspritzen könnte wie ein verdammter Teenager.

Mein Gott. Ich habe keine Ahnung, wie das Ganze hier noch schlimmer werden könnte. Scotty Bauers Exfreundin ist wirklich der letzte Mensch, den ich momentan in meinem Leben haben will. Sie bringt alles durcheinander. Sie lenkt mich ab. Sie macht meinen Auftrag einfach so viel schwieriger.

Und Gott steh mir bei, aber diesen kämpferischen Ausdruck in ihren Augen zu sehen, wenn wir uns streiten, macht mich höllisch an.

AXEL HAT BESCHLOSSEN, später alle zur Church zu versammeln, aber bis dahin liegen noch mehrere Stunden vor mir, in denen ich nichts zu tun habe. Also beschließe ich, eine lange Tour Richtung Süden nach Kentucky zu unternehmen, um einen freien Kopf zu bekommen. Ich fahre so waghalsig, dass die Straße meine gesamte Aufmerksamkeit beansprucht, wenn ich nicht mit der Fresse auf dem Asphalt landen will. Ich fahre schnell, rase um die Kurven, als würde ich versuchen, meinen eigenen Gedanken zu entkommen. Und genau das tue ich ja auch.

Als ich nach Ironwood zurückkehre – kurz vor Beginn der Church –, bin ich schweißnass und erschöpft. Ich komme gerade noch rechtzeitig an, um mir im Clubhaus noch ein schnelles Bier zu gönnen und mich ein wenig abzukühlen. Als ich die Chapel betrete, sehe ich, dass Tank bereits da ist. Ich setze mich neben ihn auf einen der Stühle, die auf einer Seite des Raumes an der Wand aufgereiht stehen.

Sobald alle Ironwood-Brüder eingetroffen sind, schließt Rourke die Tür zur Chapel und Axel eröffnet die Sitzung.

„Mittlerweile sollten die meisten von euch Hale und Tank vom Hauptcharter oben in Tanner Springs schon kennengelernt haben“, sagt er und nickt in unsere Richtung. Ein paar der Männer grunzen zustimmend. „Sie werden uns zu dem Treffen mit dem Dos-Santos-Kartell begleiten. Angel hat sie hergeschickt, um sicherzustellen, dass mit denen alles glattläuft.“

„Angel vertraut uns also nicht, ist es das?“, fragt ein grauhaariger Mann und runzelt die Stirn. Sein dunkler Bart ist von weißen Strähnen durchzogen.

„Nichts in der Art“, antworte ich eilig. „Er möchte einfach nur, dass die Übergabe reibungslos über die Bühne geht, das ist alles. Chaco Dos Santos und Angel haben eine gute Beziehung. Wir wollen nur sicherstellen, dass diese gute Beziehung auf Axel und Ironwood ausgeweitet wird.“

Die Männer am Tisch beginnen zu murren, doch ich

muss Axel zugutehalten, dass er diesen Mist im Keim erstickt. „Scheißt euch verdammt noch mal nicht in die Hosen", bellt er. „Das hier beruht auf einer Abmachung zwischen Angel und mir. Chaco und seine Männer müssen wissen, dass unsere Clubs zusammengehören. Und auf diese Weise werden wir das erreichen."

Ich sehe mich in dem Raum um, um herauszufinden, ob Axels Männer seine Autorität infrage stellen, und merke, dass Tank dasselbe tut. Wie stark ein Club ist, erkennt man daran, wie stark sein Anführer ist – und daran, wie viel Respekt die anderen Clubmitglieder diesem Anführer entgegenbringen. Axel ist der erste Präsident dieses Chapters, wenn sein Führungsanspruch also nicht auf einer soliden Basis steht, gilt dasselbe für das ganze Chapter.

Rourke, der neben Axel sitzt, scheint dasselbe zu denken. Der VP von Ironwood starrt in die Runde, wartet darauf, dass es auch nur ein Mann wagt, sich zu beschweren. Doch es sieht so aus, als hätten meine und Axels Worte die Männer beschwichtigt. Ich sehe Yoda nicken, dann auch Shooter und Blade. „Also, wann geht es los?", fragt Mal.

„Übermorgen", grunzt Axel. „Ich will, dass ihr um eins hier seid, bereit zur Abfahrt."

Tank und ich beobachten schweigend, wie der Club den Rest seiner Angelegenheiten bespricht. Ich behalte die Männer genau im Auge, doch es macht ganz den Anschein, als würden sie Axels Autorität ohne zu murren akzeptieren. Das ist ein gutes Zeichen. In Gedanken nehme ich mir vor, das Gesehene mit Angel zu besprechen.

Als Axel die Sitzung schließlich für beendet erklärt, strömen die Männer hinaus in den Hauptraum. Auch Tank erhebt sich und will gehen, wirft mir allerdings einen fragenden Blick zu, als er bemerkt, dass ich ihm nicht folge.

„Ich muss kurz mit Axel sprechen", erkläre ich ihm. „Ich treffe dich gleich draußen."

Ich gehe auf das Kopfende des Tisches zu, wo Axel und Rourke in ein Gespräch vertieft sind. Rourke bemerkt mich zuerst und hebt den Blick.

„Ich würde gerne mit dir über die Frau sprechen, die für euch Verschreibungsscheine schmuggelt", sage ich ohne große Vorrede.

„Was ist mit ihr?", fragt Axel und bedeutet mir mit einem Nicken, mich zu setzen.

„Wie viel weißt du über sie?", will ich wissen und lasse mich auf einen Stuhl sinken.

„Genug." Er zieht die Augenbrauen zusammen. „Die kleinen Touren hat sie bisher gut gemeistert. Mal verbürgt sich für sie."

„Ja." Ich schnaube. „Ich weiß."

„Zweifelst du an Mals Urteilsvermögen?", fragt Axel scharf.

„Das ist es nicht."

„Tja, was ist es dann?", mischt Rourke sich ein.

Ich halte einen Moment lang inne und wäge meine nächsten Worte ab. „Ich habe meine Zweifel an ihren Beweggründen. Ich verstehe nicht, was sie sich von dem Ganzen verspricht."

„Geld und Stoff." Rourke zuckt mit den Achseln. „Ganz einfach."

Ich schnaube. „Nichts, was dieses Mädchen betrifft, ist so einfach."

„Was willst du damit sagen?", murmelt Axel. „Glaubst du, dass sie mit der Drogenfahndung zusammenarbeitet?"

„Nein." Frustriert schüttle ich den Kopf. Ich traue Kylie nicht, aber die Idee, dass sie mit den Cops zusammenarbeiten könnte, ist einfach lächerlich. „Das ist es nicht."

„Du hast doch kein Problem damit, dass Ironwood mit dem verschreibungspflichtigen Scheiß handelt, oder?“, will Rourke wissen. „Damit machen wir hier unten gute Geschäfte. Eine Menge Leute brauchen Schmerzmittel, haben aber keine Krankenversicherung. Es gibt einen Haufen Junkies, die sich ihre Sucht nicht eingestehen wollen. Heroin ist immer noch die Nummer Eins, aber Oxy, Codein, Fentanyl … Damit kann man richtig Kohle machen. Und die Cops hier in der Gegend drücken da ein Auge zu.“

„Und das ist *unsere* Sache.“ Axels Stimme ist kalt. „Ironwood ist ein eigener Club, Bruder. Wir treffen unsere eigenen Entscheidungen. Du bist hier, um Angels Interessen zu vertreten, aber du leitest diesen Club nicht.“

„Ich wollte nicht …“

„Vielleicht habe ich mich nicht klar genug ausgedrückt.“ Axel wendet sich mir zu, seine Augen verengen sich zu schmalen Schlitzen. „*Ich* bin der Präsident dieses Clubs.“

Verdammte Scheiße. Bei seinen Worten balle ich die Fäuste, doch das Letzte, was ich jetzt brauchen kann, ist, in eine Schlägerei mit dem Präsidenten des Ironwood-MC zu geraten, und zwar wegen einer Sache, die nichts mit Angels Auftrag zu tun hat.

„Verstanden“, sage ich zähneknirschend.

Rourke lehnt sich zurück und verschränkt die Arme vor der Brust. „Wolltest du sonst noch irgendwas, Hale?“

Ich wende mich ab. „Nein“, murmle ich.

„Gut.“ Seine Stimme klingt süßlich, doch es schwingt eine Härte darin mit, die mir unmissverständlich klarmacht, wo wir stehen. „Dann lass dich nicht davon abhalten, nach draußen zu gehen und unsere Gastfreundschaft zu genießen. Und unsere Clubmädels.“

Zum zweiten Mal, seit ich in Ironwood angekommen bin, würde ich am liebsten auf irgendetwas einschlagen, als ich die Chapel verlasse. Doch so wütend ich auch bin, tief in meinem Inneren weiß ich auch, dass das gerade absolut lachhaft war.

Ich wollte Beweise dafür, dass Axel seinen Club im Griff hat, und genau die habe ich bekommen. Ich habe eine Grenze überschritten und er hat mir eine Lektion erteilt.

Ich kann absolut nichts dagegen unternehmen, dass Kylie für den Club Verschreibungsscheine schmuggelt. Es liegt nicht in meiner Hand.

Zurück im Hauptraum gehe ich an die Bar und hole mir ein Bier, immer noch mies gelaunt. Ich weiß, dass sie mich den ganzen Abend verfolgen wird, wenn ich nicht versuche, sie mit Alkohol und Sex zu vertreiben. Also beschließe ich, genau das zu tun.

Ich hole mir bei dem Jungen an der Bar eine Flasche Whisky und drei Shotgläser und mache mich dann auf die Suche nach Mal und Tank, um mit ihnen meinen Ärger zu ertränken. Irgendwann rückt eine Parade von Clubmädels an, um uns Neuankömmlinge unter die Lupe zu nehmen, ganz wie erwartet. Sobald ich richtig voll bin, suche ich mir eine langbeinige Brünette mit großen Titten aus und nehme sie mit in eine Ecke. Sie geht vor mir auf die Knie und öffnet meine Hose. Während sie mir einen bläst, bleiben ihre Augen fest auf meine gerichtet. Sie ist gut, und das weiß sie auch. Normalerweise würde mich dieser Anblick total anmachen – wie sie da vor mir kniet, und wie ihre Titten bei jedem meiner Stöße wackeln, während sie mich immer tiefer in den Mund nimmt. Doch heute Nacht bin ich einfach nicht bei der Sache.

Als ich schließlich dennoch komme und die Augen schließe, ist es Kylies Gesicht, das ich vor mir sehe, und ich kann nichts dagegen tun.

Später, als meine Eier leer sind und mein Blut praktisch

brennbar ist, falle ich in einem der kleinen Clubapartments ins Bett. Kurz bevor ich einschlafe, habe ich noch eine Idee.

Ich kann Kylie nicht davon abhalten, für den Club Drogen zu schmuggeln. Aber ich kann verdammt noch mal sicherstellen, dass sie uns nicht alle in die Scheiße reitet.

8

KYLIE

Am Morgen meiner ersten großen Tour fahre ich zur Werkstatt. Ich bin zwar nervös, aber auch fest entschlossen, heute stark und mutig zu sein.

Ich habe mir über jedes kleine Detail meines Outfits den Kopf zerbrochen, sogar darüber, wie ich mein Haar tragen soll. Ich weiß, dass es lächerlich ist, mir so viele Gedanken darüber zu machen, aber wenn ich meinen Vater retten will, muss ich mich dem MC beweisen. Sie müssen genug Vertrauen in mich haben, um mir weitere Aufträge zu erteilen. Und ich muss so unschuldig und unauffällig aussehen, dass kein Cop jemals auf die Idee käme, dass ich irgendetwas Illegales tun könnte, außer vielleicht hin und wieder über eine rote Fußgängerampel zu laufen.

Schließlich habe ich mich dann für ein schlichtes, weites weißes T-Shirt mit einem 5k-Fun-Run-Logo vorne drauf und ein Paar Jeans entschieden, die mir etwas zu groß sind. Mein Haar habe ich zu einem einfachen Pferdeschwanz zusammengebunden, und das Einzige auf meinem Gesicht, das Make-up auch nur nahekommt, ist ein wenig Lippenpflegestift. Am Ende sehe ich ungefähr fünf Jahre jünger aus, als ich tatsächlich bin, was ja auch mein Ziel war: alt genug, um fahren zu dürfen, aber jung genug, um für einen Polizisten, der nach etwaigen kriminellen Aktivitäten Ausschau hält, praktisch unsichtbar zu sein.

Meine Anweisungen lauten, zu *Ironwood Car and Truck Repair* zu fahren und demjenigen, der mich dort empfängt, zu sagen, dass ich einen Termin zum Autotuning habe, den ich telefonisch mit Ranger vereinbart habe. Dann soll ich in den Warteraum gehen und mir dort die Zeit vertreiben, bis Ranger zu mir kommt und Bescheid gibt, dass mein Truck fertig ist. Sobald er mir meine Schlüssel zurückgegeben hat, fahre ich zu einer Adresse in Dayton, die ich in das GPS-System meines Smartphones eingeben soll, scheinbar der Standort eines Parkhauses in der Innenstadt. Dann soll ich eine Stunde lang einkaufen gehen, danach zu meinem Fahrzeug zurückkehren und nachhause fahren.

Ganz einfach und unkompliziert.

Was ich aber nicht bedeutet, dass ich nicht vor Aufregung zittere wie Espenlaub.

Der erste Teil des Plans verläuft reibungslos. Ich fahre auf das Gelände und halte vor dem Tor der Werkstatt. Nicht zum ersten Mal verspüre ich einen Anflug schlechten Gewissens, weil ich den Club an dem Wagen meines Vaters rumschrauben lasse, ohne dass er davon weiß. Aber mein eigenes Auto musste ich schon vor einer Weile verkaufen, um die Rechnungen zu bezahlen, und Dad fährt sowieso nicht mehr selbst. Außerdem fällt mir sonst keine andere Möglichkeit ein, um an das Geld zu kommen, das wir für seine Behandlung brauchen – außer vielleicht meinen eigenen Körper zu verkaufen. Wenn es wirklich hart auf hart kommt, wirft man moralische Bedenken ziemlich schnell über Bord.

Ich lenke meinen Truck in die Werkstatt, steige aus und

sage den Mechaniker, der auf mich zukommt, dass ich für ein Autotuning da bin, wie mir aufgetragen wurde.

„Ich habe den Termin mit Ranger vereinbart“, sage ich mit piepsiger Stimme und verziehe die Lippen zu einem gezwungenen Lächeln, das vermutlich aussieht, als würde mir ein Viehtreiber im Hintern stecken.

Der Mann vor mir ist groß und muskulös und trägt sein dunkelrotes Haar in einem Pferdeschwanz. „Alles klar, Süße“, sagt er mit einem leichten Grinsen. Er streckt die Hand aus, nur Zentimeter von meinen Brüsten entfernt, und ich brauche eine Sekunde, um zu begreifen, dass er auf meine Schlüssel wartet. Ich lasse sie in seine Handfläche fallen und stakse dann hinüber in den Warteraum.

Unterwegs verdrehe ich die Augen über mich selbst. Hier in der Werkstatt täusche ich niemanden, da bin ich mir sicher. Vermutlich wissen alle hier ganz genau, was ich im Schilde führe. *Mein Gott, Kylie, könntest du dich noch mehr wie ein Freak aufführen? Reiß dich zusammen.*

Im Warteraum lasse ich mir eine Tasse schlechten Kaffees in einen Pappbecher laufen und ziehe dann mein Handy aus der Tasche, um zu warten. Ein paar Minuten später höre ich schwere Schritte auf mich zukommen und sehe auf. Ich habe Ranger erwartet, doch er ist es nicht.

„Nettes Outfit“, meint Hale und mustert mich von oben bis unten, ein spöttisches Grinsen auf den Lippen. „Sehr unscheinbar.“

Ich schürze die Lippen, unsicher, ob er sich gerade über mich lustig macht. „Was machst du hier?“

Hale lässt sich auf einen Stuhl sinken, zwei Plätze von meinem entfernt. „Ich begleite dich auf die Tour.“

„Was? Nein, das tust du nicht!“, protestiere ich.

„Doch.“

„Verdammt noch mal, Hale, das tust du *nicht*!“ Gott, das

Letzte, was ich jetzt gebrauchen kann, ist, dass er mitfährt und mich noch nervöser macht, als ich es ohnehin schon bin.

„Wir können das auf die leichte oder die harte Tour machen“, fährt er ungerührt fort und lehnt sich auf seinem Stuhl zurück. „Aber egal wie, ich werde dich begleiten.“

„Warum?“ Böse starre ich ihn an.

„Weil ich dir nicht traue“, entgegnet er.

„Was glaubst du denn, was ich tun könnte?“, frage ich ungläubig und hebe die Stimme. „Denkst du, ich stehle die …“ Ich verstumme abrupt. Außer uns befindet sich niemand im Warteraum, es ist kein Kunde in Sicht. Dennoch senke ich die Stimme zu einem Flüstern. „Denkst du, ich will den Club bestehlen?“, zische ich. „Bist du wahnsinnig?“

„Ich weiß nicht, was du tun würdest, Kylie“, murmelt Hale mit rauer Stimme. „Das ist ja der verdammte Punkt.“

Ich unterdrücke den Drang, vor Frustration laut aufzuschreien. „Cameron, mein Ziel ist es, eben *keine* Aufmerksamkeit auf mich zu ziehen“, erkläre ich. „*Das* ist der Punkt. Meinst du nicht, dass dich *all das* ein klein wenig verdächtig aussehen lässt?“ Ich wedele mit der Hand in seine Richtung, spiele auf seine Lederkutte und seine von Tattoos übersäte Haut an.

„Was denn?“ Stirnrunzelnd blickt er an sich herunter.

„Dein Look schreit geradezu *kriminelle Aktivität*, mein Lieber.“

„Mein Lieber?“ Einer seiner Mundwinkel hebt sich leicht.

Ich seufze. „Der Punkt ist – wenn du mitkommst, dann habe ich mich völlig umsonst so angezogen. Niemand wird glauben, dass ich nur irgendein unschuldiges Mädchen beim Einkaufen in der Stadt bin, wenn ich von einem tätowierten Biker begleitet werde.“

Hale denkt einen Moment lang nach. „Dann bin ich eben dein großer, böser Bruder“, schlägt er vor. „Wir gehen zusammen einkaufen, um Geburtstagsgeschenke für unsere liebe Mutter zu besorgen.“

Ich schnaube. „Das ist eine lächerliche Geschichte.“

„Tja“, sagt er dann und steht auf. „Sie wird ausreichen müssen, denn ich werde dich das nicht alleine durchziehen lassen.“

„Weiß Axel, was du vorhast? Denn, mal ehrlich, Cam, es ist ja nicht so, als könntest du mich einfach auf jede einzelne Tour begleiten, die ich für den Club machen werde“, schnaube ich. „Und außerdem sollte es hier eigentlich darum gehen, mich dem Club zu beweisen. Aber das kann ich nicht, wenn du mitkommst.“

„Mir egal.“

Mir wird klar, dass er sich nicht davon abbringen lassen wird. *Wunderbar. Einfach wunderbar.* Jetzt muss ich also nicht nur die nächsten paar Stunden auf engstem Raum im Truck meines Vaters mit einem Mann verbringen, der mich hasst wie die Pest, ich kann mich noch nicht einmal darauf freuen, eine Stunde lang alleine shoppen gehen zu können, was ja wohl das einzig Positive an diesem Ausflug wäre.

Statt weiter mit diesem menschlichen Äquivalent einer Ziegelmauer zu diskutieren, wende ich mich wieder meinem Handy zu und ignoriere ihn nachdrücklich. Hale steht ein paar Sekunden lang nur da und starrt mich an, dann stößt er ein Schnauben aus und schlendert davon, vermutlich, um irgendwo eine zu rauchen.

Als er den Raum verlassen hat, entspanne ich mich ein kleines bisschen, bin aber immer noch angespannt und gereizt. Ich greife nach meinem Pappbecher und trinke einen Schluck Kaffee, aber er ist mittlerweile kalt und schmeckt nun so widerlich, dass ich das Gesicht verziehe und den Becher wieder wegstelle.

Etwa zwanzig Minuten später kommt Hale zurück, an seinem Finger baumelt mein Schlüsselbund. „Komm mit, der Truck ist fertig. Lass uns losfahren“, bellt er.

Ich werfe ihm einen bösen Blick zu, stehe auf und folge ihm nach draußen, wo nun mein Truck steht, bereit zur Abfahrt. Ich will zur Fahrertür gehen, stoße dabei jedoch beinahe mit Hale zusammen, als der davor stehenbleibt. „Kann ich bitte meine Schlüssel haben?“, frage ich ungeduldig.

„Du fährst nicht“, sagt er.

„Was zur Hölle, natürlich fahre ich! Das ist mein verdammtes Auto!“ Zu meinem eigenen Entsetzen stampfe ich doch tatsächlich mit dem Fuß auf. Leider hat auch er das bemerkt. Seine Mundwinkel zucken.

„Ich bin nicht gerne Beifahrer.“ Er öffnet die Tür und steigt ein, bevor ich ihn davon abhalten kann. „Kommst du jetzt mit oder willst du mich wegen Autodiebstahls anzeigen?“

„Verdammt noch mal, Hale“, fauche ich, umrunde den Wagen und öffne die Beifahrertür. „Ich kann mich nicht daran erinnern, dass du auf der Highschool auch schon so ein Arsch warst.“

„Und ich kann mich nicht erinnern, dass du so eine Nervensäge warst, aber so ist es eben jetzt“, erwidert er milde. Er steckt den Schlüssel ins Zündschloss und legt den Gang ein, und der Truck schießt vorwärts, bevor ich überhaupt eine Gelegenheit habe, meinen Gurt anzulegen.

„Hey, Vorsicht!“, rufe ich. „Ich weiß, dieses Teil ist nichts Besonderes, aber es ist alles, was ich habe.“

„Tut mir leid“, murmelt er. „Ich hätte die Jungs in der

Werkstatt bitten sollen, sich dein Getriebe anzusehen. Geht ziemlich schwer."

Ich ignoriere seine Bemerkung und will Hale stattdessen die Adresse in Dayton nennen, doch er winkt ab. „Ja. Kenne ich." Es nervt mich, dass er mich wie ein kleines Kind behandelt, wenn er mich also ignorieren will, dann kann ich das auch. Den Großteil der Strecke verbringen wir in Schweigen. Irgendwann dreht Hale das Radio auf und schaltet von dem Sender, der gerade eingestellt ist, auf irgendeinen Classic-Rock-Sender – ohne mich zu fragen, natürlich. Sein unhöfliches Verhalten macht mich nur noch wütender, aber ich werde ihm sicherlich nicht die Genugtuung verschaffen, ihn wissen zu lassen, dass er mich nervt. Also starre ich entweder aus dem Fenster oder auf mein Handydisplay und tue so, als würde ich nicht gerade mit jemandem im Auto sitzen, der ein komplettes Arschloch ist.

Die Fahrt von Ironwood nach Dayton sollte eigentlich etwas über zwei Stunden dauern, doch Hale fährt ziemlich schnell und so erreichen wir die Parkgarage in der Innenstadt bereits eine Stunde und fünfundvierzig Minuten nach unserer Abfahrt. Nachdem er den Wagen auf der obersten Etage abgestellt hat, steigen wir aus. Ich gebe mir Mühe, um so zu tun, als würden wir zusammen nicht total seltsam aussehen: eine junge Frau ohne jegliches Stilbewusstsein, die so aussieht, als wäre sie gerade erst ihre Zahnspange losgeworden, und ein Kerl, der aussieht, als käme er direkt aus dem Knast.

Wir fahren mit dem Aufzug nach unten ins Erdgeschoss, und als wir ihn verlassen, erwartet uns draußen ein warmer, leicht bewölkter Tag. Hale wirft einen Blick auf seine Uhr. „Wir haben eine Stunde", merkt er an.

„Ich will ein bisschen einkaufen gehen. Ich glaube, da drüben ist ein Einkaufszentrum“, informiere ich ihn und deute in die entsprechende Richtung.

„Du willst Klamotten kaufen, nehme ich an“, erwidert er und lässt seinen Blick über mein Outfit wandern.

Obwohl ich seine Worte eigentlich als Beleidigung auffassen sollte, bin ich tatsächlich dankbar dafür, dass das T-Shirt und die Jeans, die ich trage, mich aussehen lassen, als hätte ich die Figur eines zwölfjährigen Jungen. Unter seinem Blick wird mir ... unangenehm warm. Wenn er durch meine Kleidung noch irgendetwas anderes erkennen könnte, würde das die Situation nur noch schlimmer machen. „Begleitest du mich?“, frage ich und hoffe, dass er Nein sagen wird.

Zum Glück scheint er Einkaufen genauso wenig zu mögen, wie ich gehofft hatte. „Geh nur. Ich verzichte“, sagt er und schürzt die Lippen.

„Okay, ähm ...“ Ich sehe mich um. „Dann treffe ich dich in einer Stunde oder so wieder hier?“

„Lass dir Zeit“, meint er und scheucht mich davon.

Ich warte nicht darauf, dass er es sich anders überlegt, sondern drehe mich einfach um und laufe in Richtung des Einkaufszentrums. Ein erleichtertes Seufzen kommt mir über die Lippen.

Während der nächsten Stunde muss ich mich nicht mit dem Stress herumschlagen, den ein Gespräch mit Cameron Hale bedeutet.

9

HALE

Es entgeht mir keineswegs, wie sehr es Kylie zu erleichtern scheint, dass sie eine Weile von mir wegkommt. Ich sehe ihr nach, als sie in diesen bescheuerten Momjeans davoneilt, als nähme sie an einem Speedwalking-Wettbewerb teil, und obwohl ich auch irgendwie angepisst bin, kann ich mir ein Kichern nicht verkneifen.

Die Frau hat verdammt noch mal wirklich Glück, dass ich beschlossen habe, sie zu begleiten. Mit mir ist sie deutlich sicherer, als wenn sie allein unterwegs wäre, auch wenn Axel das Ganze so eingefädelt hat, dass sie mit den Mistkerlen, denen der MC das Zeug verkauft, nie in Kontakt kommt.

Ich stoße ein schnaubendes Lachen aus und schüttle den Kopf, lasse mich dann auf eine Betonmauer neben einem dunkel geteerten Parkplatz sinken und zünde mir eine Zigarette an. Scheiße, das Mädel war stinksauer, als ich im Warteraum von *Ironwood Car und Truck* aufgetaucht bin. Ich dachte schon, sie würde komplett ausrasten, sie sah aus, als würde ihr gleich Dampf auf den Ohren kommen und so.

Vermutlich sollte ich sie darüber informieren, dass diese Art von Wutanfall nicht gerade die Wirkung hat, die sie sich wahrscheinlich erhofft. Es ist eher niedlich als sonst irgendwas. Mal ganz davon abgesehen, dass es mich aus irgendeinem Grund total anmacht. Wenn sie wütend auf mich ist, habe ich jedes Mal das Gefühl, als wäre ich nur Sekunden davon entfernt, sie in irgendein Hinterzimmer zu schleppen und besinnungslos zu ficken, bis wir beide vollends befriedigt sind.

Denn machen wir uns nichts vor – irgendetwas ist da zwischen uns, tief im Inneren. Ich sehe es in ihren Augen, erkenne es an der Art, wie ihr Körper auf mich reagiert. Eine sexuelle Spannung, die ich zu ignorieren versuche, seit ich sie im Clubhaus zum ersten Mal wiedergesehen habe.

Bis jetzt ist es mir noch gelungen, die Anziehung, die sie auf mich ausübt, unter meinem Zorn zu verstecken, aber je mehr Zeit ich mit ihr verbringe, desto mehr rückt diese Wut in den Hintergrund und wird von der Frustration darüber, wie sehr ich sie will, verdrängt.

Verdammte Scheiße. Ich muss mich zusammenreißen.

Mein Schwanz ist so hart geworden, dass ich es nicht länger ignorieren kann, und ich muss meine nun unbequeme Sitzposition auf der Mauer verändern. Während ich rauche, beobachte ich das Geschehen um mich herum. Ein typischer Werktag im Zentrum einer mittelgroßen Stadt. Ich beobachte, wie eine Gruppe junger Kerle in billigen Anzügen von einem grauen Gebäude ins nächste eilt. Frauen in Kleidchen und Tennisschuhen versuchen, während ihrer Mittagspause noch ein bisschen Sport in ihren Tagesablauf zu quetschen und so zu verhindern, dass das ständige Sitzen im Büro ihre Ärsche irgendwann in die Breite gehen lässt. Ein- oder zweimal fährt ein großes, glänzendes Motorrad an mir vorbei – chromosexuelle Städter, die hier herumkurven, als sei ihre bloße Existenz ein riesiger Stinkefinger an die amerikanischen Konzerne. Es spielt gar keine Rolle, dass sie ihre Maschinen nur an so perfekten, sonnigen Tagen wie heute besteigen. Und wenn sie damit fertig sind, kehren sie in ihre Vorstadtidylle zurück, schieben die Motorräder, die viel zu groß für sie sind, wieder in ihre Dreifachgaragen und stellen sie dort neben dem BMW und dem Prius ab, wo sie die Maschinen dann monatelang verstauben lassen, bis der nächste perfekte Tag kommt.

Mein Gott, bin ich froh, dass ich kein solches Leben führe.

Ich ziehe mein Handy aus der Tasche und sehe nach, ob irgendwelche neuen Nachrichten eingetrudelt sind, aber es gibt nichts Neues. In Gedanken nehme ich mir vor, Angel heute oder morgen anzurufen und ihm ein Update zu Ironwood zu geben. Wahrscheinlich morgen, nach dem Treffen mit dem Dos-Santos-Kartell. Ich überlege, ob ich mit ihm darüber sprechen soll, dass Kylie für den MC Drogen schmuggelt, entscheide mich jedoch dagegen. Das ist nicht sein Problem. Und es ist so, wie Axel gesagt hat: Ironwood ist ein eigenständiges Chapter, auch wenn unsere Clubs zusammengehören. Er ist der Präsident und kann seine eigenen Entscheidungen treffen, solange diese nur sein Chapter und nicht den ganzen Club betreffen.

Eine Stunde vergeht. Ich bin bei der dritten Zigarette, als ich eine zierliche Gestalt entdecke, die sich auf mich zubewegt. Vom rechten Arm baumelt eine Einkaufstasche. Ich stehe von der Mauer auf und strecke mich. Kylie bleibt auf der anderen Straßenseite stehen, wartet darauf, dass die Ampel grün wird, und kommt dann zu mir herüber.

„Sieht so aus, als wärst du erfolgreich gewesen", sage ich und nicke in Richtung der Tasche.

Kylie schenkt mir ein Lächeln, so schlicht und doch so glücklich, dass es mich einen Moment lang aus dem Konzept bringt. „Ja. Ich habe ein Kleid gefunden, das ich einfach liebe, und ein Paar passender Schuhe!“, ruft sie begeistert. „Und das Beste ist, dass beide runtergesetzt waren! Gott, es ist *Ewigkeiten* her, dass ich mir irgendwelche Klamotten gekauft habe.“ Sie seufzt glücklich.

Ich habe noch nie verstanden, warum Frauen sich so über neue Klamotten freuen, aber was soll's. „Glückwunsch“, murmle ich, schaffe es allerdings im letzten Moment noch, meine Stimme ein wenig sanfter klingen zu lassen.

Kyle sieht mich mit großen Augen an. „Danke“, stammelt sie, scheint aber unsicher, ob ich mich gerade über sie lustig mache oder nicht.

„Also, ich denke, wir können jetzt zurückgehen“, fahre ich fort und nicke in Richtung des Parkhauses. „Oder gibt es noch irgendwas anderes, das du gerne erledigen würdest, während wir hier in der Stadt sind?“

„Nein, das war alles.“

Schweigend laufen wir zurück zum Parkhaus und nehmen dort den Aufzug in die oberste Etage. Aber die Stille ist deutlich weniger feindselig als zuvor. Ich weiß nicht, ob das gut oder schlecht ist. Ein Teil von mir will sie aufziehen, will diese feindselige Stimmung zwischen uns wieder zurück. Aber der Rest von mir hat einfach keine Lust mehr darauf, wütend zu sein, also lasse ich es.

Als wir Kylies Truck erreichen, diskutiert sie noch nicht einmal mit mir darüber, wer fährt. Sie steigt auf der Beifahrerseite ein und verstaut ihre Einkaufstasche hinter dem Sitz. Ich klemme mich hinters Steuer und starte den Motor. Wir verlassen das Parkhaus, ich bezahle die Parkgebühr und wir machen uns auf den Weg zurück nach Ironwood.

„Das war … so einfach“, haucht Kylie, während wir durch die Innenstadt fahren. „Es fühlt sich komisch an, dass wir eigentlich gar nichts gemacht haben.“

„Das ist der Sinn der Sache. So kannst du alles glaubhaft abstreiten, der Auftrag wird aber trotzdem erledigt. Das ist der Grund dafür, dass der MC jemanden wie dich damit beauftragt.“

„Das stimmt wohl.“ Kylie nickt gedankenverloren, dann stößt sie ein Seufzen aus. „Aber ich bin erleichtert, dass ich diese Tour hinter mir habe.“ Sie sieht zu mir herüber. „Danke, dass du mitgekommen bist, Cam. Ich weiß, ich wollte das eigentlich nicht. Aber ehrlich gesagt war es so viel einfacher für mich.“ Sie zuckt leicht mit den Achseln. „Vielleicht werde ich jetzt beim nächsten Mal nicht ganz so nervös sein.“

Verdammte Scheiße. Bedank dich nicht für irgendwas bei mir. Ich habe das nicht für dich getan.

„Gern geschehen“, grunze ich.

Erneutes Schweigen. Als wir aus der Stadt herausfahren, beugt Kylie sich vor und dreht das Radio auf. Ich habe eigentlich erwartet, dass sie wieder den ursprünglichen Sender einstellt, doch das tut sie nicht.

„Du solltest bei nächsten Mal gar nicht weniger nervös sein“, sage ich. „Diese Scheiße, in die du dich da reingewagt hast, ist gefährlich, Kylie. Du solltest es eigentlich besser wissen.“

Ich kann spüren, wie sie sich neben mir versteift. „Ich weiß es auch besser“, antwortet sie. „Aber ich mache es trotzdem.“

„Du verstehst das nicht.“ Ich schüttle den Kopf. „Sobald du da mal drin bist, kommst du nie wieder wirklich raus.“

Sie schluckt. „Ich hoffe, dass das nicht stimmt“, sagt sie leise. „Aber ich habe keine Wahl.“

„Man hat immer eine Wahl. Erzähl mir keinen Scheiß“, schieße ich zurück, als meine Wut wieder hochkommt.

Ich erwarte, dass auch sie wütend wird, dass sie mir jedes Wort zurückzahlt. Ich bin auf den Streit vorbereitet. Aber er kommt nicht. Stattdessen lässt sie sich tiefer in den Sitz sinken und starrt hinunter auf ihre Hände.

„Du verstehst das nicht, Hale“, murmelt sie matt.

„Was verstehe ich nicht?“

„Du verstehst nicht, warum ich das tue.“

„Tja, warum erklärst du es mir dann nicht?“, fordere ich sie auf. „Dann werde ich es verstehen.“

Sie schweigt. Dann ...

„Mein Dad ist krank. Er hat Krebs.“ Sie stößt ein tiefes, erschöpftes Seufzen aus. „Wir sind nicht versichert, und er braucht eine Behandlung und Schmerzmittel.“

Ihre Worte hängen in der Luft, während ich zu begreifen versuche, was sie da sagt.

„Oh“, brumme ich. „Scheiße.“

„Er leidet sehr“, murmelt Kylie. Ich habe die Musik leiser gedreht, damit ich sie verstehen kann. „Er versucht, es mich nicht sehen zu lassen, aber ich merke es trotzdem. Manchmal, wenn er mit mir spricht, dann ... zuckt er einfach zusammen ...“ Kylie verstummt für eine Sekunde und ich höre sie schlucken. „Dann muss er aufhören zu sprechen und einfach nur einen Moment lang dasitzen, weißt du? Darauf warten, dass es aufhört.“ Ihre Stimme zittert. „Wir beide ... tun irgendwie so, als wäre gar nichts.“ Sie schüttelt den Kopf. „Wir sprechen nicht viel darüber. Er möchte nicht, und ich will ihn nicht dazu zwingen.“

Ich spähe zu ihr hinüber, doch sie sieht mich nicht an.

Ihr Blick ist nach vorne gewandt, aber die Tränen, die in ihren Augen glitzern, sehe ich trotzdem.

„Die Medikamente werden ihm dennoch gegen die Schmerzen helfen“, fährt sie mit brüchiger Stimme fort. „Und mit dem Geld kann ich seine Behandlung bezahlen. Ich werde ihm einfach sagen, dass ich eine Beförderung bekommen habe und wir jetzt versichert sind.“

Scheiße. Ich weiß, dass Kylie von ihrer Familie nur noch ihr Dad geblieben ist. Wenn er stirbt, wird sie ziemlich allein dastehen. Ich kann mir gut vorstellen, wie viel Angst ihr dieser Gedanke macht. Und so sehr ich ihren verdammten Vater auch dafür hasse, dass er eine Rolle bei Scottys Tod gespielt hat, bringe ich es doch nicht über mich, Kylie zu wünschen, dass sie ihren einzigen noch lebenden Elternteil verliert.

„Es tut mir leid, Ky“, sage ich mit rauer Stimme. „Das wusste ich nicht.“

„Nein, ich weiß, ich weiß.“ Sie schüttelt den Kopf und wischt sich mit dem Handrücken die Tränen ab. „Es ist nur ... Mir bleiben nicht viele Möglichkeiten, weißt du?“, sagt sie schniefend. „Ich hatte Glück, dass ich vor einer Weile Mal getroffen habe. Das hier ist der einzige Weg, der mir einfällt, um meinem Dad zu helfen. Und eigentlich ist es ja gar nicht so gefährlich.“ Sie nickt gedankenverloren, so als versuche sie, sich selbst davon zu überzeugen. „Weniger gefährlich, als ich dachte. Ich muss ja einfach nur fahren.“

„Ja“, murmle ich in dem plötzlichen Wunsch, ihre Sorgen zu zerstreuen. „Du musst einfach nur fahren.“

Als wir zurück nach Ironwood kommen, ist es Nachmittag geworden. Erst als wir in die Stadt fahren, fällt mir auf, dass keiner von uns beiden zu Mittag gegessen hat, also lege ich einen Umweg zu einem Fast-Food-Laden ein und hole Burger und Pommes für uns. Kylie möchte auch noch einen Schokomilchshake, also bekommt sie ihn. Ich bestehe darauf, sie einzuladen, und zum Glück sträubt sie sich nicht dagegen. Dann sitzen wir auf dem Parkplatz im Truck und ich beobachte, wie sie ihre Portion geradezu inhaliert und beim Trinken ihres Milchshakes die Augen verdreht und genussvoll stöhnt. Ich wette, dass sie schon sehr lange nicht mehr so viel auf einmal essen konnte. Und mir kommt der Gedanke, dass einer der Gründe, warum sie jetzt so dünn ist, die ständige Sorge um ihren Vater sein könnte. Vielleicht wird sie nun bald wieder ein bisschen gesünder aussehen.

Nach unserem späten Mittagessen fahre ich zurück zum Ironwood-Gelände, biege nach rechts ab und fahre direkt in die Werkstatt. Kylie wirft mir einen fragenden Blick zu.

„Das Bargeld für die Ware liegt in dem Fach unterm Wagen", erkläre ich. „Die Jungs müssen da ran, bevor du nachhause fahren kannst."

„Oh."

„Warum kommst du nicht noch mit ins Clubhaus?", schlage ich vor. „Trink doch ein Bier, während du wartest."

Kylie tätschelt ihr nicht vorhandenes Bäuchlein. „Ich bin gerade viel zu voll, um ein Bier zu trinken."

Ich zucke mit den Achseln. „Na, dann kannst du trotzdem mit reinkommen und dort warten. Das ist viel gemütlicher als diese bescheuerten Plastikstühle im Warteraum."

Ich bin beinahe überrascht, als sie zustimmt. Ich gehe zu einem der Mechaniker und sage ihm, dass er ihren Truck vorne auf dem Parkplatz abstellen soll, wenn sie damit fertig sind. Dann gehe ich Kylie voran ins Clubhaus.

10

KYLIE

Meine Augen haben sich noch nicht einmal richtig an das schummrige Licht im Inneren des Clubhauses gewöhnt, als ich schon ein vertrautes Kreischen aus der anderen Ecke des Raumes höre.

„O mein Gott!", ruft Cyndi. „Wie toll, dass du hier bist!" Sie trägt wie immer Highheels, auf denen sie jetzt auf mich zu stöckelt, bevor sie mir die Arme um den Hals wirft. Dann zieht sie sich zurück und sagt kritisch: „Aber was hast du denn an? Meine Güte, du siehst aus, als hättest du gerade den Rasen gemäht oder sowas."

„Na vielen Dank auch", antworte ich sarkastisch. Ich werfe einen unsicheren Seitenblick auf Hale und spüre, wie ich rot anlaufe. *So* schlimm sehe ich doch nicht aus, oder?

Hale beugt sich zu mir vor. „Ich muss kurz mit Axel sprechen. Kommst du hier eine Weile klar?"

Ich nicke. „Sicher. Ich warte einfach mit Cyndi hier, bis mein Truck fertig ist. Meinst du, dass sie hier reinkommen und mir Bescheid sagen werden?"

„Wahrscheinlich." Er sieht sich in dem Raum um, der

sich jetzt mit Ironwood-Männern füllt. „Falls dir irgendjemand zu nahe kommen sollte, sag einfach, dass du zu mir gehörst." Er runzelt die Stirn. „Ansonsten kannst du dich ganz wie zuhause fühlen. Hol dir einen Drink an der Bar, wenn du möchtest."

Ich sehe ihm nach, als er geht, und weiß überhaupt nicht, was ich denken soll. Ich hatte noch keine Zeit, die Geschehnisse der letzten paar Stunden zu verarbeiten. Die Übergabe ist eine Sache für sich, und ich bin froh, dass sie vorbei ist.

Aber das ist es nicht, was mich so durcheinanderbringt.

Was mich am meisten beschäftigt, ist, dass ich keine Ahnung habe, wo Cam und ich gerade stehen. Vor sechs Stunden hat er mich noch gehasst wie die Pest – und ich habe ihm ähnliche Gefühle entgegengebracht. Aber seitdem hat er mir nicht nur dabei geholfen, diese nervenaufreibende Tour zu überstehen, vor der ich ehrlich gesagt eine Heidenangst hatte (auch wenn ich ihn nicht darum gebeten habe), sondern ich habe ihm auch etwas anvertraut, das ich ihm eigentlich niemals hatte erzählen wollen.

Ich habe mit kaum jemandem über die Krankheit meines Vaters gesprochen, und schon gar nicht über unsere finanziellen Probleme und darüber, wie verzweifelt ich bin, weil ich ihm helfen möchte. Verdammt, Cyndi ist wahrscheinlich meine beste Freundin in Ironwood, und selbst ihr habe ich kaum etwas davon gesagt. Und jetzt habe ich plötzlich Cam diese ganze tragische Geschichte erzählt, einschließlich des Grunds, warum ich überhaupt für den Club schmuggle.

Mir kommt der Gedanke, dass er absurderweise wohl im Moment mein engster Vertrauter auf dieser Welt ist. Das alles ist so lächerlich, dass ich mir ein schrilles Kichern nicht verkneifen kann.

„Ich freue mich ja so, dass wir beide mal zusammen hier sind!“, ruft Cyndi fröhlich, die mein Lachen scheinbar für einen Ausdruck der Begeisterung hält. „Aber, mein Gott, Süße, warum hast du denn die Sache mit Hale vor mir geheim gehalten?“

„Die Sache mit ... O nein, da hast du was falsch verstanden“, widerspreche ich und hebe die Hände, als wolle ich diesen Gedanken weit von mir wegschieben. „Hale ... hilft mir nur gerade bei etwas. Mehr nicht. Alles rein platonisch, ich schwöre.“

Nun ist es an Cyndi zu lachen. „O bitte, Süße!“, kichert sie und schüttelt den Kopf. „Ich bin doch nicht blöd. Ich habe gesehen, wie er dich ansieht. Mit glühenden Blicken und so ein Scheiß!“ Sie wackelt mit den Augenbrauen. „Ich weiß nicht, warum du das geheim halten willst. Hale ist Sex auf zwei Beinen. Mein Gott, wenn ich was mit dem hätte, würde ich es der ganzen Welt erzählen!“

„Cyndi!“ Ich sehe mich verstohlen um, aber zum Glück befindet sich niemand in Hörweite. „Ich schwöre bei Gott, zwischen uns läuft nichts!“ Ich stelle mich direkt vor sie und sehe ihr fest und ohne zu blinzeln in die Augen. Langsam verschwindet das Grinsen von ihren Lippen, während sie meinen Blick erwidert. Dann legt sie den Kopf schief und runzelt die Stirn.

„Tja, scheiße“, sagt sie dann langsam. „Warum denn nicht?“

„Weil ...“ Mein Gott, wie zur Hölle soll ich das überhaupt beantworten? „Einerseits, weil diese glühenden Blicke, die du ihn mir zuwerfen hast sehen, eigentlich glühender Hass sind. Und andererseits, weil wir beide eine gemeinsame Vergangenheit haben. Und drittens glaube ich wirklich, dass ich *nicht* sein Typ bin. Ich meine ...“ Ich verstumme und blicke auf meine Klamotten hinunter. „Hast du mir nicht eben erst gesagt, ich sähe aus, als käme ich gerade vom Rasenmähen? Ich bin mir ziemlich sicher, dass Hale eher auf ... naja ... glamourösere Frauen oder so steht."

„Ja, aber du siehst ja nicht *immer* so aus", erwidert Cyndi und winkt ab. „Ich meine, klar, du könntest dich schon ein bisschen mehr herausputzen, als du es tust. Aber, wie schon gesagt, er *starrt* dich geradezu an, wenn du nicht hinsiehst. So!" Sie verzieht angestrengt das Gesicht und kneift die Augen zusammen, womit sie mir wohl demonstrieren will, wie Cam ihr zufolge aussieht, wenn er mich mit den Augen auszieht. „Ihm gefällt, was er sieht, Süße." Sie wirft mir einen wissenden Blick zu. „Du musst das Gesamtpaket nur noch ein bisschen hübscher verpacken."

„Ich ...", setze ich an, verstumme dann jedoch wieder und überlege, wie ich am besten antworten soll. Dieses Gespräch hilft mir überhaupt nicht dabei, zu begreifen, was in den letzten sechs Stunden eigentlich passiert ist. Eigentlich macht es mir sogar einfach nur klar, wie *heiß* Hale objektiv betrachtet tatsächlich ist. Das war er zwar schon immer, aber nun, wo er älter ist ... *Wow*. Wenn ich jetzt noch mal darüber nachdenke, dass ich den Großteil des Tages auf engstem Raum mit ihm in meinem Truck verbracht habe, bin ich rückwirkend ziemlich dankbar dafür, dass er die meiste Zeit total wütend auf mich war, und ich auch auf ihn. Ansonsten wären mir möglicherweise ein paar der Gedanken gekommen, die mir während der letzten zwei Tage immer wieder durch den Kopf gegangen sind. Gedanken über Hale, wie ich sie zuletzt während der Highschool hatte – und die damals extrem unangebracht waren, denn schließlich war ich mit seinem besten Freund zusammen. Und heute sind sie sogar noch unangebrachter.

„Können wir bitte das Thema wechseln?", rufe ich plötzlich aus. „Weißt du was? Ich könnte jetzt wirklich ein Bier gebrauchen." Ich greife nach Cyndis Arm und zerre sie beinahe hinüber zur Bar, wo derselbe Anwärter steht, der schon bei meinem ersten Besuch hier da war. Er sieht gelangweilt aus. Ich hieve mich auf einen Barhocker und Cyndi klettert auf den daneben. Sie stellt mich dem Anwärter vor, der Eddie heißt, und ich bestelle ein Bier bei ihm, während sie sich für Rum-Cola entscheidet.

Eddie beugt sie vor und stellt die Flasche auf den Tresen. Ich greife nach dem Bier und nehme einen großen Schluck von dem kühlen Getränk. Gott, ich habe noch nie gerne Bier getrunken, aber das hier schmeckt gerade einfach gut. Ich will es zurück auf den Tresen stellen und setze es beinahe auf einem kleinen Shotglas ab, das aus dem Nichts vor mir erschienen ist. Eine braune Flüssigkeit befindet sich darin.

„Was ist das?", frage ich.

„Sorry", sagt Eddie mit einem Lächeln. „Ist ein Reflex. Hier gibt's zum Bier immer noch einen Shot dazu, außer er wird explizit abbestellt. Soll ich ihn wieder wegnehmen?"

„Nein. Das ist schon okay." Ich erwidere sein Lächeln. Dafür, dass er ein Anwärter bei einem gesetzlosen MC ist, scheint er ein merkwürdig netter Junger zu sein. „Ehrlich gesagt kann ich den gerade irgendwie brauchen. Ich hatte einen langen Tag."

Cyndi hebt ihre Rum-Cola und ich greife nach dem Shotglas und stoße mit ihr an. Dann nippe ich an dem Getränk: Es ist Whisky. Er brennt in meiner Kehle, aber irgendwie fühlt sich das gut an. Fast schon reinigend. Ich nippe erneut daran.

„Also." Cyndi stützt einen Ellenbogen auf die Bar und sieht mich an. „Du wolltest das Thema wechseln? Worüber sollen wir denn sprechen?"

Ich denke eine Sekunde nach, bis mir etwas einfällt, mit

dem ich gleichzeitig komplett das Thema wechseln und Cyndi begeistern kann. „Ich war heute in Dayton shoppen“, sage ich. „Und ich habe ein wirklich süßes Kleid und Schuhe gefunden.“

„Oh!“ Cyndi schenkt mir ein breites, begeistertes Lächeln. „Erzähl mir mehr!“

„Ähm, also das Kleid ist irgendwie champagnerfarben? Und süß? Und die Schuhe haben mehr oder weniger dieselbe Farbe, also nude, und mit Riemchen …“ Ich überlege, was ich noch über meine Einkäufe sagen könnte. Ich verbringe normalerweise nicht sonderlich viel Zeit damit, über Klamotten nachzudenken, hauptsächlich, weil ich nur selten Geld habe, um mir welche zu kaufen.

„Ist das Kleid trägerlos? Rückenfrei? Wie ist die Taille geschnitten?“, drängt Cyndi.

„Ärmellos, glaube ich? Und, ich weiß nicht … es ist einfach tailliert.“ Ich zucke mit den Achseln. Zaghaft trinke ich den Rest meines Whiskys aus und verziehe das Gesicht. „Es wäre gut zum Feiern geeignet, aber es ist auch nicht zu übertrieben.“

„Hast du es dabei?“ Sie verdreht die Augen und wirft einen vielsagenden Blick auf mein Outfit. „In dem Kleid würdest du hier weniger auffallen als in deinem Gärtner-Outfit. Und sieh dich doch mal um! Hier wird ziemlich bald eine Party steigen. Warum machst du dich nicht mal ein bisschen locker und hast Spaß?“

Ich öffne den Mund, um abzulehnen, doch Cyndi lässt mir gar keine Gelegenheit dazu. „Sag’s nicht“, bettelt sie. „Sag nicht Nein. Komm schon, du sagst immer, dass du irgendwann mit mir ausgehst, aber du tust es nie! Bitte? Bitte, bitte, bitte?“

In diesem Punkt kann ich ihr nicht widersprechen, denn sie hat nicht unrecht. Und wenn ich ehrlich bin, klingt die

Idee, mein tolles neues Kleid anzuziehen und eine Weile nicht nachzudenken, einfach fantastisch.

Cyndi muss mir meine Gedanken angesehen haben, denn ihre Augen beginnen plötzlich zu leuchten und sie hüpft auf ihrem Stuhl leicht auf und ab. „Ist das ein Ja? Das ist ein Ja, oder?"

Ich atme einmal tief durch. „Okay, es ist ein *Vielleicht*. Lass mich erst kurz meinen Dad anrufen. Und wenn er mich zuhause nicht braucht, dann ... Okay."

„Juhuu!" Cyndis Lächeln ist so breit und glücklich, dass ich es tatsächlich für möglich halte, dass ihr Gesicht vor Glück in zwei Teile bricht. Ich muss einfach lachen, als ich mein Handy aus der Tasche ziehe.

„Lass mich meinen Dad anrufen", sage ich lächelnd. „Und wenn bei ihm alles in Ordnung ist, können wir nach draußen gehen und nachsehen, ob die Werkstatt schon mit meinem Truck fertig ist. Das Kleid und die Schuhe sind nämlich darin."

11

HALE

Mein Gespräch mit Axel dauert länger als erwartet. Als ich in den Hauptraum des Clubhauses zurückkehre, kann ich Kylie nirgendwo entdecken. Diese Cyndi, mit der Mal was am Laufen hat, ist ebenfalls verschwunden.

„Hast du Kylie gesehen?“, frage ich einen der Männer, doch niemand hat eine Ahnung, von wem ich überhaupt spreche. Ich wende mich an den Anwärter hinter der Bar.

„Du meinst Cyndi und die andere?“, fragt er. „Ja, die beiden waren hier, aber sie sind vor einer Weile nach draußen gegangen. Ich weiß nicht, ob sie immer noch da sind oder nicht.“

Ich verlasse das Clubhaus durch den Haupteingang, um nachzusehen. Kylies Truck steht verlassen auf dem Parkplatz, und ich sehe keine Spur von den beiden Frauen.

Leise vor mich hin schimpfend stapfe ich zurück ins Clubhaus. Ein MC ist wirklich nicht der richtige Ort für eine Frau ohne Begleitung, wenn sie nicht betatscht werden will, oder sogar noch Schlimmeres. Vor allem, weil sich der Schuppen langsam mit den Ironwood-Brüdern füllt und der

Alkohol zu fließen beginnt. Während ich mich noch einmal im Raum umsehe, dreht irgendjemand die Musik auf und die Anfangsakkorde irgendeines Skynyrd-Songs erfüllen die Bar. In einer Ecke entdecke ich Mal, der sich gerade mit einem großen, muskelbepackten Kerl mit einem langen roten Bart unterhält, der Rogue heißt.

„Hey, hast du Kylie irgendwo gesehen?“, frage ich ihn.

„Ja, Cyndi und sie sind in einem der Apartments und ziehen sich um.“

„Was?“

„Keine Ahnung. Ich schätze, Kylie hatte irgendwelche neuen Klamotten, die sie anziehen wollte. Cyndi hat sie mit auf eins der Zimmer genommen.“

Hm. Vielleicht haben meine Kommentare über ihr Outfit sie verunsichert. Ich lache glucksend in mich hinein und gehe rüber, um mir ein Bier zu holen. Doch genau in dem Moment, als ich die Flasche von dem Anwärter hinter der Bar entgegennehme, bringt mich ein plötzliches Pfeifkonzert dazu, stehenzubleiben und mich umzudrehen.

„Scheiße, ja!“, ruft einer der Brüder. „Frischfleisch! Komm zu Daddy, Süße!“

Aus einem der Zimmer tritt diese Cyndi, gefolgt von Kylie, die ihr T-Shirt und ihre Momjeans gegen ein weit ausgeschnittenes, enganliegendes Kleid, Fick-mich-Heels und knallroten Lippenstift eingetauscht hat, der jeden Mann hier dazu bringt, ihr auf den Mund zu starren und sich vorzustellen, wie sich diese Lippen um seinen Schwanz legen.

Mein eigener Schwanz regt sich in meiner Jeans und stemmt sich gegen den Reißverschluss. Heilige Scheiße. Jede ihrer verdammten Kurven wird gerade zur Schau gestellt. Mein Verlangen trifft mich so hart, dass ich beinahe ins Stolpern komme.

Kylie verzieht kurz das Gesicht, doch dann richtet sie sich auf und hebt das Kinn. Sie folgt Cyndi in den Raum und ignoriert die Männer, die ihr hinterherpfeifen. Cyndi steuert auf Mals Stehtisch zu, und Kylie tut es ihr gleich.

Ich werde das Mädchen ganz sicher nicht mit diesen Kerlen alleine lassen, also stoße ich ein frustriertes Knurren aus und gehe hinüber, um mich ihnen anzuschließen.

Ich stelle mich neben Kylie und versuche zu ignorieren, dass ihr Kleid genau meinen Geschmack trifft. Es ist nur einen Hauch dunkler als ihre Haut und schmiegt sich so an ihren Körper, dass es beinahe aussieht, als wäre sie nackt. „Ich habe dich gesucht", murmle ich ihr zu.

„Oh?" Sie dreht sie zu mir um und sieht ehrlich überrascht aus. „Wolltest du mir sagen, dass mein Truck fertig ist? Ich habe ihn auf dem Parkplatz stehen sehen."

„Ja. Und außerdem wollte ich dir sagen, dass du gehen solltest, bevor die Jungs hier zu viel Alkohol intus haben und sich nicht mehr beherrschen können. Aber sieht ganz so aus, als wäre es dafür schon zu spät." Ich werfe einen vielsagenden Blick auf ihr Kleid, und meine Stimme wird hart. „Was zur Hölle denkst du dir dabei, sowas anzuziehen?"

Kylie erwidert meinen Blick und verzieht die Lippen zu einem leichten Schmollmund. „Gefällt es dir nicht?"

Ich schnaube. „Das Problem ist nicht, dass es mir nicht gefällt", sage ich mit belegter Stimme. „Das Problem ist, dass es auch jedem anderen Mann hier gefällt. Du bist ein wandelnder Blickfang, Schätzchen. Und das ist gefährlich, wenn man von solchen Männern umgeben ist. Du bringst sie auf Ideen. Irgendeiner könnte das ausnutzen."

Sie schnaubt spöttisch. „Das wird niemand tun."

Ich beuge mich vor und murmle in ihr Ohr. „Jeder Mann in diesem Raum sieht dich so an, als würde er sich gerade vorstellen, wie er deinen Rock hochschiebt und seinen Schwanz tief in dir versenkt. Jeder Mann hier denkt gerade dasselbe."

Kylie weicht vor mir zurück, einen schockierten Ausdruck auf dem Gesicht. „Du bist ekelhaft."

„Ich bin ein Mann, Schätzchen. Wir sind einfach gestrickt."

Cyndi, die ein noch freizügigeres schwarzes Lederkleid trägt, lächelt mir zu und klimpert mit den Wimpern. „Sieht Kylie nicht fantastisch aus?", säuselt sie. „Sie kauft sich nie solche Kleider! Ich muss wohl auf sie abfärben!"

„Ja. Toll", murmle ich.

„Lasst uns feiern, Ladys!", ruft Mal und legt besitzergreifend einen Arm um Cyndi. „Hale! Ich glaube, Kylie braucht einen Drink! Wo sind denn deine Manieren, Bruder?"

Ich sehe sie an. „Willst du irgendwas?"

„Ich kann es mir selbst holen", schießt sie zurück.

Ihr vorlautes Mundwerk treibt mich noch zur Weißglut. Ich schlucke meinen Ärger runter und zucke nur mit den Achseln. „Wie du willst."

Mit einem verärgerten Schnauben stößt Kylie sich vom Tisch ab und läuft auf die Bar zu. Mal, auf der anderen Seite des Tisches, pfeift leise und starrt ihr auf den Arsch.

„Hey!", protestiert Cyndi und verpasst ihm einen spielerischen Klaps gegen die Schulter.

„Mein Gott, das Mädel hat wirklich was zu bieten", knurrt er. „Sie sollte sich öfter so anziehen."

„Nein, das sollte sie verdammt noch mal nicht", fauche ich.

„Du bist nur eifersüchtig!", säuselt Cyndi. „Du willst sie ganz für dich allein haben!"

Ich starre sie mit schmalen Augen an. „Sie ist nicht meine Freundin. Ich bin nur nicht in der Stimmung, den verdammten Babysitter zu spielen, wenn die anderen Trottel hier über sie herfallen."

Mal nickt zur Bar hinüber. „Wo wir gerade davon sprechen …"

Als Kylie sich gerade über die Bar beugt und ihren verdammten Hintern dabei in die Luft streckt, beginnen die Männer sich wie auf Befehl um sie zu scharen. Rogue ist als Erster bei ihr. Er stellt sich hinter sie und legt ihr eine Hand auf den Arsch.

„Gottverdammte Scheiße", fluche ich wütend und knalle mein Bier auf den Tisch.

Mit drei Schritten bin ich an der Bar, gerade rechtzeitig, um zu sehen, wie Kylie sich umdreht und Rogue überrascht anstarrt.

„Hey, Süße", sagt er gedehnt und zieht sie an sich. „Komm mit und verbringe ein bisschen Zeit mit mir."

Kylie legt ihm die Hand auf die Brust und versucht, ihn von sich wegzuschieben. „Ich bin mit Freunden hier", protestiert sie, doch er hält sie weiterhin fest.

„Dann bin ich jetzt eben dein neuer Freund", antwortet Rogue mit einem anzüglichen Grinsen. Er beugt sich vor, um sie zu küssen, doch ich packe seinen anderen Arm und drehe ihn hinter seinen Rücken, bevor er weiß, wie ihm geschieht. Überrascht schreit er auf.

„Die Dame gehört zu mir", sage ich durch zusammengebissene Zähne, und reiße seinen Arm nach oben.

„Das sieht man ihr aber nicht an", knurrt Rogue, während er versucht, sich aus meinem Griff zu befreien.

„Muss man auch nicht. Ich sage es dir ja jetzt."

„Fick dich", zischt er.

„Hast du Ohren, du Arschloch?", fauche ich. „Oder muss ich es dir auf andere Weise klarmachen?"

Erneut reiße ich seinen Arm nach oben und er stöhnt vor Schmerz. „Ich habe Ohren."

„Gut." Ich lockere meinen Griff, doch bevor ich ihn von mir wegstoßen kann, wirbelt er herum und holt zum Schlag aus. Der Mistkerl hat allerdings sein Gleichgewicht noch nicht wiedergefunden, also strecke ich ein Bein aus und ziehe ihm die Beine weg. Der Boden erledigt den Rest.

„Deine Ohren scheinen nicht zu funktionieren, Bruder", schnauze ich und beuge mich über ihn. „Du solltest beten, dass sich das ändert, bevor ich sie dir verdammt noch mal abreiße."

Eine Sekunde lang sieht es so aus, als hätte Rogue vor, sich weiter zu prügeln, doch ein Blick auf mein Gesicht reicht aus, um ihn davon zu überzeugen, wie ernst ich es meine. „Scheiß drauf. Keine Fotze ist diesen Bullshit wert", spuckt er.

Aus irgendeinem Grund macht mich das nur noch wütender, doch ich kann mich gerade noch davon abhalten, mich herunterzubeugen und ihn windelweich zu schlagen. „Fick dich, Bruder. Halt dich verdammt noch mal von ihr fern. Und zwar dauerhaft."

Ich packe Kylie am Oberarm und ziehe sie zurück zu Mal und Cyndi. „Bist du verdammt noch mal wahnsinnig?", schnauze ich sie an.

„Was?" Kylie tut so, als hätte sie keine Ahnung, wovon ich rede. „Das war doch nicht *meine* Schuld!"

„Gott, du bist *tatsächlich* wahnsinnig!" Ungläubig wische ich mir mit der Hand übers Gesicht. „Das hat nichts mit Schuld zu tun. Aber dieses Kleid ist hier drin wie ein verdammtes Signalfeuer!"

„Cyndi ist auch so angezogen!", protestiert sie. „Und die da drüben auch!" Sie deutet auf ein paar Clubmädels in der Ecke.

„Ja, weil die *wollen*, dass die Männer sie begrapschen", entgegne ich. „Willst *du* das auch?"

„Nein." Sie schüttelt entschieden den Kopf. „Ich wollte einfach nur mein neues Kleid tragen."

„Tja, du hast dir wirklich einen beschissenen Ort dafür ausgesucht", murmle ich. „Komm mit."

„Wo gehen wir denn hin?"

„Zurück in das Zimmer, wo deine anderen Klamotten sind. Du ziehst dieses Kleid aus."

„Nein, das tue ich nicht!"

Ich kann sehen, wie sie bei meinen Worten auf stur schaltet, doch ich werde kein Nein akzeptieren. Sie will sich von mir losreißen, doch in den Schuhen, die sie trägt, hat sie dafür nicht genug Halt. Ich reiße die Tür zu dem Apartment, aus dem sie vorhin herausgekommen ist, auf und schiebe sie hinein. Dann schlage ich die Tür hinter uns zu.

„Behandle mich nicht wie ein kleines Kind, Cam!", schreit Kylie, wirbelt herum und starrt mich an.

„Ich behandle dich nicht wie ein Kind", schnauze ich zurück. „Ich behandle dich wie eine Frau, die keine Ahnung hat, in was für Schwierigkeiten sie steckt!"

„Oh, verdammt noch mal!" Kylie wirft die Hände in die Luft. „Wir sind hier doch nicht in irgendeiner dunklen Seitengasse, Cam! Da draußen ist es hell erleuchtet und es sind genug Leute da, die sehen können, was vor sich geht. Es ist ja nicht so, als würde ich in diesem Kleid gleich vergewaltigt werden!"

Ich gehe einen Schritt auf sie zu, doch Kylie weicht nicht vor mir zurück. „Nicht alle Männer da draußen scheren sich darum, ob du zustimmst, Ky. Sie werfen einen Blick auf das Kleid, das du anhast, und sehen darin ein riesiges Neonschild mit der Aufschrift ‚Fick mich'! Ob du das willst oder nicht, macht keinen verdammten Unterschied. Ich kenne diese Männer nicht gut genug, um dir sagen zu können, welche davon so denken, doch ich bewege mich schon lange genug unter gesetzlosen Bikern, um zu wissen, dass es immer mindestens ein paar gibt, die kein Nein akzeptieren werden. Und du solltest dich nicht darauf verlassen, dass die anderen dir zu Hilfe eilen, wenn sie eigentlich viel lieber zusehen wollen!“ Ich trete noch einen weiteren Schritt vor, bis ich direkt auf sie herabsehen kann. „Ist es das, was du willst?“, brülle ich. „Willst du das?“

Kylie hält meinem Blick stand, doch ich kann sehen, wie ihr Widerstand bröckelt. Sie beißt sich auf die Unterlippe. „Nein“, gibt sie zu.

„Tja, ich auch nicht!“ Ich bemerke, dass ich immer noch brülle, während ich so vor ihr stehe. Ich bin gerade verdammt wütend. Adrenalin rauscht durch meine Adern, und das liegt vermutlich daran, dass ich vorhin mit Rogue nicht den Kick bekommen habe, den ich brauchte – am liebsten hätte ich ihn krankenhausreif geschlagen. Kylie zuckt zusammen und tritt einen Schritt zurück, als hätte sie Angst vor mir. Scheiße. Das wollte ich nicht. Ich habe keine Ahnung, *was* zur Hölle ich eigentlich will. Die Vorstellung, dass irgendeiner dieser verdammten Kerle sie anfassen könnte, bringt mich um den Verstand. Ich will jeden Einzelnen, der sie so angesehen hat, umbringen. Ich will diese verdammte Tür absperren und verriegeln, damit keiner von ihnen an sie herankommt. *Fuck. Fuck, fuck*, fuck!

„Verdammt noch mal“, murmle ich, wende mich ab und fahre mir mit meiner rauen Hand durchs Haar. „Gottverdammt noch mal.“

„Es tut mir leid.“ Kylie flüstert beinahe. „Okay? Ich wollte dich nicht so wütend machen. Ich ...“ Sie atmet zitternd ein. „Ich weiß, dass du nur versuchst, mich zu beschützen.“

„Da hast du verdammt noch mal recht“, entgegne ich.

„Aber … warum bist du so wütend auf *mich*?“, fährt sie mit leiser, kleinlauter Stimme fort. „Ich habe das ja nicht mit Absicht getan, Cam. Du hättest auch einfach … du weißt schon, mit mir *reden* können, ohne mich gleich so anzubrüllen.“

„Hättest du denn auf mich gehört?“, frage ich skeptisch.

Sie zögert. „Vielleicht. Vielleicht auch nicht. Aber vermutlich hätte ich mich nicht so gesträubt, wenn du mich nicht wie eine Idiotin behandelt hättest.“

„Gott. Ich habe dich doch nicht wie eine Idiotin behandelt.“ Verdammt noch mal, müssen wir jetzt etwa über *Gefühle* reden oder so einen Scheiß?

„Doch, das hast du. Du hast mir Anweisungen erteilt, als wäre ich ein kleines Kind, das es nicht besser weiß.“ Sie sieht zu mir auf, und ich sehe die Herausforderung in ihren wild funkelnden Augen. Ihr Blick brennt sich in meinen, die Pupillen groß und dunkel. Der Lippenstift, den sie aufgetragen haben muss, als sie sich dieses Fick-mich-Kleid angezogen hat, lässt ihre Lippen glänzen. Sie ist nicht einmal dreißig Zentimeter von mir entfernt, und jeder einzelne davon zählt. Mein Schwanz regt sich in meiner Jeans. Ich wollte noch nie eine Frau so sehr, wie ich Kylie gerade will.

Ich wende mich ab, presse die Augen zusammen, damit ich eine Weile nicht sehen muss, wie sich ihre Brüste unter diesem verdammten Kleid abzeichnen. Ich fühle mich wie ein Vulkan kurz vor dem Ausbruch. Ich warte eine Sekunde lang, und dann noch eine. Dann drehe ich mich wieder zu ihr um und öffne die Augen. Ich gebe mein Bestes, um mich wieder zu beruhigen, bevor ich ihr antworte.

„Ich behandle dich nicht wie ein Kind, Ky. Oder wie eine Idiotin“, sage ich. Meine Stimme klingt heiser. „Ich behandle dich wie eine Frau, die aussieht, als würde sie darum betteln, geküsst zu werden. Und noch mehr. Ob es dir gefällt oder nicht – jeder Mann in diesem Club ist deinetwegen gerade steinhart.“

Kylie lässt mich keine Sekunde lang aus den Augen. Ich sehe, wie sie schluckt, dann teilen sich ihre Lippen wieder.

„Jeder Mann?“, fragt sie sanft.

Mein Schwanz stemmt sie gegen die Innenseite meiner Jeans und ich stöhne auf. Dann liegen meine Lippen auf ihren, und meine Zunge sucht sich fordernd ihren Weg an ihrem Lipgloss vorbei. Kylie schnappt nach Luft, doch dann lässt sie mich ein, und ihre Zunge trifft auf meine, sie umspielen einander in einem Tanz, der einen Stromstoß direkt in meinen Schwanz zu senden scheint.

Heilige Scheiße. Ich habe in meinem Leben schon Dutzende – vielleicht sogar Hunderte – von Frauen gevögelt, von jedem erdenklichen Punkt innerhalb des Spektrums. In jeder erdenklichen Position und Kombination.

Aber keine davon hat je so etwas in mir ausgelöst, wie dieser Kuss es gerade tut. Mein Körper übernimmt die Kontrolle, jede einzelne Zelle ruft mir zu, dass das hier der Fick meines Lebens wird. Kylies Körper fühlt sich weich und nachgiebig unter meinen Händen an, doch die Dringlichkeit ihres Kusses und die Art, wie sie sich an mich presst, lässt keinerlei Zweifel aufkommen. Sie will das hier auch. Genauso sehr wie ich. Und auf einmal weiß ich genau, dass sie keinen dieser verdammten Mistkerle da draußen will. Das hier ist es, wozu unsere Körper erschaffen wurden. Mein Schwanz ist dazu bestimmt, in ihr zu sein.

Ich lege meine Hände um ihren Hintern und ziehe sie an meine Härte. Kylie stöhnt, ihre Arme liegen um meinem Hals. Dann drücke ich sie gegen die Wand und lege ihre Beine um mich. In meinem Kopf existiert nur noch Verlangen. Ich höre auf, sie zu küssen, und lasse meine Lippen stattdessen ihren Hals hinabwandern, knabbere an ihrer zarten Haut. Als Reaktion darauf höre ich sie nach Luft schnappen, und sie winkelt ihre Hüfte so an, dass mein Schwanz über unseren Klamotten an ihrer Pussy liegt. Ich spüre sie erschauern, dann versteift sie sich plötzlich.

„Cam", presst sie heraus. „Cam …Ich … Ich muss gehen."

Was zur Hölle? „Du … Was?"

Kylie atmet zitternd ein und legt mir dann die Hände auf die Brust. „Ich muss gehen", wiederholt sie und drückt mich weg.

Eine Sekunde lang starre ich sie nur ungläubig an. Sie erwidert meinen Blick nicht, doch ihre Augen sind dunkel wie die Nacht, und ihre Haut glüht. Sie will das hier immer noch, daran habe ich keinerlei Zweifel. Sie kämpft dagegen an. Aber ich werde es nicht erzwingen.

Stattdessen setze ich sie auf dem Boden ab und beobachte, wie sie ihren Rock zurechtzupft. Dann hebt sie eine Hand und kämmt sich mit den Fingern nervös durchs Haar. „Ich gehe dann", murmelt sie.

Ich versuche, einen klaren Gedanken in meinem von Testosteron vernebelten Gehirn zu fassen. „Ich fahre dich", sage ich mit rauer Stimme.

„Nein. Ich fahre selbst." Sie schluckt einmal und geht dann ein paar wackelige Schritte auf die Tür zu. Sie öffnet sie, dreht sich dann aber noch einmal kurz zu mir um. Noch immer sieht sie mich nicht direkt an. „Gute Nacht, Hale."

Und dann ist sie weg. Und ich stehe hier und starre auf die Stelle, an der sie eben noch gestanden hat.

„Verdammt noch mal", zische ich. „Diese Scheiße ist einfach nur krank."

12

KYLIE

Während der gesamten Rückfahrt zittern meine Hände am Steuer. Ich habe nicht genug Alkohol getrunken, um in Schwierigkeiten zu kommen, aber das ist auch nicht der Grund dafür, dass ich so neben mir stehe.

Mein ganzer Körper ist gespannt wie eine Gitarrensaite, die darauf wartet, gezupft zu werden. Und nur Cameron Hale kann mich so spielen, wie ich gespielt werden möchte.

Ich werde wohl nie ganz verstehen, wie ich es geschafft habe, mich von Cam loszureißen und dieses Zimmer im Clubhaus zu verlassen. Das war mit Abstand eines der schwierigsten Dinge, die ich je getan habe. In meinem ganzen Leben habe ich noch nie einen Mann so sehr gewollt. Verdammt, ich bin mir nicht einmal sicher, ob ich je *irgendwas* so sehr gewollt habe.

Aber genau das ist der Grund, warum ich mich davon abhalten musste.

Cam geht mir unter die Haut. Er hat es mit seiner ärgerlichen, überheblichen, sexy Art irgendwie geschafft, in mein Innerstes vorzudringen und mich dazu zu bringen, mich nach seiner Berührung zu sehnen. Mich nach seiner Gegenwart und der Wärme seiner Haut zu sehnen. Das ist meine eigene Schuld, weil ich diese Gedanken über ihn zugelassen habe. Ich hätte mir in Erinnerung rufen sollen, dass ich schon immer eine Schwäche für Cam hatte. Als ich ihn im Clubhaus wiedergesehen habe, hätte ich sofort in Alarmbereitschaft gehen müssen. Ich hätte vorsichtiger sein müssen.

Aber ich weiß genau, wie er über mich denkt. Selbst wenn er sich von meinem Körper angezogen fühlt – und er hat mir praktisch gesagt, dass das nur eine Reaktion auf mein enges Kleid war –, weiß ich genau, dass er nicht mehr für mich empfindet. Er hat gesagt, dass jeder Mann in diesem Club mich wollte, und ich schätze, er hat auch gesagt, dass er da keine Ausnahme bildet. Doch das bedeutet, dass er in mir lediglich einen geilen Arsch sieht. Und das ist wirklich das Letzte, was ich für ihn sein möchte. Denn wenn ich mich ihm öffne, wenn ich ihn merken lasse, wie sehr ich ihn schon immer wollte, könnte ich seinen Hass danach nicht mehr ertragen.

Denn es bleibt nun einmal eine Tatsache, dass Cam mich hasst, und der Umstand, dass er heute vorübergehend nett zu mir war, ändert daran nichts. Er gibt mir die Schuld an Scottys Tod, und er glaubt, dass man mir nicht vertrauen kann. Mit ihm zu schlafen, würde daran nichts ändern. Wahrscheinlich würde es sogar alles nur noch schlimmer machen. Er würde mich wegen Scotty immer noch hassen und obendrein würde er mich dann auch noch verurteilen, weil ich einfach so mit ihm ins Bett gegangen wäre. Er würde mich für ein Flittchen halten oder annehmen, dass ich meinen Körper einsetzen will, um ihn weichzuklopfen. Oder irgendetwas in der Art. Er würde niemals irgendetwas, das zwischen uns passiert, ernstnehmen.

Und ich könnte seine Verachtung danach nicht mehr

aushalten. Die Vorstellung, mich ihm zu öffnen – und wie gut es sich unglücklicherweise vermutlich anfühlen würde, mit ihm zusammen zu sein – und dann deswegen noch mehr von ihm verachtet zu werden, kann ich einfach nicht ertragen. Cameron Hale wird immer nur das Schlechteste über mich denken. Ich darf ihm nicht noch mehr Munition liefern.

Cameron Hale ist ein Mann, der für mich niemals nur ein One-Night-Stand sein könnte. Es würde mir danach niemals gelingen, ihn wieder aus dem Kopf zu kriegen. Das ist einfach zu gefährlich. Ich muss meine Gefühle – und meinen Körper – im Griff behalten.

Also verlasse ich fluchtartig das Clubhaus. Meine anderen Klamotten konnte ich nicht mehr mitnehmen, denn ich wollte keine Sekunde länger in dem Gebäude verbringen und damit riskieren, dass Cam mir folgt. Zum Glück habe ich meine Handtasche und meine Schlüssel bei mir. Ich kann unbehelligt von den anderen Männern das Clubhaus verlassen und mehr oder weniger unbemerkt in meinen Truck schlüpfen und nachhause fahren.

Als ich zurück zum Haus meines Vaters komme, ist er schon schlafen gegangen. Er hat mir einen Zettel auf dem Küchentisch hinterlassen, auf dem steht, dass er müde war und wir uns morgen früh sehen werden. Ich bin unglaublich dankbar, dass mir der Smalltalk mit ihm heute erspart bleibt. Dass ich nicht so tun muss, als hätte ich einen schönen, harmlosen Abend mit meinen nicht existierenden Freundinnen verbracht. Meinem Dad zuliebe gebe ich mir immer Mühe, mein Leben so positiv wie möglich klingen zu lassen. Ich weiß, dass er ein schlechtes Gewissen hat, weil ich von Lexington zurück nach Ironwood gezogen bin, um mich um ihn zu kümmern. Aber manchmal kostet es mich mehr Kraft, als ich habe, die Dinge positiv zu sehen.

Und ich weiß nicht, wie ich es heute Nacht hätte schaffen sollen, vor ihm zu verbergen, wie traurig und gestresst ich bin, und wie sehr ich mich nach einem Mann sehne, der immer nur das Schlechteste von mir annehmen wird.

Als Dad am nächsten Morgen in die Küche kommt, bin ich schon lange auf den Beinen und habe gefrühstückt. Er ist so lange im Bett geblieben, dass ich schon nach ihm sehen wollte. Als er endlich auf den Tisch zu schlurft, an dem ich gerade sitze und meine dritte Tasse Kaffee trinke, sehe ich mit einem Lächeln auf den Lippen zu ihm auf, doch der Morgengruß, der mir auf der Zunge lag, bleibt mir im Hals stecken. Er sieht überhaupt nicht gut aus. Sein Gesicht ist grau und eingefallen, und die Falten auf seiner Stirn erzählen von den Schmerzen, die er vor seiner Tochter zu verbergen sucht.

„Dad", sage ich sanft und versuche, mir meine Besorgnis nicht anmerken zu lassen. „Möchtest du etwas frühstücken? Ich kann dir ein wenig Grießbrei machen oder so."

Er lächelt verkniffen. „Nein, danke, Schätzchen. Ich trinke gleich eine Tasse Kaffee. Ich setze mich nur vorher ein wenig in meinen Sessel."

Ich betrachte seine ausgemergelte Gestalt, als er ins Wohnzimmer geht. Eine Welle schlechten Gewissens spült über mich hinweg, weil ich gestern Abend nicht hier war. Wie lange geht es ihm schon so schlecht?

Ich greife nach meiner Tasse und folge ihm aus der Küche hinaus. Geduldig warte ich, bis er sich in seinen Sessel gehievt hat, und versuche, die Angst und den Schmerz, die ich empfinde, zu verdrängen. Erst als er es mit einem leisen Stöhnen schließlich geschafft hat, sich hinzusetzen, fällt ihm auf, dass ich vor ihm stehe, und er schenkt mir ein schwaches Lächeln. „So", presst er hervor. „Gib mir nur fünf Minuten, dann nehme ich diesen Kaffee."

„Okay." Ich ziehe den Hocker, der vor dem Sessel ihm gegenüber steht, zu mir und setze mich drauf. „Aber zuerst will ich dir etwas erzählen." Ich verziehe die Lippen zu einem aufmunternden Lächeln, damit er sich hoffentlich ein wenig besser fühlt. „Erinnerst du dich daran, dass ich gestern Abend am Telefon gesagt habe, dass ich gute Neuigkeiten habe?" Ich warte seine Antwort nicht ab. „Tja, ich habe eine Beförderung bekommen! Und das Beste ist, dass eine Krankenversicherung dazugehört!"

Dad verzieht die Lippen zu einem verzerrten Lächeln und versucht, seine Schmerzen zu überspielen. „Das ist wunderbar, Schätzchen", murmelt er.

Mir ist klar, dass er die Bedeutung meiner Worte nicht erkennt. „Dad, das bedeutet, dass wir uns deine Therapie jetzt wieder leisten können! Ich kann eine Familienversicherung abschließen und wir können sofort damit loslegen!"

Diesen Satz habe ich in Gedanken so oft geprobt, dass er mir ganz locker von der Zunge geht. Ich bin froh, dass Dad eigentlich gar nicht genug über unser Versicherungssystem weiß, um zu realisieren, dass man nicht einfach so seine Eltern mitversichern kann. Das Gute an meinem Plan ist, dass er mir vermutlich nicht allzu viele Fragen stellen oder zu viel über meine Worte nachdenken wird. „Ich kümmere mich um den Papierkram", fahre ich fort, „und dann werde ich sofort den Arzt anrufen und einen Termin für dich vereinbaren, damit du die Therapie fortsetzen kannst."

Dad nickt nur und schließt die Augen. „Okay, Schätzchen", keucht er. „Das ist toll. Könntest du ... mir eine Aspirin oder sowas bringen? Ich habe leichte Schmerzen heute Morgen."

Ich stehe auf und will schon ins Badezimmer gehen, doch da erinnere ich mich an die Pillen in meiner Handtasche. Als ich gestern von meiner Tour mit Cam zurückkam, konnte ich Mal dazu überreden, sie mir zu geben. Ich greife nach dem Fläschchen und spüre eine Woge der Erleichterung. Dann gehe ich in die Küche, um ein Glas Wasser zu holen. Als ich ins Wohnzimmer zurückkehre, nimmt mein Vater dankbar die Pillen und schluckt sie, ohne wirklich einen Blick darauf zu werfen.

Zwanzig Minuten später ist mein Vater schon viel lockerer und sein Körper nicht mehr so angespannt, als ich ihm seinen Kaffee mit der pflanzlichen Kaffeesahne bringe, die er so mag. Ich bringe ihn sogar dazu, ein wenig Toast mit Butter zu essen. Dann setze ich mich zu ihm und wir gucken gemeinsam Frühstücksfernsehen, bis es für mich Zeit wird, zur Arbeit zu fahren. Ich lasse noch ein paar weitere Pillen in einem kleinen Schälchen auf dem Beistelltisch neben seinem Sessel zurück und stelle ein Glas Wasser daneben. Dann schnappe ich mir meine Sachen und gehe, sage ihm vorher aber noch Bescheid, dass sich sein Mittagessen in einer Dose im Kühlschrank befindet, zusammen mit einer Anleitung, wie er es sich in der Mikrowelle aufwärmen kann.

Dad winkt mir zum Abschied, ein benommenes Lächeln auf den Lippen. Ich schließe die Tür hinter mir und hoffe, dass die Medikamente seine Schmerzen einigermaßen in Schach halten werden, bis ich zurück bin.

An meinem Arbeitsplatz angekommen, warte ich bis zu meiner ersten Pause, um Dads Arzt anzurufen und ihn darum zu bitten, so bald wie möglich einen Termin bei einem Onkologen für uns zu vereinbaren. Ich bekomme einen Anfang nächster Woche. Der Termin ist allerdings zu einer Zeit, zu der ich eigentlich arbeiten müsste, also rufe ich die andere Rezeptionistin des Salons, Nevaeh, an und bitte sie, mit mir zu tauschen.

Etwa eine Stunde lange verspüre ich einen ungewohnten Optimismus. Sonst fühlt es sich für mich in der Regel so an, als hätte ich keinerlei Kontrolle über mein Leben, doch jetzt scheint es ganz so, als läge mein Leben endlich einmal zumindest ein Stück weit in meiner Hand.

Vielleicht wird von jetzt an alles besser. Der Gedanke zaubert mir ein Lächeln auf die Lippen.

Cyndi kommt herein, um ihre Schicht zu beginnen, und schmollt ein wenig, weil ich gestern Abend einfach das Clubhaus verlassen habe, ohne mich von ihr zu verabschieden. „Zuerst dachten wir, du und Hale hättet euch zusammen abgesetzt", sagt sie mit einem verschmitzten Grinsen. „Wow, er war echt angepisst, weil die anderen Männer dich in diesem Kleid so angestarrt haben! Aber dann kam er kurz darauf ohne dich zurück und meinte, du wärst schon nachhause gegangen."

„Tut mir leid." Ich versuche zerknirscht auszusehen. „Ich habe mich nicht gut gefühlt. Vielleicht hatte ich was Falsches gegessen."

Zum Glück geht Cyndi nicht weiter darauf ein, sondern erzählt mir ein paar lustige Geschichten von der gestrigen Party, die ich verpasst habe, bevor sie mich zurücklässt, um sich auf ihren ersten Kunden vorzubereiten. Ich sehe ihr voller Erleichterung nach, doch seit sie Hale erwähnt hat, sehe ich ständig sein Gesicht vor mir, und den lüsternen Ausdruck, der gestern darauf lag. Hitze sammelt sich zwischen meinen Beinen, als ich mich an seinen Kuss und seine fieberhafte Berührung zurückerinnere.

Und dann erinnere ich mich daran, wie ich gestern Abend vom Clubhaus nachhause gekommen bin. Wie ich, nachdem ich nach meinem Vater gesehen hatte, in mein

Schlafzimmer ging und die Tür hinter mir verschloss. Und wie sich dann dort in der Dunkelheit die Erinnerung an seine Lippen und seine Hände auf meiner Haut mit den Erinnerungen an ähnlich verbotene Augenblicke aus meiner Schulzeit vermischten.

Augenblicke, in denen ich allein in meinem winzigen Schlafzimmer in unserem Wohnwagen im Dunkeln lag, und meine Teenagerhormone verrücktspielten. Augenblicke, in denen ich an Cam dachte statt an meinen Freund Scotty, wenn ich mich zaghaft berührte.

13

KYLIE

Als Scotty und ich damals auf der Highschool ein Paar wurden, fühlte ich mich, als hätte ich außerordentliches Glück gehabt.

Da ich an einer Schule, an der sich die meisten Schüler praktisch schon seit ihrer Geburt kannten, die Neue war, wusste jeder sofort, wer ich war, und ich wurde neugierig beäugt. Ich bekam schnell so viel Aufmerksamkeit von hormongesteuerten Jungs, dass viele der Mädchen mir sofort misstrauisch gegenüberstanden. Das führte dazu, dass ich nur sehr wenige erwähnenswerte weibliche Bekanntschaften hatte. Tischnachbarinnen oder Laborpartnerinnen, die anfangs freundlich zu mir gewesen waren, verhielten sich schnell deutlich kühler mir gegenüber, wenn sie mich auf dem Flur trafen, und wandten sich mit säuerlicher Miene ab, wenn irgendwelche Jungs auf mich zukamen, um anzugeben oder mit mir zu flirten.

Ich nehme an, ich kann den anderen Mädchen keinen Vorwurf dafür machen, dass sie eifersüchtig waren. Mir ist klar, dass eigentlich nicht ich es war, woran sie sich so sehr störten – immerhin kannten sie mich gar nicht genug, um mich einschätzen zu können. Es war nur die Tatsache, dass ich eben neu war und die männliche Bevölkerung sich daher für mich interessierte. Vermutlich hätten sie auf jedes andere Mädchen, das einigermaßen gut aussah, ganz genauso reagiert.

Nicht, dass irgendeiner dieser Jungs mich sonderlich interessiert hätte. Die meisten Jungen an der Corydon Highschool waren schlaksig und unbeholfen, zu laut und zu verzweifelt in ihren Flirtversuchen. Anfangs schienen sie alle miteinander zu verschwimmen, bis auf einen: Scotty Bauer. Er war gutaussehend und charmant, direkt, ohne dabei aufdringlich zu sein. Er wirkte selbstbewusster als die anderen Jungs in meiner Klasse, und ich fand ihn amüsant und konnte mich gut mit ihm unterhalten. Ein paar Wochen nach Schuljahresbeginn fing er an, an meinem Schließfach herumzuhängen, und eines Tages bot er mir nach der Schule an, mich nachhause zu fahren. Die Art, wie er es sagte, war so selbstverständlich und souverän, dass ich beinahe ohne nachzudenken Ja sagte.

Corydon war eine so kleine Stadt, dass der Unterschied zwischen den wohlhabenderen und den ärmeren Familien nur gering war, daher schämte ich mich nicht allzu sehr dafür, dass ich in einem Wohnwagen auf dem Grundstück meines Vaters lebte. Allerdings wohnten wir außerhalb der Stadt, und da wir nur zu zweit waren, war ich manchmal ein wenig einsam. Da war Scotty eine willkommene Abwechslung.

Es war schön, jemanden zu haben, der mir seine Aufmerksamkeit schenkte – jemand, der mich für hübsch hielt, und für klug, und der fand, dass ich seine Zeit wert war. Mein Dad mochte ihn auch. Er arbeitete daran, seinen Gartenservice ins Rollen zu bringen, und verbrachte daher viel Zeit damit, seine gebraucht gekaufte Ausrüstung wieder instand zu setzen. Der Großteil davon funktionierte allerdings nicht sonderlich gut. Scotty interessierte sich im Grunde für alles, was einen Motor hatte, und die Gespräche über verschiedenste Reparaturen schweißten die beiden zusammen. Manchmal verstanden sie sich sogar so gut, dass ich mich beinahe fragte, ob Dad möglicherweise Scottys Gesellschaft der meinen vorzog.

Nach unseren ersten paar Verabredungen stellte Scotty mich seinen beiden besten Freunden vor – Cousins namens Malcolm und Cameron. Mal wirkte auf mich irgendwie sofort wie eine Art großer Bruder. Er war genauso gutaussehend wie Scotty, und er war nett und witzig, aber er behandelte mich wie einen von den Jungs – vielleicht aus Rücksicht, schließlich war ich die Freundin seines Kumpels.

Mit Cam dagegen war es völlig anders. Vom ersten Moment an, als ich ihn kennenlernte, war ich von seiner ruhigen, nachdenklichen Art fasziniert. Auch er war gutaussehend, aber auf eine dunklere Art als Scotty und Mal. Selbst damals schon wirkte er irgendwie älter als der Rest von uns. Schon mit achtzehn Jahren schien er eher ein Mann als ein Junge zu sein. Und er strahlte ein weitaus weniger prahlerisches Selbstbewusstsein aus als Scotty.

Irgendetwas an Cam brachte meinen Puls zum Rasen, wenn er in der Nähe war. Irgendetwas hatte er an sich, das mich dazu brachte, seinen Körper betrachten zu wollen, wenn er sich bewegte.

Und ich fragte mich, wie es sich wohl anfühlen würde, wenn er sich *an mir* bewegen würde.

Cameron lächelte nur selten, und lachen hörte man ihn noch viel seltener. Ich hatte keine Ahnung, wie er über mich dachte, ob er mich mochte, mich nur duldete oder mich verachtete. Er tolerierte einfach meine Anwesenheit in meiner Rolle als Scottys Freundin und blieb auf Abstand.

Aber hin und wieder ertappte ich ihn dabei, wie er mich ansah, mit einem Blick, der sich mit einer Intensität, die ich nicht beschreiben könnte, in meinen brannte.

Scotty schien es nicht zu stören, wenn ich auch dabei war, wenn er Zeit mit seinen Freunden verbrachte. Im Gegenteil, er schien es sogar zu genießen, mit mir anzugeben. Manchmal fühlte ich mich dadurch ein bisschen wie eine Art Trophäe, was mir nicht sonderlich gefiel. Doch meistens versuchte ich, das einfach an mir abprallen zu lassen. Ich war froh, dass er mich nicht jedes Mal im Regen stehen ließ, wenn seine Freunde etwas unternehmen wollten, wie das einige der anderen Jungs mit ihren Freundinnen zu tun pflegten. Und nach einer Weile fühlte es sich beinahe so an, als wären Mal und Cam auch meine Freunde. Naja, Mal zumindest. Wie schon gesagt, bei Cam konnte ich das nie so richtig einschätzen.

Ich verbrachte allerdings nie Zeit mit den anderen beiden, wenn Scotty nicht dabei war. Es war einfach nur ein ungeschriebenes Gesetz, dass ich ebenfalls da war, wenn er da war. So kam es, dass ich nie wirklich unter vier Augen mit Mal oder Cam gesprochen hatte. Und das bedeutete auch, dass ich nie mit Cam und der Anziehung, die er auf mich ausübte, allein sein musste. Sie war eher wie ein gedämpftes, aber mehr oder weniger konstantes Hintergrundrauschen, wenn ich mit ihm interagierte.

Eines Tages änderte sich das allerdings.

Eines Tages kam Scotty in einer Pause an mein Schließfach, um mir mitzuteilen, dass er schon früher von der Schule nachhause fahren müsste. Sein Vater, ein Handwerker, brauchte seine Hilfe bei einem Projekt, weil einer seiner Mitarbeiter krank geworden und nachhause gegangen war. Und da ich normalerweise mit Scotty zur Schule und wieder nachhause fuhr, hatte er stattdessen Cam gebeten, mich nachhause zu bringen.

Dieser Tag veränderte so einiges. Vieles war nicht mehr wie zuvor.

Einige der Dinge, die sich veränderten, waren Sachen, von denen niemand außer Scotty wusste.

Und mindestens eines dieser Dinge war ein Geheimnis, das ich niemals jemandem anvertraut habe.

Nach diesem Tag wusste ich noch viel weniger, was Cam eigentlich über mich dachte.

Was mich selbst betrifft, war es allerdings so, dass ich nun immer öfter an ihn dachte.

Auf eine Art und Weise, wie ich es eigentlich nicht tun sollte.

Und ich fragte mich – hoffte beinahe – dass er vielleicht auch so an mich dachte.

DAS TELEFON im Salon beginnt zu klingeln und reißt mich aus meinem gedanklichen Ausflug in die Vergangenheit. Ich spüre einen Anflug schlechten Gewissens, als die Erinnerung, wie ich schon damals Cam gegenüber empfunden habe, wieder auf mich einströmt.

Selbst jetzt habe ich noch das Gefühl, Scotty zu hintergehen. Selbst jetzt, wo er fort ist, und das schon seit Jahren. Und das, obwohl nie irgendetwas zwischen Cam und mir passiert ist. Ich habe diese Anziehung zwischen uns nie ausgelebt. Verdammt, ich weiß nicht einmal, ob er mir ähnliche Gefühle entgegengebracht hat. Wir haben nie darüber gesprochen. Nicht an diesem einen Tag, und auch nicht danach.

Ich habe keine Ahnung, ob das, was gestern zwischen Cam und mir vorgefallen ist, vielleicht auf eine gegenseitige

Anziehung in der Vergangenheit zurückzuführen ist. Vielleicht war es wirklich nur mein Kleid, das ihn so angemacht hat. Eigentlich habe ich keinen Grund, irgendetwas anderes anzunehmen.

Außerdem – selbst wenn Cam während der Highschool Gefühle für mich hatte, dann war das *davor*. Bevor Scotty festgenommen wurde. Bevor er getötet wurde. Es ist unmöglich, dass Cam danach noch irgendetwas außer Zorn und Verachtung für mich übrighatte. Das weiß ich mit Sicherheit. Er hat es mir unmissverständlich klar gemacht.

Und obwohl ich noch immer Cams brennende Lippen auf meinen spüren kann, weiß ich, wie dumm es wäre, zu glauben, dass die letzten vierundzwanzig Stunden irgendetwas daran geändert hätten, wie er über mich denkt. Nur weil unsere Körper in einem unbeobachteten Moment für ein paar Sekunden die Kontrolle übernommen haben, verändert das gar nichts. Cam hasst mich, und zu hoffen, dass sich das irgendwann ändert, wäre einfach nur dämlich.

Und was das Ganze noch schlimmer macht, ist die Tatsache, dass er mich jetzt vermutlich nur noch mehr verachtet, weil ich sein Leben schon wieder durcheinandergebracht habe, als ich in Ironwood aufgetaucht bin und mein ganz persönliches Chaos mal wieder mitgebracht habe.

Wie um mich davon abzuhalten, unseren Kuss noch ein weiteres Mal in Gedanken abzuspielen, greife ich nach dem Salontelefon und hebe ab, doch es ist niemand dran. Neben mir auf dem Schreibtisch vibriert allerdings mein Handy, und mir wird klar, dass es die ganze Zeit dieses Telefon war, das ich gehört habe. Ich verdrehe die Augen über mich selbst, hebe ab und begrüße den Anrufer beinahe mit dem Namen des Friseursalons.

„Hallo?“, stammle ich.

„Hallo, dürfte ich bitte mit Kylie Sutton sprechen?", fragt eine förmliche, professionell wirkende Stimme.

„Das bin ich."

„Miss Sutton, hier ist Francesca vom Morningside Hospital. Sie sind bei uns als Charles Suttons Tochter eingetragen, ist das korrekt?"

Ich richte mich ruckartig auf, mein Herz beginnt in meiner Brust zu hämmern. „Ja?"

„Miss Sutton, ich rufe an, um ihnen mitzuteilen, dass ihr Vater soeben mit einem Krankenwagen eingeliefert wurde."

14

HALE

Auch eine Stunde, nachdem Kylie das Clubhaus verlassen hat, bin ich immer noch verdammt noch mal ziemlich verwirrt von dem, was da zwischen uns passiert ist. Ich weiß, dass sie diesen Kuss wollte. Ich *weiß*, dass sie mehr wollte. Sie war unglaublich feucht für mich – so feucht, dass ich es durch meine Jeans spüren konnte. Daher kann ich mir nicht erklären, warum sie abgehauen ist.

Im Großen und Ganzen ist das aber nicht unbedingt etwas Schlechtes. Klar, meine Eier sind praktisch blau angelaufen, und die Erinnerung daran, wie ihre Haut sich unter meinen Fingern angefühlt hat, macht mich ganz kribbelig.

Aber Kylie zu vögeln ist wahrscheinlich eine der beschissensten Ideen, die ich je hatte, wenn man unsere gemeinsame Vergangenheit in Betracht zieht. Zur Hölle noch mal, es hat jetzt schon negative Auswirkungen, dass ich sie aktuell ständig um mich habe. Zum Beispiel bin ich nicht mehr ganz so wütend auf sie, wie ich es anfangs war. Und das macht mich verdammt noch mal wahnsinnig.

Ich verlasse das Apartment, brauche einen Ort, an dem

ich nicht ständig die nun leere Stelle anstarren muss, an der sie vor kurzem noch stand. Ich gehe in den Hauptraum des Clubhauses und schnauze den Jungen hinter der Bar an, damit er mir ein paar Whiskyshots eingießt. Ein paar der Ironwood-Männer kommen auf mich zu und wollen eine Unterhaltung beginnen, doch ein Blick auf mein Gesicht genügt und sie verpissen sich wieder. Was auch genau das ist, was ich verdammt noch mal wollte. Ich bin nicht in der Stimmung für ein Schwätzchen.

All die Jahre haben rein gar nichts an meinen Gefühlen Kylie gegenüber verändert, das ist mir nun klar.

Ich will sie immer noch genauso sehr wie damals.

NACH SCOTTYS TOD hatte ich lange zu gleichen Teilen mit meiner Wut, meiner Trauer und meinem schlechten Gewissen zu kämpfen.

Trauer, weil ich gerade meinen besten Freund verloren hatte.

Schlechtes Gewissen, weil ich das Gefühl nicht loswurde, dass ich hätte wissen müssen, dass er auf den Abgrund zusteuerte. Dass ich ihn hätte retten müssen. Und weil ich ein Geheimnis hatte. Ich hatte meine Gedanken zwar nie in die Tat umgesetzt, doch sie quälten mich dennoch.

Ich stand auf seine Freundin. Und zwar sehr.

Und Wut. Denn Wut ist reinigend. Dieser glühende Zorn ist wie Feuer, er löscht alles aus, bis auf das Wesentliche.

Ich ließ es zu, dass meine Wut all die Trauer und die Schuld einfach verbrannte, sie wie Alkohol verdampfte. Sie half mir, mich zu fokussieren, und die anderen lähmenden Gefühle hinter mir zu lassen.

Sie erlaubte mir, meine Gefühle für Kylie durch Hass zu ersetzen.

Die Wut, die diese ganze Situation rund um Scottys Tod in mir auslöste, wurde durch die Art und Weise, wie ich danach erfuhr, was eigentlich passiert war, nur noch weiter angestachelt.

Scotty war immer der Extrovertierteste von uns dreien gewesen. Selbst als Teenager war der Kerl schon eine Naturgewalt. Er konnte praktisch jeden, den er traf, um den kleinen Finger wickeln und kam mit Dingen davon, die man niemand anderen hätte durchgehen lassen, weil ihn alle so gernhatten. Und daher scheute er sich auch nicht, gewisse Risiken einzugehen. Er wusste, dass er sich in neun von zehn Fällen würde herausreden können.

Scotty war auch jemand, der immer großen Appetit hatte, und zwar in vielerlei Hinsicht. Er war die Art von Junge, die mit einem einzigen Stück Kuchen nie zufrieden ist, sondern stattdessen den ganzen Kuchen klaut und sich dann später aus der Sache herausredet. Er war der Erste von uns, der anfing, seinen Eltern Alkohol zu klauen und ihn dann mit in unser Versteck brachte, um ihn mit uns gemeinsam zu trinken, als wir zwölf oder dreizehn waren. Mal und ich beobachteten Scottys Talent, Leute für dumm zu verkaufen, mit Ehrfurcht und Bewunderung. Und natürlich hatten wir rein gar nichts dagegen, dass er uns an den Früchten seiner nicht sonderlich ehrlichen Arbeit teilhaben ließ.

Als wir dann älter wurden, gesellte sich zu dem Alkohol auch immer wieder Gras, wenn wir uns welches beschaffen konnten. Doch Scotty war derjenige von uns, der immer noch mehr wollte. Jedes Mal, wenn wir Gras in die Hände bekamen, rauchte er doppelt so viel davon wie wir und dröhnte sich so zu, dass Mal und ich uns oft irgendwelche

Ausreden für ihn einfallen lassen mussten, bis er wieder nüchtern war. Wenn wir tranken, war er immer davon überzeugt, noch fahren zu können, und wir mussten ihn davon abbringen.

Während ich jetzt so darüber nachdenke und in mein leeres Schnapsglas starre, wird mir klar, dass Scotty als Erwachsener vermutlich ein ziemlich hartes Leben gehabt hätte. Er war nicht der Typ, der irgendwann ruhiger wird oder mit dem Alter weniger Lust auf Alkohol und Gras hat. Er besaß eine – wie die Seelenklempner es heute nennen – Suchtpersönlichkeit. Sein Appetit wäre nur immer noch größer geworden, bis er ihn auf die eine oder andere Weise irgendwann verschlungen hätte.

Als Scotty aufhörte, so viel Zeit mit Mal und mir zu verbringen – etwa nach der Hälfte unseres letzten Highschooljahres – dachten wir zuerst, er hinge einfach mehr mit Kylie ab. Aber das war nicht ganz richtig.

Ja, er verbrachte von da an deutlich mehr Zeit bei ihr zuhause.

Aber wie sich später herausstellte, hatte das andere Gründe, als wir angenommen hatten.

Der erste wirkliche Hinweis, der uns hätte stutzig machen sollen, war der Tag, als Scotty mich nach der ersten Stunde im Flur abfing und mich fragte, ob es mir etwas ausmachen würde, Kylie nach der Schule nachhause zu fahren. Ich hatte damals noch kein eigenes Auto, doch mein älterer Bruder arbeitete nachts und ließ mich manchmal seinen zerbeulten Chevy Impala fahren, wenn er ihn nicht brauchte.

Eigentlich wollte ich Kylie überhaupt nicht nachhause fahren. Ich hatte bis dahin nie viel Zeit mit ihr allein verbracht, und zwar mit Absicht. Es erschien mir meine Pflicht als Scottys Freund, mich von ihr fernzuhalten. Doch ich konnte ihm ja schlecht sagen, dass er jemand anderen bitten sollte, seine Freundin nachhause zu fahren, weil ich sie so unglaublich gern vögeln würde. Und mein verräterisches Hirn spuckte nicht schnell genug eine gute Ausrede aus, also stimmte ich wider besseres Wissen am Ende zu.

Ich machte mich auf die Suche nach Kylie und fand sie schließlich an ihrem Schließfach. Ich sagte ihr, dass ich nach der Schule vor dem Haupteingang auf sie warten würde, und verbrachte dann den Rest des Schultages richtig schlecht gelaunt. Ich war sauer auf alles und jeden und versuchte, mich davon zu überzeugen, dass fünfzehn Minuten in einem Auto mit Kylie Sutton mich schon nicht umbringen würden.

Nach der Schule wartete Kylie wie ausgemacht vor dem Haupteingang auf mich. Wir liefen gemeinsam zum Auto meines Bruders, und als ich die Beifahrertür für sie öffnete, starrte sie mich mit großen Augen an, so als hätte ich gerade irgendeine Art von mystischem Zaubertrick vollbracht. Ich konnte einfach nicht anders, ich musste lachen. Da fing sie ebenfalls an zu lachen und meinte, sie hätte mich niemals für einen solchen Kavalier gehalten.

An den Großteil unserer Gespräche kann ich mich nicht mehr erinnern, aber ich weiß noch, dass wir uns nicht sofort auf den Weg zu ihrem Wohnwagen machten. Irgendwie schaffte ich es gar nicht erst, überhaupt den Motor zu starten. Wir saßen am Rand des Schulparkplatzes im Auto und redeten, während alle anderen Autos nach und nach von dort verschwanden. Irgendwann fiel mir auf, dass nur noch wir übrig waren.

Das Auto meines Bruders war noch eines dieser Modelle, die vorne eine Sitzbank hatten, was bedeutete, dass wir dort sitzen und uns ansehen konnten, als säßen wir auf einem Sofa. Ich erinnere mich noch an den Klang von

Kylies Lachen und wie es durch den Wagen hallte, als ich ihr die wenigen Witze erzählte, die ich kannte. Sie erzählte mir, dass sie das Gefühl hatte, die anderen Mädchen an der Schule wären eifersüchtig auf sie, weil sie mit uns dreien abhing.

Ich sagte ihr, dass das nicht der Grund für ihre Eifersucht war.

Am Ende fuhr ich Kylie nachhause, denn das Auto kam mir plötzlich unangenehm eng vor. Je länger wir uns unterhielten, desto mehr hatte ich das Gefühl, dass wir immer näher zusammenrückten. Und dass es immer einfacher würde, den Arm auszustrecken und sie an mich zu ziehen. Die Dinge zu tun, von denen ich so oft träumte, viel öfter, als ich jemals zugeben würde. Also verstummte ich und schaltete das Radio ein. Dann setzte ich mich aufrecht hin, legte den Gang ein und raste mit dem Impala vom Parkplatz.

Als wir am Grundstück ihres Vaters ankamen, stellten wir beide überrascht fest, dass Scottys Auto davorstand. Kylie warf mir einen verwirrten Blick zu, und mein erster Gedanke war, dass Scotty hierhergekommen sein musste, um Kylie zu besuchen, nachdem er seinem Vater geholfen hatte. Die Schule war schon seit mindestens zwei Stunden vorbei, wir waren also offensichtlich mehr als nur ein bisschen zu spät dran. Ein kalter Klumpen schlechten Gewissens bildete sich in meinem Magen. Ich fühlte mich, als wäre ich eben dabei ertappt worden, wie ich die Freundin meines besten Freundes vögelte, auch wenn wir nichts anderes getan hatten als zu reden.

Ich konnte Kylie nicht allein hineingehen lassen, also stieg ich aus und begleitete sie. Drinnen angekommen, fanden wir Scotty und Kylies Dad im Wohnzimmer vor.

„Hey!“, rief Scotty, viel zu laut für den kleinen Raum.

Schnell erhob er sich aus dem abgewetzten Sessel, auf dem er gesessen hatte, die Arme zur Begrüßung weit ausgebreitet.

Ein seltsamer Geruch lag in der Luft, den ich nicht zuordnen konnte. Wie eine Mischung aus Plastiktüten und Ammoniak.

„Was machst du denn hier?“, fragte Kylie und trat einen Schritt vor, damit er seinen Arm um sie legen konnte. „Ich dachte, du hilfst deinem Dad?“

„Habe ich auch!“ Scotty nickte. „Aber ich war früher fertig, also bin ich hergekommen, um dich zu sehen!“

Kylies Dad, Charlie, hatte sich nicht aus seinem Sessel erhoben. Seine Augen waren glasig, sein Blick unfokussiert. „Cameron, nicht wahr?“, murmelte er und streckte mir eine Hand entgegen.

Ich schüttelte sie und nickte.

„Ich muss los, Babe“, sagte Scotty da plötzlich. Er bückte sich, um sich seinen Rucksack zu schnappen, der vor dem Sessel, auf dem er gesessen hatte, auf dem Boden lag. „Danke, dass du sie nachhause gebracht hast, Kumpel.“

„Kein Problem“, murmelte ich stirnrunzelnd.

Irgendetwas lief hier falsch, aber ich kam einfach nicht darauf, was es war. Da Scotty gehen wollte, wäre ich mir komisch vorgekommen, wenn ich noch geblieben wäre, also folgte ich ihm nach draußen. Kylie kam mit uns. Meine Hormone spielten verrückt, während ich dabei zusah, wie Scotty ihr einen Abschiedskuss gab und dann in sein Auto stieg. Er winkte uns zu, fuhr los und ließ uns allein zurück.

Ich warf einen Seitenblick auf Kylie. Ihr Gesicht war bleich, ihre Lippen zusammengepresst. Sie hob die Arme und schlang sie um ihren Oberkörper, als wäre ihr plötzlich kalt.

Damals dachte ich, sie wäre genauso verwirrt, wie ich es war.

Später beschloss ich jedoch, dass es an etwas anderem gelegen haben musste. Dass sie etwas gewusst haben musste. Etwas, das sie mir nicht erzählte.

Ich ging gleich nach Scotty. Ich wusste nicht, was ich sagen sollte, und selbst wenn ich keine Ahnung hatte, was zur Hölle hier eigentlich vor sich ging, fühlte es sich falsch an, hinter dem Rücken meines Freundes mit seiner Freundin über ihn zu sprechen. Vor allem, nachdem ich nun die letzten beiden Stunden damit verbracht hatte, gegen mein Vernunftbewusstsein anzukämpfen und mir zu wünschen, sie wäre stattdessen meine Freundin.

Wir sprachen nie über diesen Tag. Und später war es dann zu spät, um es zu tun.

Über die Jahre hat sich in mir eine Menge Wut auf Kylie angestaut, die mit der Zeit allerdings etwas abgemildert wurde, weil ich sie so lange nicht gesehen hatte. Als ich sie dann im Clubhaus von Ironwood wiedersah, flammte der Zorn wieder auf, heiß wie Feuer. Vor allem, als ich herausfand, dass sie für Ironwood Drogen schmuggelt.

Doch zum ersten Mal seit Scottys Tod kann ein kleiner Teil von mir anerkennen, dass das, was ihm zugestoßen ist, vermutlich irgendwann sowieso passiert wäre. Früher oder später wäre er vom rechten Weg abgekommen. Und wahrscheinlich hätte er sich übernommen, bevor ihm überhaupt bewusstgeworden wäre, was er sich da eigentlich eingehandelt hatte.

Und zumindest dieser Teil war nicht Kylies Schuld.

Mit einem Knall stelle ich mein Schnapsglas auf der Bar ab und stelle fest, dass ich den Überblick darüber verloren habe, wie viel ich schon getrunken habe. Der Anwärter nickt in Richtung des Glases, wie um zu fragen, ob er es auffüllen soll, doch ich schüttle den Kopf und stehe auf. Mein Kopf beginnt zu pochen. Ich dachte, ich könnte die Gedanken, die mich verfolgen, mit Alkohol zum Schweigen bringen, doch da lag ich falsch. Leicht wankend bahne ich mir meinen Weg durch die Ironwood-Brüder. Tank, der von der anderen Seite des Raumes aus meinen Namen ruft, ignoriere ich.

Heute Nacht werde ich meinen Dämonen nicht entkommen können.

Zurück im Apartment ziehe ich meine Kutte aus und hänge sie über einen Stuhl. Dann lasse ich mich im Dunkeln auf das Bett sinken und lege mich auf den Rücken. Während ich in der Finsternis an die Decke starre, erscheint Kylies Gesicht vor meinem inneren Auge, ganz, wie ich erwartet hatte. Die Erinnerung an meine Lippen auf ihren, an ihren schnellen, flachen Atem, als ich ihre Beine um meine Hüfte geschlungen habe, lässt mich innerhalb von Sekunden steinhart werden.

Es tut beinahe weh, als ich den Reißverschluss meiner Jeans öffne, sie nach unten schiebe und dann ausziehe. Ich umschließe meinen Schaft mit der Hand und stelle mir vor, wie ich einen Finger unter dieses enge, kurze Kleid schiebe, wie ich ihn unter den Stoff ihres Höschens gleiten lasse und fühle, wie feucht und bereit sie für mich ist. Ich stöhne, als ich langsam zu pumpen beginne, und mein Schwanz pulsiert, während ich mir vorstelle, wie ich in ihre heiße, erwartungsvolle Pussy eindringe. Ich packe sie an der Hüfte, ziehe ihn heraus und stoße dann wieder in sie. Mit dem Rücken gegen die Wand stöhnt sie auf, bettelt um mehr. Verdammt, ich muss hunderte Male davon geträumt haben, das zu tun, bevor schließlich alles den Bach runterging. Ich habe davon geträumt, dass Scotty und Kylie eines Tages vielleicht, nur vielleicht, ihre Beziehung beenden würden, und dass Kylie dann möglicherweise … Verdammt, dass ich möglicherweise …

Mit einem lauten Stöhnen stoße ich ein letztes Mal zu und komme. Heiße Samenflüssigkeit läuft mir schubweise über die Finger, während ich mir vorstelle, mich tief in Kylie zu entleeren. Sie zu markieren. Zu beanspruchen. Auszufüllen.

Fuck.

Nach all diesen Jahren hatte ich eigentlich gedacht, ich hätte sie vergessen.

Doch nun frage ich mich, ob ich das jemals schaffen werde.

15

HALE

Die ganze Nacht lang werfe ich mich in meinem Bett hin und her. Am nächsten Tag findet das Treffen mit dem Dos-Santos-Kartell statt, und der Whisky in meiner Blutbahn sowie die schlaflose Nacht sorgen dafür, dass ich mich absolut beschissen fühle.

Ich stehe erst am späten Vormittag auf und beschließe, meinen Kater mit ein einer halben Kanne Kaffee und einem Frühstück aus Speck und Eiern in einem der örtlichen Diners zu bekämpfen. Als ich zurückkomme, nehme ich eine lange, heiße Dusche und gehe dann nach draußen, um zu überprüfen, ob mit meiner Maschine alles in Ordnung ist.

Tank ist auch dort. Er sieht ebenfalls ein wenig mitgenommen aus, hat aber deutliche bessere Laune als ich.

„Bruder, du weißt ja gar nicht, was du mit den Clubmädels hier verpasst", gluckst er. „Mein Gott, letzte Nacht hatte ich mit diesen drei Bräuten namens Nina, Pinta und Santa Maria oder sowas den Spaß meines Lebens. Es war verdammt noch mal wie Weihnachten, und alle Geschenke waren für mich."

„Glückwunsch“, murmle ich.

„Danke.“ Er grinst. „Diese Kylie muss echt was auf dem Kasten haben, wenn du dafür die Gratismuschis hier ablehnst. Auch wenn ich zugeben muss, dass sie eine wirklich scharfe Braut ist.“

„Ich habe nicht …“, knurre ich, verstumme dann jedoch. Wenn ich jetzt mit Tank darüber spreche, wird meine Stimmung garantiert nur noch düsterer, als sie es heute Morgen ohnehin schon ist. Doch leider will er das Thema noch nicht fallen lassen.

„Moment mal.“ Seine Stimme klingt ungläubig. „Du willst mir doch nicht etwa sagen, dass du nicht mir ihr ins Bett gehst, oder? Komm schon, Bruder. Dafür kenne ich dich zu gut.“

„Das geht dich nichts an“, schieße ich zurück.

Tank starrt mich nur an. „Was. Zur. Hölle. Willst du mir ernsthaft sagen, dass du sie nicht vögelst? Warum denn, trägt sie unter ihrem engen Kleid etwa einen Keuschheitsgürtel, oder was?“

„Fick dich, Bruder.“

„Du enttäuschst mich, Mann.“ Tank schnalzt missbilligend mit der Zunge.

Ich kann mich nur mit Mühe davon abhalten, dem Mistkerl meine Faust in sein selbstgefälliges Gesicht zu rammen. Doch gerade als ich ihm sagen will, dass er gefälligst die Fresse halten soll, öffnet sich die Tür des Clubhauses und ein Haufen Ironwood-Männer strömt heraus, angeführt von Axel, Rourke und Mal. „Sieht aus, als wäre es Zeit loszufahren“, murmle ich, erleichtert über den Themenwechsel.

Ich richte mich auf und steige auf meine Harley, während sich alle zu ihren Motorrädern begeben. Axel und sein Road Captain, Rogue, setzen sich an die Spitze der Formation. Rourke nimmt seine Position als VP hinter Axel ein, und die restlichen Ironwood-Brüder begeben sich auf ihre Plätze. Tank und ich bilden als Partner des Clubs schließlich das Schlusslicht.

Wir verlassen die Stadt in südlicher Richtung, und obwohl ich mich richtig scheiße fühle, macht mich der Klang der Motoren und der Fahrtwind wach und lässt mir das Adrenalin durch die Adern rauschen. Wir durchqueren Kentucky, unser Ziel liegt im Norden von Louisville in einem Gebiet, das von verschiedenen Kartellen heiß umkämpft wird. Sie alle wollen einen Zugang zum Norden, wo sich Chicago und Milwaukee befinden, und zum Osten. Das Dos-Santos-Kartell kämpft mit dem Sinaloa-Kartell sowie dem Los-Caballeros-Kartell um Macht und Kontrolle, daher gehen wir ein gewisses Risiko ein, in die Schusslinie zu geraten, wenn wir Geschäfte mit ihnen machen. Das ist einer der Gründe, warum Angel mich und Tank hergeschickt hat. Nicht nur, damit wir als Botschafter zwischen unserem Charter und dem Kartell dienen können, sondern um sicherzustellen, dass Dos Santos ihren Teil der Vereinbarung einhalten können: dass sie gut genug bewaffnet sind und ausreichend viele Männer haben, um ihre Ware so regelmäßig transportieren zu können, damit wir keine Schwierigkeiten mit unseren Abnehmern bekommen.

Unser Treffpunkt befindet sich am nördlichen Ende von Louisville. Die Adresse, die Chaco Axel gegeben hat, führt uns zu einem heruntergekommenen mexikanischen Restaurant. Die Tatsache, dass so wenige Autos auf dem Kundenparkplatz stehen, lässt uns ahnen, warum zur Hölle das Treffen in diesem Dreckloch stattfindet.

Wir betreten das Gebäude, das aussieht, als wäre es früher einmal eine Hardee's-Filiale gewesen, durch gläserne Doppeltüren. Das Innere des Restaurants ist mit künstlichen Lehmziegeln ausgekleidet, mit pinken Wänden in

Terrakottaoptik. Schon am Eingang wabert uns der Geruch nach Bohnen und Fett entgegen.

„Ich hasse mexikanisches Essen“, murmelt Rourke neben mir.

Axel nickt einem winzigen, rundlichen Mexikaner zu, der nicht einmal einen Meter sechzig groß ist. Ohne ein Wort dreht der Mann sich um und deutet nach hinten, auf einen schmalen Torbogen, der von einem Vorhang verdeckt wird. Wir folgen Axel nach hinten und ich merke, wie die Ironwood-Brüder sich anspannen und auf diese unberechenbare Situation vorbereiten.

Auf der anderen Seite des Vorhangs befindet sich ein großer Raum mit einem langen, schmalen Tisch in der Mitte. Auf einer Seite des Tisches sitzen neun Mitglieder des Dos-Santos-Kartells in einer Reihe, mit Chaco Dos Santos in der Mitte. Er erhebt sich, als er uns hereinkommen sieht, und der Rest seiner Männer tut es ihm sofort gleich.

An der Tür fordern uns zwei Wachmänner auf, unsere Waffen und Smartphones in die beiden Körbe zu legen, die jeweils auf einer Seite des Eingangs stehen. Ich kann sehen, dass Axel das nicht gefällt, doch er tut es trotzdem. Dann nickt er seinen Männern kurz zu und sie folgen seinem Beispiel.

Sobald wir alle unsere Sachen abgegeben haben, kommt Chaco auf uns zu. Mit fließenden Bewegungen umrundet er den Tisch, flankiert von zwei riesigen, bewaffneten Bodyguards.

Chaco ist vermutlich circa vierzig Jahre alt, doch er sieht jünger aus. Er ist groß, dunkelhäutig und schlank und trägt einen teuren Anzug in der Farbe schwarzer Perlen. Auch seine Schuhe sind schwarz und auf Hochglanz poliert. Bis auf einen einzigen goldenen Siegelring am kleinen Finger seiner rechten Hand trägt er keinerlei Schmuck. Sein dunkles Haar ist lässig gestylt, doch ich weiß, dass sein Haarschnitt vermutlich mehr kostet als meine verdammte Miete.

Chaco nickt zuerst mir zu. Dann begutachtet er den Rest von uns, entdeckt den Aufnäher auf Axels Brust, der ihn als Präsidenten ausweist, und nickt auch ihm zu.

„Hale", murmelt er. Er tritt auf mich zu und wir schütteln uns die Hände. „Wie schön, dich zu sehen."

„Ich soll dich von Angel grüßen. Es tut ihm sehr leid, dass er nicht selbst hier sein kann."

„Ich verstehe das", antwortet Chaco ruhig.

„Das hier ist Axel." Ich wende mich dem Präsidenten von Ironwood zu. „Und sein VP, Rourke."

„Gentlemen." Chaco nickt, macht jedoch keinerlei Anstalten, den beiden die Hände zu schütteln. „Es ist mir ein Vergnügen. Sollen wir uns nun den Geschäften widmen?"

Chaco kehrt zu seinem Platz am Tisch zurück und bedeutet Axel, Rourke und mir, auf der gegenüberliegenden Seite Platz zu nehmen. Der Rest der Ironwood-Männer sowie Tank halten sich im Hintergrund und beobachten das Geschehen schweigend, aber aufmerksam.

„Wir waren sehr enttäuscht, als wir von Angel erfuhren, dass von nun an ein neues Chapter für den Transfer unserer Waren zuständig sein wird", setzt Chaco an. „Unter dem früheren Präsidenten der Lords of Carnage hätte ich wahrscheinlich nicht genug Vertrauen in euch gehabt, um daran zu glauben, dass diese neue Vereinbarung unseren Interessen entspricht." Er wirft mir einen warnenden Blick zu, auf den ich jedoch nicht reagiere. „Doch Angel hat mir versichert, dass sich nichts ändern wird, bis auf unsere Kontaktpersonen. Ich weiß, dass er diese Erwartung hat, und er weiß, dass auch ich diese Erwartung habe.

Da es sich beim Ironwood-Chapter um einen *neuen* MC handelt“, betont er, „muss ich mir sicher sein, dass er gefestigt genug ist, um unsere Investitionen zu schützen.“ Chaco lässt seinen Blick schweifen und nimmt nacheinander jeden von Axels Männern genau unter die Lupe. „Seit Angel Präsident geworden ist, haben wir eine gute Beziehung mit den Lords of Carnage. Wir hoffen, dass das mit Ironwood als Kontakt auch in Zukunft so bleibt.“

Rourke neben mir wirkt gereizt. „Wir sind ein und derselbe Club“, sagt er mit scharfer Stimme.

„Wie du weißt, Chaco, vertraut Angel Axel und seinen Männern“, sage ich. „Die Rahmenbedingungen unserer ursprünglichen Vereinbarung wurden ihm vollumfänglich dargelegt.“

Axel wirft mir einen schnellen Blick zu, er ist sichtlich verärgert darüber, dass ich für ihn spreche. Dann lehnt er sich in seinem Stuhl zurück und wendet sich an Chaco. „Es besteht kein Grund zur Sorge, Dos Santos. Wir sind schließlich keine Grünschnäbel. Wir werden tun, was nötig ist. Eure Ware ist bei uns sicher. Von unserer Seite aus wird es keine Probleme geben.“ Seine Augen werden schmal. „Wenn es von eurer Seite aus auch keine gibt.“

Chaco lehnt sich vor, stützt die Ellbogen auf den Tisch und legt die Finger aneinander. „Wie du sicherlich weißt, haben wir, was die Kontrolle über den Drogenhandel angeht, scharfe Konkurrenz aus dem Süden. Ein erbarmungsloser Kampf. Ich habe eine beträchtliche Menge an Energie, Ressourcen und Männern aufgewendet, um die Position des Dos-Santos-Kartells zu festigen. Eine zuverlässige Pipeline in den Norden ist für uns unerlässlich.“ Chaco hält einen Moment lang inne. „Wenn die Lords of Carnage nicht in der Lage sind, das zu gewährleisten, wird das Kartell einen neuen Partner einsetzen müssen. Einen, der den Job so erledigen kann, wie wir es brauchen.“

Die Bedeutung seiner Worte ist klar. Diese Route ist zu wichtig für sie, als dass sie irgendetwas dem Zufall überlassen könnten. Wenn es in der Zukunft zu irgendwelchen Problemen mit dem Transfer kommen sollte, wird das Kartell versuchen, uns auszulöschen und unser Gebiet dann einer anderen Gang zusprechen.

Übersetzung: Wenn die Entscheidung, Ironwood mit der Louisville-Route zu betrauen, schief geht, bedeutet das Krieg zwischen den Lords und dem Dos-Santos-Kartell. Und zwar ein Krieg, den nur eine der beiden Gruppierungen überstehen wird.

Chaco sieht mich an. „Sag Angel, dass ich die Bedingungen akzeptiere. Fürs Erste.“ Sein Blick wandert zurück zu Axel. „Ich erwarte, dass das Kartell von dem Wechsel wie versprochen nichts mitbekommt.“

„Darauf kannst du dich verlassen“, erwidert Axel mit finsterem Blick.

Nun, wo Chaco hinsichtlich Axels Führungsqualitäten beruhigt zu sein scheint, ist es Zeit, das Gespräch auf die Probleme mit den anderen Kartellen zu lenken. „Wir wissen, dass die Revierkämpfe zwischen euch und den anderen beiden Kartellen sich verschärft haben“, werfe ich ein. „Angel will, dass ich mich davon überzeuge, dass Dos Santos stark genug ist, um die Ware zu sichern und die Pipeline offen zu halten. Wir planen, unseren Handel nach Norden auszuweiten, können das jedoch nur tun, wenn wir wissen, dass wir die Ware auch bekommen, wenn wir sie brauchen.“

Chacos Blick wird hart. „Dos Santos hat ein Abkommen mit den Los Caballeros getroffen. Unsere beiden Kartelle sind gemeinsam mehr als stark genug, um sich gegen Sinaloa zu wehren."

Ich nicke. „Das werde ich Angel mitteilen."

Axel und Chaco diskutieren noch eine Weile, sprechen über die Logistik und entwickeln Strategien für die Zahlung und Warenübergabe. An diesem Punkt kann ich mich zurücklehnen und den Rest ihnen überlassen. Sie werden eine Beziehung zueinander aufbauen müssen, um einander vertrauen zu können, und damit können sie schließlich auch sofort anfangen.

Sobald das Geschäftliche geklärt ist, wendet sich Chaco wieder an mich und erkundigt sich nach Angels Wohlbefinden. Wir plaudern ein paar Minuten lang, bevor er sich wieder erhebt und damit das Ende der Besprechung verkündet. Auch Axel erhebt sich, und diesmal schütteln er und Chaco sich die Hände. Dann strömen die Männer des Ironwood-Chapters der Lords of Carnage aus dem Raum und nehmen auf dem Weg nach draußen ihre Waffen wieder an sich.

Tank läuft neben mir her, während wir das Restaurant verlassen. „Das lief ungefähr so gut wie erwartet", murmelt er.

„Ja. Bevor Chaco mit dieser Lösung wirklich zufrieden sein kann, muss Ironwood sich erst einmal beweisen. Das wird sich alles regeln." Zumindest hoffe ich das, verdammt noch mal. Unsere beiden Chapter stehen auf dem Spiel, wenn Axel und seine Männer Scheiße bauen. Chacos Kartell ist mächtig, und er hat locker dreimal so viele Männer wie wir. Wenn die Sache schief geht, werden die Lords um ihr Überleben kämpfen müssen.

In Formation fahren wir zurück nach Ironwood. Während der Fahrt kann ich spüren, wie sich meine verspannten Schultern etwas lockern. Zurück im Clubhaus werde ich Angel anrufen und ihn auf den neuesten Stand bringen, und dann ist meine Arbeit hier eigentlich getan.

Tank scheint dasselbe zu denken. Nachdem wir unsere Motorräder wieder vor dem Clubhaus abgestellt haben, sagt er mir, dass er darüber nachdenkt, morgen nach Tanner Springs zurückzukehren.

„Hast du etwa schon jede Pussy in Ironwood ausprobiert?", frage ich scherzhaft.

„Das hier ist eine kleine Stadt, Bruder", lacht er. „Hat nicht allzu lange gedauert. Außerdem ist das Bett in diesem verdammten Apartment hart wie Stein. Ich freue mich darauf, wieder zuhause zu sein und eine anständige Mütze Schlaf zu bekommen."

„Du enttäuschst mich, Tank", erwidere ich und wiederhole damit seine Worte von heute Morgen. „Du wirst langsam alt, Mann."

„Fick dich", sagt er lässig. „Ich werde nie so alt sein wie du."

„Und dein Schwanz wird auch nie so groß sein wie meiner."

Tank schnaubt, belässt es aber dabei. „Willst du morgen zurückfahren?", fragt er. „Nachdem wir aufgestanden sind und irgendwo gefrühstückt haben?"

Ich überlege einen Moment. „Eigentlich denke ich darüber nach, noch ein oder zwei Tage hier zu bleiben", gebe ich zu.

Tank hebt eine Augenbraue und grinst. „Versuchst du immer noch, Kylie an die Wäsche zu gehen? Mein Gott, Hale, du lässt wirklich nach. Ich habe noch nie erlebt, dass du solche Probleme hast, bei einer Frau zu landen."

„Nein, du Idiot", sage ich mit finsterem Blick. „Darum geht es nicht. Ich will nur sicherstellen, dass Axel seine Geschäfte hier wirklich im Griff hat, damit ich Angel ausführlich Bericht erstatten kann. Ich will nicht noch mal hierherfahren müssen."

„Ja klar", sagt er gedehnt. „Wie du meinst, Bruder."

Ich unterdrücke den Drang, mit ihm zu diskutieren, denn ich weiß, dass er mir nur noch weniger Glauben schenken wird, je mehr ich mich sträube. Stattdessen drücke ich die Tür zum Clubhaus auf und gehe genervt und kopfschüttelnd hinein, während er hinter mir gackernd lacht. Immerhin muss ich mich heute nicht mit weiteren Clubangelegenheiten befassen. Ich kann mich einfach zurücklehnen, Bier trinken und ein bisschen Billard spielen. Bei dem Gedanken an den entspannten Abend, der vor mir liegt, lockert sich die Anspannung in mir noch ein wenig mehr. Zur Hölle, vielleicht schnappe ich mir sogar eines der Clubmädels und lasse mich eine Weile von ihr ablenken.

Im Clubhaus sind Axel und seine Männer schon dabei, sich den Staub von den Stiefeln zu klopfen und zu feiern. Tank sieht mich an und reckt einen Daumen nach oben, und ich muss einfach lachen über diesen Mistkerl. Wir gesellen uns zu Mal und einigen anderen Ironwood-Männern an einem großen, runden Tisch und sofort erscheinen zwei Anwärter mit kaltem Bier und Schnapsgläsern für jeden von uns. Wie auf Befehl stoßen auch vier Clubmädels zu uns und schmiegen sich an vier der willigen Brüder.

„Ganz wie zuhause", ruft Tank mir über die laute Musik hinweg grinsend zu.

Ich will gerade den ersten Schluck von dem Bier nehmen, das vor mir steht, als Cyndi den Hauptraum betritt. Sie bemerkt eines der Clubmädels, das sich an Mal gehängt hat, kommt mit entschiedenen Schritten auf uns zu und zieht erst den einen, dann den anderen Arm von Mal weg. Als die Frau daraufhin protestierend zu kreischen beginnt, geht Cyndi einfach an ihr vorbei und setzt sich auf Mals Schoß.

„Du hast mir gefehlt, Baby", säuselt sie und knabbert an seinem Ohrläppchen. „Habt ihr eure Clubangelegenheiten erledigt?"

„Haben wir", murmelt Mal. „Alles gut."

„Oh", sagt sie dann, blinzelt und sieht mich überrascht an. „Hale, du bist ja hier."

„Ja. Warum sollte ich nicht hier sein?"

„Nur so, schätze ich", antwortet sie stirnrunzelnd. „Ich dachte nur, du wärst vielleicht bei Kylie."

„Warum sollte ich bei Kylie sein?", frage ich genervt. Cyndi scheint zu glauben, wir seien ein verdammtes Paar, und es wird Zeit, dass ihr mal jemand diese Flausen austreibt. Doch bei ihren nächsten Worten bleiben mir meine im Hals stecken.

„Hat sie dich denn nicht angerufen? Sie ist im Krankenhaus."

„Im Krankenhaus?", wiederhole ich alarmiert. „Was zur Hölle ist denn passiert?"

Cyndi zieht die Augenbrauen zusammen und legt einen Arm um Mal. „Sie hat bei der Arbeit einen Anruf bekommen. Es geht um ihren Dad. Er ist wohl heute Nachmittag zusammengebrochen. Wusstest du, dass er *Krebs* hat?"

16

KYLIE

Ich sitze im Krankenhauszimmer meines Vaters in der Kardiologie. Meine Hände zittern wie Espenlaub und ich kann nichts dagegen tun.

Die letzte Stunde war eine der schrecklichsten meines Lebens.

Dad liegt vor mir auf dem Bett, seine Brust hebt und senkt sich so schnell, dass ich unwillkürlich an einen Kolibri denken muss. Er wurde eingeliefert, weil er plötzlich Atembeschwerden bekam und dann im Wohnzimmer zusammenbrach. Zum Glück war unsere Nachbarin Mrs. Helman in diesem Moment gerade im Haus. Sie war es, die die Geistesgegenwart besaß, den Notarzt anzurufen.

Ich will mir gar nicht vorstellen, was passiert wäre, wenn Dad allein gewesen wäre, als die Symptome auftraten. So wie ich ihn kenne, hätte er vermutlich einfach beschlossen, die Sache auszusitzen, um sich die Kosten für den Krankentransport zu sparen. Und das bedeutet, dass er ohne Mrs. Helman jetzt vielleicht tot wäre.

Als ich endlich im Krankenhaus ankam, dachten die Ärzte, sie hätten ihn weit genug stabilisiert, um ihn auf ein

Zimmer zu verlegen, wo er sich erholen könnte. Doch dann beschleunigte sich plötzlich sein Puls und der Herzfrequenzmonitor, an den er angeschlossen war, begann zu heulen. Er bekam direkt vor meinen Augen einen zweiten Herzinfarkt. Ich fing an zu schreien, und in diesem Moment strömten Ärzte und Krankenschwestern in den Raum und schickten mich hinaus auf den Flur. Dort stand ich dann, hilflos und schluchzend, während sie ihr Bestes gaben, um das Leben meines Vaters zu retten.

Als alles vorbei war und sie seine Herzfrequenz ein weiteres Mal unter Kontrolle bekommen hatten, kam eine der Ärztinnen – eine schick gekleidete Frau mittleren Alters – zu mir auf den Flur. Sie sagte mir, dass der Infarkt wahrscheinlich eine Folge des Lungenkrebses sei, weil es für seine Lungen so anstrengend sei, Luft einzusaugen, dass sein Herz nicht genug Sauerstoff bekäme. Außerdem habe er wahrscheinlich auch noch einen viralen Infekt, den wir vermutlich nicht bemerkt haben, weil er sowieso die ganze Zeit hustet.

Jetzt ist er glücklicherweise an ein Sauerstoffgerät angeschlossen, liegt mehr oder weniger bequem und kann sich erholen. Wenn er nachhause kommt – vorausgesetzt, sie lassen ihn nachhause gehen –, wird er auch dort auf absehbare Zeit ein Sauerstoffgerät benötigen.

Die Anstrengung, meine Tränen zurückzuhalten, lässt meine Kehle schmerzen, während ich darauf warte, dass mein Vater genug Kraft zurückerlangt, um zu sprechen. Als er es endlich tut, hebt er eine seiner fragilen Hände ein paar Zentimeter von der Bettdecke und kichert schwach. „Zu schade, dass ich diesen Infarkt nicht erst in ein paar Wochen bekommen habe, wenn deine Krankenversicherung startet“, bemerkt er. „Das wird ganz schön was kosten.“

Reflexartig sage ich das Erste, was mir in den Sinn

kommt, um ihn zu beruhigen. „Keine Sorge, Dad“, lüge ich und beuge mich vor, um seinen Arm zu streicheln. „Ich habe den Papierkram schon erledigt. Das hier sollte bereits abgedeckt sein, kein Problem.“

Er dreht leicht den Kopf und hebt eine Augenbraue. „Du bist schnell.“

Irgendwie schaffe ich es zu lächeln. „Jap. Ich bin dran. Also mach dir keine Sorgen, okay?“

Seufzend schließt er die Augen und lässt den Kopf zurück in sein Kissen sinken. „Ich frage mich, wann ich hier wieder rauskomme.“

„Mach dir darüber keine Gedanken. Ich werde nachfragen. Wir holen dich so schnell wie möglich hier raus. Okay? Und jetzt ruh dich aus. Ich bleibe bei dir.“

Es dauert nur eine Minute, bis er eingeschlafen ist, sein Mund unter der Sauerstoffmaske aufklappt und er leise zu schnarchen beginnt.

Ich schlucke schmerzhaft, gleichzeitig erleichtert und besorgt, und stehe auf. Meine Hände zittern immer noch, und ich raste fast aus vor Angst, dass er einen weiteren Infarkt haben könnte. Ich hoffe, dass ein kleiner Spaziergang durch die Station mich vielleicht ein wenig beruhigen kann.

Ich mache einen Umweg über die Onkologie. Die kalte, sterile Beleuchtung und die massenhaft produzierten Bilder an den Wänden, die eigentlich eine beruhigende Wirkung haben sollten, schaffen es nicht, mich von alldem, was gerade vorgefallen ist, abzulenken. Nun, wo ich allein bin, klingen mir die Worte meines Vaters wieder in den Ohren. *Das wird ganz schön was kosten.* Verdammt, das wird es ganz sicher. Dieser medizinische Notfall und die Einlieferung ins Krankenhaus werden alles nur noch schwieriger machen. Der Krankentransport allein wird schon ein Vermögen kosten. Dad hat noch nicht einmal seine Krebstherapie wieder aufgenommen, und ich habe jetzt schon das Gefühl, in ein tiefes Loch zu fallen. Innerlich zucke ich zusammen und hasse mich dafür, dass ich in so einem Moment überhaupt über Geld nachdenke. Aber das Letzte, was ich wollte, war, ihm in seinem Zustand noch mehr Sorgen zu bereiten. Und was soll's, ich habe ihn ja schon einmal belogen und ihm gesagt, ich wäre durch meine nicht existierende Beförderung jetzt krankenversichert. Was macht eine weitere Lüge an diesem Punkt schon aus?

Als ich meine erste Runde durch das Stockwerk beendet habe, gehe ich zurück zu Dads Zimmer und spähe hinein. Er schläft tief und fest, und seine Brust hebt und senkt sich nun ein wenig langsamer.

Ich lehne die Tür wieder an und mache mich zu einer weiteren Runde durch die Station auf, in Gedanken frage ich mich noch immer, wie ich all das hier bezahlen soll. Ich werde einfach beim MC nach mehr Aufträgen fragen müssen. Vielleicht kann ich sie davon überzeugen, mir mehr Touren zu übertragen. Und ich kann Melda bitten, mir einen vorläufigen Schichtplan zu machen, damit ich weiß, wann ich im Salon nicht gebraucht werde. Dann kann ich mehr Touren für den Club übernehmen. Ich weiß, dass sie mich für den Cincinnati-Auftrag in Betracht ziehen, was auch immer der genau beinhaltet, und ich nehme an, dass der etwas risikoreicher und damit auch besser bezahlt ist. Vielleicht kann ich sie überreden, mich diese Fahrt gleich machen zu lassen, da die Dayton-Tour ja reibungslos über die Bühne gegangen ist.

Ich beende meine zweite Runde, kehre in Dads Zimmer zurück und lasse mich in den unbequemen Stuhl neben seinem Bett sinken. Ich sehe ihm beim Schlafen zu und spiele mit meinem Handy, bis schließlich eine Krankenschwester kommt und mir mitteilt, dass die Besuchszeit bald vorbei ist. Widerstrebend strecke ich die Hand aus und streiche noch einmal über seine, ganz vorsichtig, damit er nicht aufwacht. „Ich komme morgen wieder", flüstere ich und küsse ihn sanft auf die Stirn.

Ich verlasse das Zimmer und mache mich auf den Weg zum Ausgang. Ich dachte eigentlich, ich hätte es geschafft, mich ein wenig zu beruhigen, doch nun strömt plötzlich der ganze Stress der vergangen paar Stunden wieder auf mich ein und zieht mir den Boden unter den Füßen weg. Irgendwie schaffe ich es, mich in einen kleinen, verlassenen Wartebereich zu schleppen, wo ich auf einem Stuhl zusammenbreche. Dort sitze ich im Halbdunkel, stütze den Kopf in die Hände und weine, wie seit meiner Kindheit nicht mehr geweint habe. Ich habe mich noch nie so allein, verängstigt und verlassen gefühlt. Plötzlich bin ich mir ganz sicher, dass die Chemotherapie nicht anschlagen wird – dass mein Vater sterben wird und ich völlig allein zurückbleiben werde. Ich fühle mich furchtbar egoistisch dabei, an mich zu denken statt an ihn, doch ich habe solche Angst davor, eine Waise zu werden. Es fühlt sich an, als täte sich ein tiefer, tödlicher Schlund vor mir auf und ich stünde am Abgrund, kurz davor, hineinzufallen und zu verschwinden.

Ich weiß, dass ich für meinen Vater stark sein muss. Aber, mein Gott, ich weiß nicht, wie ich das schaffen soll, wenn ich doch eigentlich nur in seine Arme fallen und schluchzen will, wie eine Fünfjährige hoffend, dass er mich einfach in den Arm nimmt und alles wieder gut wird.

Ich weiß nicht, wie lange ich so dasitze. Ein paar Leute laufen vorbei und spähen besorgt herüber zu dem Wartebereich, doch zum Glück kommt keiner davon auf mich zu und fragt, ob alles in Ordnung ist. Irgendwann zwinge ich mich dazu, nicht mehr zu weinen, weil ich mich schäme und ganz bestimmt nicht mit irgendeinem Fremden über all das reden möchte.

Ich reiße mich zusammen und stehe auf, meine Augen und meine Kehle sind vom Weinen ganz zugeschwollen. Zitternd atme ich tief ein und wieder aus. Noch einmal. Schließlich schlucke ich meinen letzten Schluchzer herunter und schüttle den Kopf. Nein. Es reicht jetzt mit Heulen.

Halb blind von all den Tränen, die ich nicht vergießen will, verlasse ich die Nische, gehe den Flur hinunter und lasse die Station hinter mir. Ich erreiche die Aufzüge und drücke auf den Knopf, und zum Glück ist der, der sich öffnet, leer. Ich fahre nach unten ins Erdgeschoss, die Arme fest um meinen Oberkörper geschlungen, so als könne ich zerbrechen, wenn ich losließe. Als die Türen sich schließlich im Erdgeschoss öffnen, fange ich an zu rennen und bleibe erst stehen, als ich den Ausgang erreicht habe.

Während ich die Krankenhaustüren aufdrücke, vermeide ich es, irgendjemandem in die Augen zu schauen, und stoße beinahe mit einem riesigen Mann in schwarzem Leder zusammen. Ich springe zurück und hebe die Hände, um den Zusammenstoß zu vermeiden, als zwei kräftige Arme hervorschießen und der Mann mich an den Oberarmen packt, damit ich nicht falle.

„Vorsicht", höre ich eine tiefe, vertraute Stimme sagen. Mein Magen schlägt einen sehr unangenehmen Salto, als mir klar wird, wer da vor mir steht.

„Cam?", stammle ich, trete einen Schritt zurück und versuche, so zu tun, als wäre ich nicht gerade beinahe in ihn hineingestolpert. „Was machst du denn hier?"

„Deine Freundin Cyndi meinte, dass irgendwas mit deinem Dad passiert ist." Er sieht mich an, und in seinen dunklen Augen erkenne ich fast so etwas wie Sorge. „Sie meinte, du hättest einen Anruf bei der Arbeit bekommen und musstest los."

„Ja ..." Ich schniefe laut, um meine Kehle freizubekommen, und wische mir mit dem Handrücken übers Gesicht. Es ist mir peinlich, so gesehen zu werden, vor allem von ihm. Ich verstehe immer noch nicht, warum er hier ist, doch ich weiß nicht, wie ich ihn danach fragen soll. Er hat kein Geheimnis daraus gemacht, dass er weder mich noch meinen Dad leiden kann. Und das aus gutem Grund, schätze ich. „Er, ähm ... Er hatte einen Herzinfarkt. Die Belastung durch den Krebs war wohl zu viel für sein Herz."

„War?", fragt Cam erschrocken. „O Gott. Scheiße, Ky, das tut mir so furchtbar leid." Er fährt sich mit einer seiner rauen Hände durch das kurzgeschnittene Haar. Da fällt mir auf, dass er aus meinen Worten vermutlich schließt, dass mein Vater tot ist.

„Oh, nein ... Nein." Ich schüttle den Kopf und schenke ihm ein schwaches Lächeln. „Ich meine, es geht ihm jetzt wieder einigermaßen gut, zumindest vorerst. Sie haben ihn an ein Sauerstoffgerät angeschlossen. Er schläft gerade." Mit einer vagen Geste deute ich hinter mich auf das Krankenhaus. „Er liegt in einem Zimmer auf der Kardiologie. Also, Gefahr gebannt, schätze ich."

„Das freut mich." Er hält einen Moment inne, dann nickt er in Richtung meines Gesichts. „Aber warum weinst du dann?"

„Tue ich gar nicht", protestiere ich, obwohl ich, noch während ich die Worte sage, Tränen über meine Wangen laufen fühle.

Cam sieht auf mich herab. Seine Mundwinkel heben sich ganz leicht zu einem Lächeln, und es wirkt nicht spöttisch, sondern sanft. „Na gut", murmelt er milde. „Also, warum weinst du *nicht*?"

Das Letzte, was ich gerade möchte, ist, mit jemandem darüber zu sprechen. Aber dennoch erzähle ich ihm plötzlich alles, was mir gerade durch den Kopf geht. „Weil … das nur eine Gnadenfrist ist“, stoße ich hervor. Ich hasse es, wie sehr meine Stimme dabei zittert. Ich blicke auf, sehe ihn zum ersten Mal wirklich an. „Er ist so krank, Cam.“ Das Zittern wird stärker. „Die Ärztin sagt, dass er diesen Infarkt wahrscheinlich hatte, weil sein Körper so geschwächt ist. Vielleicht eine virale Infektion in den Lungen, oder vielleicht ein Blutgerinnsel. Sie wissen es nicht. Aber …“

Plötzlich bricht ein markerschütterndes Schluchzen aus mir heraus, entspringt meiner Kehle, bevor ich es aufhalten kann. Ich stolpere, und Hale fängt mich mit seinen warmen Händen auf, hält mich fest in seinen Armen. Ich fange wieder an zu weinen, dabei hatte ich doch eigentlich gedacht, ich hätte schon jede einzelne Träne vergossen. Ich klammere mich an ihn, beschämt und doch gleichzeitig völlig hilflos meinen Schluchzern ausgeliefert, die von seiner Brust gedämpft werden.

Eine Version von Hale, die ich nie zuvor gesehen habe, zieht mich fester an sich. Er murmelt Worte, die ich nicht verstehen kann, doch sie klingen beruhigend und freundlich. Er sagt mir nicht, dass ich aufhören soll zu weinen, sagt mir nicht, dass ich irgendetwas tun soll. Er steht einfach nur da und hält mich fest.

„Ich habe solche Angst, Cameron“, schluchze ich. „Ich habe solche Angst …“

„Schhh …“ flüstert er. Seine Lippen sind ganz nah an meinem Ohr, und ich spüre seinen Atem in meinem Haar. „Ich weiß, Ky. Es ist schon gut. Alles wird gut.“

„Aber das wird es nicht. Was, wenn es nicht gut wird?“, frage ich und spreche damit meine größte Angst aus. „Er ist doch alles, was ich habe! Ich weiß, dass er nicht perfekt ist.

Ich weiß, was er getan hat … Aber er ist alles, was ich habe …“

Cam versteift sich für eine Sekunde, entspannt sich dann aber wieder. „Komm, Ky. Du musst dich ausruhen. Du musst eine Weile von hier wegkommen. Ich bringe dich woanders hin.“

Und dann – weil die Vorstellung, im Moment nicht denken oder irgendwelche Entscheidungen treffen zu müssen, sich einfach zu gut anfühlt – lasse ich mich von Cameron Hale vom Krankenhaus wegführen, wohin auch immer er will.

17

HALE

Ich führe Kylie weg vom Krankenhaus und zu ihrem Truck, denn ich glaube nicht, dass sie sich im Moment auf mein Motorrad setzen sollte. Ich bitte sie um den Autoschlüssel, den sie mir teilnahmslos reicht.

Zuerst will ich sie zurück nachhause fahren, doch als ich den Motor starte, wird mir klar, dass sie in ihrem aktuellen Zustand nicht allein sein sollte. Vor allem nicht an einem Ort, an dem sie alles an die Abwesenheit ihres kranken Vaters erinnert. Ich werde sie auch sicherlich nicht ins Ironwood-Clubhaus bringen, also lege ich den Gang ein und fahre los, ohne wirklich zu wissen, wo ich eigentlich hin will.

Kylie scheint entweder nicht zu bemerken, dass ich nicht zu ihrem Haus fahre, oder es interessiert sie nicht. Sie starrt geradeaus, gefangen in ihrem ganz persönlichen Leid. Ich nehme die erste Straße, die aus der Stadt herausführt. Das Radio lasse ich aus, und so fahren wir eine Weile in kompletter Stille. Draußen ist es jetzt dunkel, und auf dem Land leuchten die Sterne am Nachthimmel hell.

„Es ist wunderschön hier draußen“, sagt Kylie schließlich leise. „Ich komme nie hier raus. Eigentlich verlasse ich sowieso nur sehr selten die Stadt.“ Sie hält einen Moment inne. „Außer um Touren für den Club zu fahren.“

Mehr sagt sie nicht, doch es liegt auf der Hand, was sie damit ausdrücken will. Kylies Leben besteht aus der Arbeit und der Pflege ihres Vaters. Sogar mir ist das klar. Ich erinnere mich an gestern Abend, als sie im Clubhaus war, in diesem wahnsinnig engen Kleid und diesen Fick-Mich-Heels. Auf einmal habe ich ein furchtbar schlechtes Gewissen, weil ich so wütend auf sie war, auch wenn es absolut verrückt ist, einen Raum voll rasendem Testosteron in so einem Outfit zu betreten. Aber wahrscheinlich wollte sie einfach nur mal einen Abend rauskommen. Ein bisschen Spaß haben.

Und ich habe ihr das total versaut.

Ich werde mich nicht dafür entschuldigen – ich hatte schließlich recht, das Ganze war reiner Wahnsinn. Doch meine innere Einstellung ihr gegenüber wird ein wenig wohlwollender. Sie hat es nicht leicht im Moment.

Wir fahren einen Hügel hinauf und kommen zu einer Kreuzung. Rechts steht ein großes Schild. Ich werfe einen Blick darauf und sehe, dass es den Eingang zu einem State Park markiert. Auf dem Schild steht, dass er geschlossen hat, und der Eisenzaun, der sich über die Straße zieht, bestätigt das. Doch ich habe eine Idee.

Ich biege nach rechts ab und bringe den Truck vor dem Eisentor zum Stehen. Blinzelnd erwacht Kylie aus ihrer Trance und sieht zu mir herüber. „Was machst du denn da?“

„Wirst du gleich sehen.“ Ich steige aus und gehe auf das Tor zu. Es ist nicht gesichert, daher lässt es sich leicht bewegen. Ich schiebe es gerade weit genug zurück, damit wir durchfahren können, und klettere dann zurück in den Wagen.

Als ich den Gang einlege, dreht Kylie sich zu mir um, ein leichtes Lächeln auf den Lippen. „Du weißt, dass das gegen das Gesetz ist, oder?"

Das bringt mich zum Lachen. „Schätzchen, du schmuggelst Drogen für einen gesetzlosen MC. Das hier ist die am wenigsten illegale Sache, die du diese Woche getan hast."

Eine Weile fahren wir einfach die Straße entlang, die sich durch den Park zieht, und kommen an ein paar verlassenen Picknickplätzen, einem Spielplatz und einem Verwaltungshäuschen vorbei, das geschlossen zu sein scheint. Dann erreichen wir einen Aussichtspunkt, der einen kleinen See überblickt, der etwa fünfzehn Meter unter uns liegt. Ich biege auf den Parkplatz ab, fahre rückwärts auf einen der Stellplätze und stelle den Motor ab. Kylie grinst mich jetzt an. Sie greift nach hinten und zieht eine große, schwere Decke hervor.

„Für die Ladefläche", erklärt sie mir.

Wir steigen aus und sie öffnet die Heckklappe des Wagens. Dann wirft sie die Decke auf die Ladefläche, springt hinauf und setzt sich auf die heruntergelassene Klappe. Sie hebt den Kopf und betrachtet den Mond und die Sterne, holt einmal tief Luft und stößt den Atem dann mit geschlossenen Augen wieder aus.

„Es ist schön hier draußen", murmelt sie.

Reflexartig greife ich in meine Tasche, um eine Zigarette herauszuziehen, überlege es mir dann jedoch anders. Ich springe zu ihr auf den Truck und versuche, meinen Schwanz zu ignorieren, der schon wieder in meiner Hose pulsiert. Dieses Arschloch. Kylie greift hinter sich, zieht die Decke zu sich heran und legt sich eine Ecke um die Schultern.

„Ist dir kalt?"

„Noch nicht. Aber bestimmt bald."

Eine Weile lang sitzen wir schweigend nebeneinander. Naja, zumindest nach außen hin schweigend. In meinem Inneren tobt ein Kampf zwischen dem Teil von mir, der Kylie immer noch hassen möchte, und dem Teil, der sie so sehr ficken will, dass ich es beinahe schmecken kann. Zwischen dem Teil, der noch immer den alten Groll und die Reue hegt, und dem Teil, der mir sagt, dass es Zeit wird, die Wut eines Teenagers, der dachte, er wüsste alles besser, endlich loszulassen. Dass wir alle, jeder Einzelne von uns, damals einfach in eine verdammt komplizierte, beschissene Situation geraten sind. Und in gewisser Weise zahlen wir noch immer den Preis dafür, selbst heute noch.

Kylie ist es, die das Schweigen zuerst bricht.

„Cam, warum bist du heute ins Krankenhaus gekommen?“

Das ist eine Frage, die ich nicht beantworten kann. Weil ich die Antwort eigentlich selbst nicht kenne.

„Ich dachte, du bist wahrscheinlich ganz allein“, murmle ich schließlich. „Und ich dachte, dass das eine Sache ist, die man besser nicht allein bewältigen muss.“

Ich erinnere mich daran, wie sie an meiner Brust geschluchzt hat, und mein verräterischer Schwanz versteift sich in meiner Hose. Das war erst das zweite Mal, dass ich Kylie weinen gesehen habe.

Beim ersten Mal war es wegen Scotty.

„Wie bist du hier in Ironwood gelandet?“, frage ich sie.

Sie zuckt mit einer ihrer schmalen Schultern. „Nach … allem, was passiert ist, hat mein Dad sein Grundstück in Corydon verkauft. Und auch den Wohnwagen. Er brauchte das Geld. Und dann zog er hierher, weil ein Freund von ihm eine Stelle für ihn gefunden hatte, in einer Fabrik im Nachbarort. Das Haus, in dem er jetzt wohnt, ist gemietet.“

„Arbeitet er noch?“

„Nein. Sie haben ihn gefeuert, als er krank wurde.“

„Dann zahlst du also die Miete“, schließe ich.

„Ja. Und die Arztrechnungen.“

Kylies verdammter Vater. Sie kümmert sich immer noch um ihn. Liebt und braucht ihn noch immer, trotz allem, was er getan hat.

Zum ersten Mal wird mir klar, wie sehr sich ihr Leben um ihn dreht. Um seine Sünden in der Vergangenheit, um seine Krankheit in der Gegenwart. Plötzlich sehe ich das, was Scotty zugestoßen ist, in einem ganz anderen Licht.

Es war nicht Kylies Schuld. Es war die Schuld ihres Vaters. Das weiß ich. Ich wusste es selbst damals schon.

Und ich lasse sie noch immer für Dinge bezahlen, die nicht in ihrer Hand lagen.

„Ky“, setze ich an, verstumme dann jedoch.

Sie sieht mich wortlos an, und ich sehe die Frage in ihren Augen.

Irgendwie landen meine Lippen auf ihren. Sie stöhnt auf, ihre Lippen öffnen sich und lassen mich ein, als ich sie verschlinge und versuche, die Jahre des Verlangens und der Entbehrung wettzumachen. Jahre, in denen mir ihr Name über die Lippen kam, wenn ich mich im Dunkeln selbst befriedigte.

Als wir uns voneinander lösen, um wieder zu Atem zu kommen, schnappt sie nach Luft.

„Du fühlst es doch auch, oder?“ Meine Stimme klingt belegt.

„Ja“, flüstert sie.

„Ich habe damals jeden Tag an dich gedacht, als du mit Scotty zusammen warst.“

„Bitte“, stößt sie hervor. „Sag seinen Namen nicht. Ich muss immer noch jeden Tag daran denken. Was ich hätte tun können …“

„Du hättest nichts tun können“, unterbreche ich sie. Erst als ich die Worte ausspreche, wird mir klar, wie wahr sie sind. „Keiner von uns. Wir waren zu jung, Ky. Wir hatten doch keine Ahnung, was wir überhaupt taten.“ Ich ziehe sie an mich, rolle sie auf die Decke. „Aber jetzt weiß ich, was ich tue.“

Mein Schwanz beginnt zu schmerzen, als ich sie wieder küsse. Kylie schmiegt sich an meinen Körper und spreizt die Beine, als ich mich zwischen sie schiebe. Sie stößt einen leisen, drängenden Laut aus, als sie die Hitze und die Härte meines Schwanzes an ihrer Pussy spürt. Sie schlingt die Beine um mich und winkelt die Hüfte an, will mehr. Es besteht nicht die geringste Chance, dass einer von uns diesmal einen Rückzieher macht. Die Art und Weise, wie sie sich an mich klammert, lässt mich irgendwie wissen, dass sie damals, vor all den Jahren, genauso empfunden hat wie ich. Sie wollte mich genauso sehr, wie ich sie wollte.

STÖHNEND PRESSE ich meinen Mund auf ihren und ziehe ihre Hüfte näher an mich. Jedes Mal, wenn mein Schwanz sie dort trifft, stöhnt sie auf. Ich muss nicht einmal nachsehen, um zu wissen, wie feucht sie ist, und bei dem Gedanken, sie zu probieren, läuft mir das Wasser im Mund zusammen. Alle meine Sinne sind geschärft, wollen alles gleichzeitig. Ich will sie in meinem Mund. Ich will in ihr sein. Ich will mich verdammt noch mal in ihrer engen Pussy verlieren, sie dazu bringen, meinen Namen zu schreien, und sie mit allem füllen, was ich habe, will sie für mich beanspruchen und für jeden anderen Mann ruinieren.

Mit einer Hand greife ich zwischen uns, öffne den Knopf ihrer Hose und ziehe den Reißverschluss herunter. Kylie hebt schon ihre Hüfte an, um es mir leichter zu machen, ihre Hose herunterzuziehen. Darunter fühle ich den dünnen Stoff ihres Slips, zart und weich. Ich schiebe auch ihn nach unten, bis unter ihre Hüfte, wo ich eine Sekunde verharre und einen Finger zwischen ihre Beine gleiten lasse. Ich muss ein weiteres Stöhnen unterdrücken, das sich dann in ein Kichern verwandelt. Jap. Verdammt feucht.

Kylie erstarrt für eine Sekunde, sie scheint mein Kichern für Spott zu halten. „Was denn?"

„Nichts, Babe", versichere ich ihr. „Ich lache nur, weil ich glaube, dass ich noch nie im Leben so hart oder so verdammt erregt war."

Sie beißt sich auf die Lippe und sieht mich an. Als sie spricht, ist ihre Stimme ganz sanft, aber auch ein wenig frech. „Sie haben ein ziemlich schmutziges Mundwerk, Mr. Hale."

„Und meine Gedanken sind noch viel schmutziger. Genauso wie das, was ich gleich mit dir anstellen werde."

Ruckartig ziehe ich ihr die Jeans ganz aus und richte mich dann ein wenig auf, damit ich sie im Mondlicht ansehen kann. Ihre Beine sind einfach wunderschön, und höllisch sexy. Und sie werden sogar noch sexyer sein, wenn sie sie für mich spreizt, wenn sie bereit für mich ist. Ich schüttle den Kopf. „Mein Gott", murmle ich, kichere erneut und positioniere mich zwischen ihren Oberschenkeln.

Der Laut, der ihr über die Lippen kommt, als sie meinen ersten Zungenschlag an ihrer Pussy spürt, ist verdammt noch mal das schönste Geräusch, das ich jemals gehört habe. Sie ist nicht nur klatschnass, ihre Klitoris ist auch bereits hart und angeschwollen, und mir ist klar, dass ich es entweder ganz langsam angehen lassen muss, oder riskiere, dass sie zu schnell kommt. Ich kann hören, wie sie auf jeder Seite die Fäuste in die Decke krallt, während sich ihre Oberschenkel anspannen. Sie ist gespannt wie ein Gummiband.

Ich vermeide es, ihre Klitoris zu berühren, und fange stattdessen an, sie mit der Zunge zu necken, lasse sie in sie hineingleiten, um ihre Feuchtigkeit zu schmecken, und ziehe sie dann wieder heraus, um sie damit zu benetzen. Sie schmeckt moschusartig und köstlich, und mein Schwanz wird so hart, dass es beinahe wehtut.

Jedes Mal, wenn meine Zunge in die Nähe ihrer Klitoris kommt, höre ich, wie Kylie der Atem wegbleibt. Wimmernd bringt sie ihr Verlangen nach mir zum Ausdruck, doch ich bin noch nicht bereit, sie kommen zu lassen, also lasse ich meine Zunge weiterhin um ihre Klitoris gleiten, ganz knapp vorbei an dem Punkt, von dem ich jetzt schon weiß, dass sie mich genau dort will. Sobald sie nach Luft schnappt, entferne ich mich wieder. Irgendwann wird ihr Wimmern zu einem Heulen. Ich spüre, wie sie die Hüfte aufbäumt, als sie versucht, sich so zu positionieren, dass ich ihr endlich gebe, wonach sie sich sehnt. Ich halte sie so lange hin, wie ich kann, doch irgendwann bin ich so geil, dass ich es nicht mehr aushalte, also lege ich meine Lippen um ihre Klitoris und beginne, genau am richtigen Punkt zu saugen. Das zeigt sofort Wirkung: Kylie bäumt sich auf, als sie endlich kommt. Ihr ganzer Körper erschauert unter der Wucht ihres Höhepunkts, während sie ein Stöhnen ausstößt, das schließlich in meinen Namen mündet.

Mein Gott, diesen Moment werde ich niemals vergessen.

Sie kommt noch immer, als ich in meinen Geldbeutel greife und ein Kondom herausziehe. Dann schiebe ich meine Jeans über meine Hüfte und ziehe es über meinen pulsierenden Schwanz. Ich sehe auf Kylie hinab, die meinen Blick mit weit aufgerissenen Augen erwidert. Ihr Wangen sind gerötet, ihre Lippen voll und prall und geöffnet. Wir sehen uns in die Augen, während ich ihre Hüften näher an mich heranziehe und dann in sie eindringe. Da schließt sie die Augen, ihr Kopf fällt in den Nacken und ihre Lippen öffnen sich noch weiter zu einem stummen, genussvollen O.

„Fuck", knurre ich, und es klingt selbst in meinen eigenen Ohren qualvoll. „Mein Gott, fühlt sich das gut an." Sie ist so heiß, so eng, als ihre Pussy sich um mich herum zusammenzieht. Ich muss eine Sekunde innehalten und meine Augen zusammenkneifen, als ich vollständig in sie eingedrungen bin, damit ich nicht sofort komme. Kylie schlingt ihre Beine um meine Taille, und ich packe ihre Hüften und stoße in sie, ziehe mich wieder zurück und stoße dann erneut zu. Als ich die Augen wieder aufschlage und sie ansehe, macht ihr Anblick mich so unglaublich an, dass ich spüre, wie meine Eier sich zusammenziehen. Und da weiß ich, dass ich keine Chance mehr habe. Mein letzter zusammenhängender Gedanke, bevor ich komme, ist: *Ich muss das noch mal machen, aber langsamer beim nächsten Mal.*

Dann versagt mein Gehirn mir den Dienst und ich feuere meine Ladung in ihre perfekte, heiße, feuchte Pussy.

18

KYLIE

Die Erinnerung an Hales Berührungen hallt noch immer in meinem ganzen Körper nach, als wir schließlich zurück ins Fahrerhaus des Trucks klettern und er mich nachhause fährt.

Ich weiß jetzt schon, dass mein Rücken und mein Hintern morgen voller blauer Flecken sein werden. Die Ladefläche war ganz schön hart, selbst mit der polsternden Decke, die unter uns lag. Aber das stört mich nicht – ich bin sogar beinahe froh darüber. Die Schmerzen morgen werden eine bleibende Erinnerung an den besten Sex sein, den ich jemals hatte, und zwar mit Abstand. Das Brennen zwischen meinen Beinen, das Hale dort ausgelöst hat, fühlt sich so gut an, dass es mich beinahe für die Tatsache entschädigt, dass er nicht mehr in mir ist.

Hale bleibt nicht über Nacht. Er meint, ich bräuchte Schlaf, und macht Witze darüber, dass ich sicher keinen bekommen werde, wenn er hierbleibt. Ein Teil von mir möchte ihn trotzdem bitten, zu bleiben. Doch ich tue es nicht, denn die Wahrheit ist, dass ich nach dem, was gerade zwischen uns passiert ist, erst mal ein wenig Zeit brauche, um das alles zu verarbeiten. Und um nachzudenken.

„Ich komme morgen früh her und bringe dir den Truck zurück“, sagt er, während er mich zur Haustür begleitet. „Wann soll ich hier sein?“

Als ich ihm eine Zeit genannt habe, beugt er sich vor und gibt mir einen langen, hungrigen Kuss. Dann zwinkert er mir einmal zu und schlendert zur Straße zurück.

Ich sehe ihm nach und starre ganz offen auf seinen Hintern. Dann muss ich über mich kichern, denn sowas mache ich eigentlich nie bei Männern. Aber vielleicht liegt das auch daran, dass andere Männer einfach nicht so dermaßen schöne Hintern haben.

Zurück in dem leeren Haus stehe ich eine Weile im dunklen Wohnzimmer und versuche, mich davon zu überzeugen, ins Bett zu gehen. Aber es ist noch gar nicht so spät, und ich bin noch überhaupt nicht müde. Im Gegenteil, die Tatsache, dass mein Vater im Krankenhaus liegt, und das, was gerade zwischen Cam und mir auf der Ladefläche unseres Trucks passiert ist, bringt mein Gehirn auf Hochtouren. *Ich werde diesen Truck nie wieder mit denselben Augen betrachten können.* Der Gedanke bringt mich zum Schnauben.

Ich überlege, den Fernseher einzuschalten, aber ich kann mir nicht vorstellen, dass da gerade irgendetwas läuft, das mich interessiert. Ich habe auch keine Lust, auf Social Media zu surfen, also gehe ich schließlich in die Küche, schnappe mir eine halbvolle Flasche mit billigem Wein aus dem Kühlschrank und schenke mir ein Glas ein. Dann gehe ich zurück ins dunkle Wohnzimmer, lasse mich auf die Couch fallen und lasse endlich die Erinnerung an die letzten beiden Stunden auf mich einströmen.

„Du fühlst es doch auch, oder?“, fragt er.

„Ja“, flüstere ich zurück.

„Ich habe damals jeden Tag an dich gedacht, als du mit Scotty zusammen warst.“

Bei der Erwähnung von Scottys Namen zieht sich mir das Herz zusammen, auch jetzt noch.

Aber heute Nacht liegt das nicht nur daran, dass er tot ist. Und nicht nur daran, dass ich einer der Gründe bin, warum er tot ist.

Es liegt auch daran, dass Cam mir heute Abend gestanden hat, dass er mich damals wollte. Und das bringt mich dazu, mich zu fragen, ob er mich genauso sehr wollte wie ich ihn. Und ob er sich deswegen genauso schuldig gefühlt hat wie ich.

Ich hätte mich furchtbar gefühlt, wenn ich wegen Cam mit Scotty Schluss gemacht hätte. Und ich glaube, dass Cam, selbst wenn er damals Gefühle für mich hatte – und so scheint es nun –, diesen Gefühlen niemals nachgegeben hätte, aus Angst, Scotty zu verletzen. Die beiden waren immerhin beste Freunde, und Cam war schon immer loyal, fast ein bisschen zu sehr. Das ist vermutlich einer der Gründe, warum er jetzt in einem MC ist. Die Loyalität seinem Club und seinen Brüdern gegenüber ist angesichts der Gefahren, die ein Leben als Biker mit sich bringt, ein absolutes Muss.

Ich hatte immer ein schlechtes Gewissen, weil ich mich so zu Cam hingezogen fühlte. Scotty war ein toller Freund, er war sehr sanft und süß zu mir, als wir zusammen waren. Scotty war auch der Junge, an den ich meine Unschuld verlor. Und den Gesprächen nach zu urteilen, die ich bei anderen Mädchen an meiner Highschool im Flur mitbekam, würde ich darauf wetten, dass er deutlich netter und behutsamer mit mir umgegangen ist, als es die meisten anderen Jungs getan hätten. Der Sex mit ihm war immer schön. Ich bin zwar nie gekommen, aber ich kannte meinen Körper damals kaum, und ich hätte nicht einmal gewusst, wie ich meine Bedürfnisse in Worte fassen sollte, wenn ich sie gekannt hätte. Und ich fühlte mich auch zu Scotty hingezogen. Er war gutaussehend und lustig und ich mochte die Art und Weise, wie er mich ansah – als sei ich das schönste Mädchen auf der Welt.

Doch was ich für Cam empfand, war etwas ganz Anderes. Es war mehr. Es war gefährlich. Manchmal, wenn er mich mit diesen dunklen, unergründlichen Augen ansah, spürte ich ein Kribbeln zwischen den Beinen und lief so rot an, dass ich mir ganz sicher war, dass mein Gesicht wie eine Tomate aussehen musste. In diesen Momenten war ich mir beinahe sicher, dass er auch Gefühle für mich hatte … Doch dann schaute er immer ganz schnell weg und riss entweder einen Witz oder tat irgendetwas, das mich davon überzeugte, dass ich mir die Intensität in seinem Blick nur eingebildet haben musste. Wunschdenken.

Ich nippe an meinem Wein und denke zurück an den Tag, als Cam mich auf Scottys Bitte hin nach der Schule nachhause fuhr. Das war das erste Mal, dass Cam und ich je miteinander allein waren. Ich dachte immer, Cam wäre wegen dieser Bitte sauer auf Scotty gewesen, weil es für ihn so umständlich war. Doch jetzt kommt mir zum ersten Mal der Gedanke, dass Cam vielleicht nur nicht mit mir allein sein wollte, ohne dass die anderen beiden Jungs als Puffer dabei waren.

Es ist, als sei plötzlich ein Puzzleteil an die richtige Stelle gerutscht, ohne dass ich überhaupt wusste, dass es ein Puzzle gibt.

An diesem Nachmittag redeten Cam und ich. Nur wir beide. Ich dachte, es würde seltsam werden, und das war es am Anfang auch. Doch was mich am meisten überraschte, war die Tatsache, wie schnell diese Befangenheit dahinschmolz. Und wie schnell danach die Zeit verging, während wir über alles und nichts sprachen.

Als er schließlich bemerkte, dass er mich besser nachhause bringen sollte, wünschte ich mir nichts sehnlicher, als dass er noch ein wenig weiterreden würde. Ich hätte mich sogar über eine Reifenpanne gefreut, wäre ausgerastet vor Freude, wenn ihm das Benzin ausgegangen wäre. Mir wäre jede Ausrede recht gewesen, um noch ein klein wenig länger mit ihm allein sein zu dürfen.

Als wir bei mir zuhause ankamen und Scottys Auto davorstehen sahen, spähte Cam stirnrunzelnd zu mir herüber und versteifte sich. Ich dachte, ich wüsste vielleicht, was er dachte, denn ich dachte dasselbe. Ich fragte mich, ob Scotty hier war, um nach mir zu suchen. Fragte mich, ob er wohl wütend war, oder misstrauisch, weil Cam mich nicht sofort nach der Schule hergebracht hatte. Ich merkte, wie ich mich mental bereits auf eine Konfrontation einstellte, obwohl ich Scotty bis dahin nie wütend oder eifersüchtig wegen irgendetwas erlebt hatte. Dafür war er irgendwie nicht der Typ.

Ich stieg die Stufen zu unserem Wohnwagen hinauf, mit einem unguten Gefühl im Magen, so als hätte Scotty uns bei irgendetwas ertappt. Cam und ich hatten zwar nichts anderes getan, als zu reden, aber ich fühlte mich trotzdem furchtbar schuldig.

Denn die Wahrheit war, dass ich eines genau wusste: Wenn Cam versucht hätte, mich zu küssen, dann hätte ich das zugelassen.

Als wir hineingingen und Scotty und meinen Dad zusammen vorfanden, war ich so erleichtert darüber, dass er nicht wütend oder eifersüchtig war, dass die Tatsache, wie seltsam es war, dass Scotty überhaupt dort war, irgendwie in den Hintergrund rückte. Ich akzeptierte einfach die Geschichte, die er mir auftischte – dass er schon früher bei seinem Dad fertig geworden und dann hergekommen war, um mich zu sehen –, auch wenn er sich sofort vom Acker machte, als Cam und ich auftauchten. Das alles ergab überhaupt keinen Sinn, doch ich war mehr als bereit, darüber hinwegzusehen, wenn das bedeutete, dass ich keinerlei Fragen dazu beantworten musste, warum Cam mich erst zwei Stunden nach Schulschluss nachhause gebracht hatte.

Ich dachte nicht weiter über diesen seltsamen Nachmittag nach, bis ein paar Wochen vergangen waren. Da kam Scotty an einem Samstagnachmittag vorbei, diesmal um meinem Dad dabei zu helfen, die Bremsbeläge an seinem Truck auszutauschen. Ich interessierte mich nicht sonderlich für solche Autoreparaturen, daher ließ ich sie einfach ihr Ding machen, in dem Carport, den mein Vater auf unserem Grundstück errichtet hatte.

Doch als nach zwei Stunden noch immer keiner der beiden wieder im Wohnwagen aufgetaucht war, ging ich hinaus, um nachzusehen, wie sie mit ihrem Projekt vorankamen, und ob sie vielleicht irgendetwas von drinnen brauchten.

Die Werkzeuge lagen unberührt auf dem Boden. Mein Dad und Scotty lümmelten auf den Campingstühlen herum, die mein Dad dort stehen hatte. Beide hatten glasige Augen und waren ganz offensichtlich high. Was sie genommen hatten, wusste ich nicht.

Ich bin mir nicht sicher, warum ich sie in diesem Moment nicht sofort zur Rede stellte. Teilweise lag es wahrscheinlich am Schock. Vielleicht wollte ich es auch einfach nicht wahrhaben, ich weiß es nicht. Was ich weiß, ist, dass ich zurück in den Wohnwagen rannte und die Tür hinter mir zuschlug.

Als Scotty später nach drinnen kam, fing ich einen Streit mit ihm an und er fuhr wütend nachhause, mit roten, verschwollenen Augen. Für den Rest des Tages blieb ich in meinem Zimmer und ging meinem Vater aus dem Weg. Ich war unglaublich verwirrt und fühlte mich sehr allein.

Was ich damals nicht wusste – und was ich erst später herausfinden würde –, war, dass Dads Gartenservice komplett den Bach runtergegangen war. Er hatte nach einem Job gesucht und versucht, das vor mir zu verbergen, doch in Corydon gab es nur sehr wenige Möglichkeiten für ihn.

Also landete mein Dad am Ende irgendwie in einem Gewerbe, das in unserer Gegend damals boomte.

Meth.

Und was das Ganze noch schlimmer machte, war, dass er auch Scotty da mit reingezogen hatte.

Ich mache Cam keinen Vorwurf dafür, dass er dachte, ich hätte die ganze Zeit davon gewusst. Verdammt, wahrscheinlich hätte ich etwas ahnen sollen, doch das tat ich nicht. Ich dachte einfach nur, dass mein Dad und Scotty zusammen Drogen nahmen. Vom Rest erfuhr ich erst später.

Vielleicht hätte ich sofort zu Cam und Mal gehen sollen, als mir klarwurde, dass die beiden Drogen nahmen. Doch ich schämte mich, und ich hatte keine Ahnung, wie ich den beiden erzählen konnte, was mit Scotty los war, ohne dabei meinen Vater zu erwähnen. Ich hatte Angst und wollte keinen der beiden in Schwierigkeiten bringen, also hielt ich meinen Mund.

Ein weiterer Grund, warum ich mich nicht an meine

beiden Freunde wandte, war, dass Cam mir die kalte Schulter zeigte, nachdem er mich an diesem einen Tag nachhause gefahren hatte. Als er mich am nächsten Tag auf dem Schulflur traf, sah er durch mich hindurch, als würden wir uns überhaupt nicht kennen. Und er änderte nicht nur sein Verhalten mir gegenüber, auch mit Mal verbrachte er weniger Zeit. Er behauptete, er müsse zuhause seinen Eltern helfen. Mal sagte uns, dass Cam sogar darüber sprach, nach dem Abschluss in den Norden zu ziehen.

Es schien, als würden wir uns alle voneinander entfernen, und ich hatte das Gefühl, nichts dagegen tun zu können. Ich fühlte mich machtlos. Ich redete mir ein, dass das sowieso unvermeidbar wäre, da wir bald die Highschool abschließen würden. Und dennoch fühlte ich mich dadurch nur noch einsamer, und wusste nun noch viel weniger, wie ich mit der Situation um Scotty und meinen Dad umgehen sollte.

Der Abschlussball kam, und dann der Schulabschluss. Ich bewarb mich an einem Community College, das fünfundvierzig Minuten südlich von Corydon lag, und suchte mir einen Ferienjob als Kellnerin, um ein wenig Geld für die Studiengebühren und ein eigenes Auto zusammenzukratzen. Dad sagte mir, ich solle mir keine Sorgen über das Geld machen. Er meinte, er habe ein bisschen was gespart und werde sicherstellen, dass ich keinen Studienkredit aufnehmen müsse, doch ich konnte mir nicht vorstellen, dass das der Wahrheit entsprach, denn er war schließlich seit Monaten arbeitslos.

Das war der Punkt, an dem ich zum ersten Mal misstrauisch wurde. Ich ahnte, was er im Schilde führte.

Auch Scotty schien plötzlich mehr Geld zu haben, als er ausgeben konnte. Er fing an, mir immer extravagantere Geschenke zu kaufen. Zuerst ein Dutzend Rosen zu meinem Geburtstag. Dann einen Ring. Als ich ihn fragte, woher er so viel Geld habe, antwortete nur, dass er viel für seinen Dad gearbeitet habe.

Und dann, als sich der Sommer dem Ende zuneigte, brach die Welt um uns herum plötzlich in sich zusammen.

Eines Abends rief mich Mal auf unserem Festnetztelefon an – das erste und einzige Mal, dass er mich jemals angerufen hatte. Mal erzählte mir, dass Scotty wegen Drogenhandels verhaftet worden sei. Mein Dad hörte mich in der Küche weinen und kam herein, um herauszufinden, was los war. Als ich auflegte und ihm sagte, was passiert war, wurde er kreidebleich. In diesem Moment wurde mir klar, dass die böse Vorahnung, die ich schon so lange gehabt hatte, tatsächlich zutraf, auch wenn ich es nicht hatte wahrhaben wollen: Die Quelle des plötzlichen Reichtums meines Vaters war der Drogenhandel. Und er hatte Scotty mit hineingezogen.

Die folgenden Monate waren ein Albtraum. Scotty hatte zwar keinerlei Vorstrafen, aber aufgrund der Menge an Meth, die die Polizei bei der Festnahme in seinem Wagen sichergestellt hatte, wurde er einer schweren Straftat angeklagt. Er wurde zu einer fünfjährigen Gefängnisstrafe verurteilt und musste zusätzlich noch eine Strafe von zehntausend Dollar zahlen.

Scotty sagte kein Wort, als die Polizisten wissen wollten, woher er das Meth hatte. Wenn er meinen Vater verraten hätte, wäre seine Strafe vielleicht milder ausgefallen. Ich kann nicht mit Sicherheit sagen, warum er ihn nicht verraten hat, aber ich habe eine Vermutung.

Scotty wusste, dass ich ganz allein wäre, wenn auch mein Vater ins Gefängnis käme. Ich wette, er dachte, dass er auch einfach genauso gut die Zeit für sie beide absitzen könnte. Vielleicht dachte er, er könne all das hinter sich lassen und einen Neustart wagen, wenn er seine Zeit abgesessen hätte, denn er war ja noch jung.

Ich habe ihn ein einziges Mal im Gefängnis besucht – in der Blackburn Correctional Facility. Er war erst seit drei Wochen dort, doch er sah aus, als habe er vierzig Pfund verloren. Er sah zehn Jahre älter aus. Er flehte mich an, ihn nicht noch einmal zu besuchen, und meinte, er könne es nicht ertragen, dass ich ihn so sehe. Mit brüchiger Stimme fragte er, ob ich auf ihn warten würde, nur um mir wenige Minuten später zu sagen, dass ich das nicht tun solle.

„Ich werde nicht mehr derselbe Mensch sein, wenn ich hier rauskomme, Ky", krächzte er. Dann wandte er den Blick ab und weigerte sich, mir noch einmal in die Augen zu sehen.

Zwei Monate nach Beginn seiner Haftstrafe wurde Scotty im Gefängnis angegriffen. Ein anderer Insasse lauerte ihm auf und stach mit irgendeiner Art spitzem Gegenstand auf ihn ein. Als die Wächter ihn fanden, war es zu spät. Er konnte nicht mehr gerettet werden.

Der Gedanke, dass Scotty nur wegen meines Vaters – und damit letztendlich meinetwegen – überhaupt erst hinter Gittern gelandet war, dass sein Leben endete, bevor es überhaupt richtig begonnen hatte, wird mich für den Rest meines Lebens verfolgen. Ich habe jahrelang versucht, nicht daran zu denken. Die Schuldgefühle und die Trauer waren einfach zu viel für mich. Ich starre in die Dunkelheit, nehme einen letzten Schluck von meinem Wein und leere das Glas. Dann schlucke ich schmerzhaft und spüre, wie mir erneut die Tränen über die Wangen laufen.

Bis vor kurzem war das letzte Mal, als ich Cameron Hale gesehen hatte, auf Scottys Beerdigung. Der Trauergottesdienst war eine düstere, furchtbar traurige Angelegenheit. Der Priester der winzigen Kirche von Corydon hielt eine Predigt, bei der er erfolglos versuchte, das heikle Thema, wo Scotty die letzten Monate seines Lebens verbracht hatte und wie er zu Tode gekommen war, zu umschiffen. Mehr als die Hälfte der Anwesenden waren unter zwanzig, und der Schock darüber, einen Gleichaltrigen beerdigen zu müssen, war in der Kapelle deutlich zu spüren.

Mal war natürlich auch da. Er saß ganz in meiner Nähe, nur ein paar Reihen hinter Scottys Familie. Cam allerdings hatte sich noch nicht blicken lassen, als der Gottesdienst anfing. Mal sagte mir, er habe nichts von ihm gehört und wisse auch nicht, wo er sei.

Nach der Beerdigung kamen einige meiner Klassenkameraden zu mir und sprachen mir ihr Beileid aus, erzählten mir, wie sehr sie Scotty immer gemocht hatten. Andere dagegen schienen mir eher aus dem Weg zu gehen. Vielleicht lag es daran, dass ich als Scottys Freundin ein wenig zu eng mit dem Toten verbunden war – es war beinahe so, als sei ich ansteckend.

Soweit ich das beurteilen konnte, wusste aber niemand etwas von der Verbindung zwischen Scotty und meinem Vater. Niemand hatte es herausgefunden.

Außer mir. Und Cam.

Wie sich herausstellte, hatte er doch an der Beerdigung teilgenommen. Als wir die Kapelle verließen, sah ich ihn im hinteren Bereich sitzen, ganz allein und versteckt hinter einer Säule. Unsere Blicke trafen sich, als ich an ihm vorbeilief, und in diesem Moment sah ich puren Hass in seinen Augen. Verachtung. Und Wut.

In diesem Augenblick wusste ich ohne jeden Zweifel, dass Cam mich für Scottys Tod verantwortlich machte.

Und es war auch der Augenblick, in dem mir klar wurde, dass ich ihm da recht gab.

Als ich an diesem Abend nachhause kam, rastete ich vor meinem Vater komplett aus. Ich drohte ihm und sagte, dass ich die Stadt verlassen und er mich niemals wiedersehen würde, wenn er nicht aufhörte, Drogen zu nehmen und damit zu handeln. Ich hatte fest damit gerechnet, diese Drohung wahrmachen zu müssen, doch zu meiner Überraschung entschuldigte er sich bei mir. Und, was noch viel wichtiger war, er hörte tatsächlich auf, mit Drogen zu dealen und sich zuzudröhnen.

Für Scotty kam das zu spät, er hatte den höchsten Preis bereits gezahlt. Doch in gewisser Weise rettete Scotty meinen Vater am Ende noch ein zweites Mal.

Und in einer absolut kranken Wendung des Schicksals bin ich nun diejenige, die Drogen schmuggelt, um ihn ein drittes Mal zu retten.

Mein Gott, was tue ich da nur?

Cam muss denken, ich hätte rein gar nichts aus Scottys Tod gelernt. Für ihn muss es so aussehen, als würde ich geradezu auf sein Grab spucken.

Der Hass, den ich vor all diesen Jahren in seinen Augen gesehen habe – und der Ekel in seinem Blick, als ich ihn im Ironwood-Clubhaus zum ersten Mal wiedergesehen habe –, war berechtigt. Diese Empfindungen kann ich nachvollziehen.

Was ich nicht nachvollziehen kann, und was das Verwirrendste an der ganzen Sache ist?

Die Tatsache, dass es ganz den Anschein macht, als würde er mir langsam vergeben.

19

HALE

Am nächsten Morgen fahre ich Kylies Truck wie versprochen zu ihr nachhause. Es war unglaublich schwer, sie letzte Nacht dort allein zu lassen, doch sie brauchte Schlaf und ich musste mich erst mal wieder zusammenreißen. Ich habe in meinem ganzen verdammten Leben noch nie eine Nacht mit einer Frau verbracht, aber gestern Abend wäre es fast passiert. Das Letzte, was ich brauchen konnte, war, mich von meinem Schwanz zu irgendetwas überreden zu lassen, das ich später bereut hätte, und ihr am Ende hübsch verpackt meine Eier zu überreichen.

Aber ich kann nicht leugnen, dass ich sie verdammt noch mal vermisst habe.

Sie kommt durch die Haustür gestürmt. Ihr Haar trägt sie in einem hohen Pferdeschwanz, und ein paar lose Strähnen rahmen ihr Gesicht ein. Ihr Outfit besteht aus einem schlichten weißen T-Shirt, ausgeblichenen Jeans und schnörkellosen schwarzen Stiefeln.

Sie sieht einfach unglaublich aus. Ich kann zwar kaum

die Konturen ihrer Brüste ausmachen, doch mein Schwanz geht trotzdem sofort in höchste Alarmbereitschaft.

Als sie in den Truck klettert und die Tür hinter sich zuschlägt, sagt sie nicht Hallo. „Hey, können wir uns unterwegs was bei McDonald's holen?", fragt sie stattdessen. „Ich habe Hunger und hatte noch keine Zeit zu frühstücken."

Ich weiß nicht, welches Verhalten ich nach dem, was gestern Nacht zwischen uns passiert ist, erwartet hatte, aber das war es jedenfalls nicht. Es ist mir schon oft passiert, dass Frauen nach dem Sex in Gedanken sofort einen Ehering an ihrem Finger gesehen haben, und diese Art von Frau scheint ein ziemliches Problem damit zu haben, ein Nein als Antwort zu akzeptieren. Kylie jedoch scheint das genaue Gegenteil zu sein – sie tut so, als wäre gar nichts passiert.

Ich spähe zu ihr hinüber und beschließe, dasselbe zu tun. Aber statt einfach zu einem Drive-in zu fahren, schlage ich aus irgendeinem Grund stattdessen etwas anderes vor. „Ich habe eine bessere Idee. Hast du Zeit, dich zum Essen hinzusetzen?"

Kylie legt den Kopf schief und denkt nach. „Ich schätze schon, wenn es nicht allzu lange dauert. Ich will ins Krankenhaus, um meinen Dad zu besuchen."

„Musst du heute gar nicht arbeiten?"

„Heute ist mein freier Tag." Sie atmet einmal tief durch und schenkt mir dann ein ironisches Grinsen. „Zumindest in dieser Hinsicht hatte ich wohl Glück."

Ich wende den Truck und fahre dann in Richtung Innenstadt, zu dem Diner, in dem ich an meinem ersten Tag in Ironwood war. Kylie scheint es zu kennen, was allerdings nicht sonderlich verwunderlich ist, wenn man bedenkt, wie klein diese Stadt ist. „Ich war schon seit Ewigkeiten nicht mehr hier", bemerkt sie. „Die haben wunderbare Kartoffelpuffer."

Innerhalb einer Minute hat eine Kellnerin uns an einen Tisch geführt und Kylie ist so vertieft in die Speisekarte, als ginge es dabei um Leben und Tod. Sie bestellt schließlich das Landhausfrühstück und ich nehme ein Gericht namens ‚Hungriger Mann'. Als unser Essen kommt, sehe ich in stiller Belustigung dabei zu, wie Kylie ihre Kartoffelpuffer anbetet und beim Essen die Augen verdreht. Notiz an mich selbst: Diese Frau liebt Kartoffeln.

Während wir unser Essen herunterschlingen, muss ich immer wieder an die letzte Nacht denken, doch ich spreche das Thema nicht an. Heute sollte eigentlich der Tag sein, an dem ich mit Tank zurück nach Tanner Springs fahre. Es gibt schließlich auch keinen Grund für mich, noch hierzubleiben. Vor einer Woche habe ich noch mit den Hufen gescharrt und wollte so schnell wie möglich wieder von hier verschwinden.

Doch jetzt fälle ich stattdessen eine spontane Entscheidung. Und zwar eine, die ich selbst nicht ganz nachvollziehen kann.

„Ich fahre mit Tank zurück nach Tanner Springs", sage ich zu Kylie. „Gleich nachdem du mich am Clubhaus abgesetzt hast."

Die Hand, in der Kylie ihre Tasse hält, verharrt mitten in der Luft. Sie starrt mich an. „Dann ist das hier also ein Abschied?", fragt sie in beiläufigem Ton.

„Nein." Das Wort klingt seltsam in meinen Ohren. „Ich fahre nur für einen Tag hoch, um mit meinem Präsidenten zu sprechen. Danach komme ich wieder her, für eine Woche oder so."

„Hm." Kylie runzelt die Stirn. „Dann hast du hier noch was zu erledigen?"

Ich zucke mit den Achseln. „Ja."

Kylie blinzelt. „Was denn?"

Ihre Frage geht mir auf die Nerven. „Geht dich nichts an“, schnauze ich.

Sie lehnt sich ein wenig zurück und legt die Stirn in Falten. „Meine Güte. Du musst nicht gleich ausrasten. Ich habe ja nur gefragt.“

„Tja, dann hör auf zu fragen“, sage ich schlicht. „Frauen glauben immer, sie hätten ein Recht darauf, zu erfahren, was im MC so vor sich geht. Du bist aber kein Mitglied, also musst du nichts davon wissen. Klar?“

„Heilige Scheiße“, haucht Kylie, pfeift und verdreht die Augen. „Du und deine Jungs könnt eure geheimen Handschläge und eure wichtigen Clubgeschäfte gern für euch behalten. Ich habe einfach nur versucht, mich mit dir zu unterhalten, Cam. Aber ich merke schon, dass das mit einem Höhlenmenschen wie dir absolut zwecklos ist.“

Wütend schnappt sie sich wieder ihre Gabel und sticht damit auf die restlichen Kartoffelpuffer ein. Ich lehne mich in der Sitznische zurück und verschränke die Arme. Scheiß drauf.

Für den Rest unserer Mahlzeit sagen wir kein einziges Wort. Sobald wir fertig sind, bitte ich um die Rechnung, sie dagegen steht auf und verlässt das Diner. Als ich bezahlt habe, finde ich sie draußen vor, an den Truck gelehnt und mit angespanntem Kiefer. Ich öffne die Fahrertür und warte darauf, dass sie einsteigt, was sie schweigend tut.

Ich fahre zurück zum Clubhaus. Kylie wartet vermutlich auf eine Entschuldigung von mir, aber die wird sie nicht bekommen. Als wir auf den Parkplatz einbiegen, lasse ich den Motor laufen und steige aus dem Truck.

Kylie klettert vom Beifahrersitz auf den Fahrersitz und fährt ohne einen Blick zurück davon.

Mit einem verärgerten Seufzen wende ich mich ab und gehe ins Clubhaus.

Tank sitzt zusammen mit Rourke, Mal und Dante an dem großen Tisch in der Mitte des Raumes. Vor ihnen stehen Tassen mit dampfendem Kaffee. Als er mich sieht, steht Tank auf, streckt sich und nickt mir zu.

„Was geht, Bruder?"

„Verdammt noch mal gar nichts", knurre ich. „Bist du abfahrtbereit?"

„Scheiße, ich bin gerade erst aufgestanden", erwidert er mit einem Grinsen. „Habe kaum geschlafen. Diese Ironwood-Clubmädels sind ganz schön wild drauf, Bruder."

„Du verlässt uns auch, Hale?", murmelt Rourke. Er wirkt nicht sonderlich enttäuscht, aber ich nehme es ihm nicht übel. Ich war nicht unbedingt der angenehmste Gast.

„Ich komme heute Abend oder morgen wieder", antworte ich, auch wenn ich mich langsam frage, warum zur Hölle ich nicht einfach darauf scheiße und verschwinde. Die Sache mit Dos Santos ist geklärt, soweit ich das beurteilen kann. Alles, was Angel mir aufgetragen hat, ist erledigt. Das Einzige, was mich jetzt noch hier hält, ist Kylie. Und nach ihrem Abgang gerade sollte sie mich einen feuchten Dreck interessieren.

Fuck. Ich sollte einfach endgültig nach Tanner Springs zurückfahren und die Scheiße hier vergessen. Kylie vergessen. Ich bin nicht gut in diesem ganzen Beziehungsscheiß. Ich bin es nicht gewohnt, dass es mir nicht egal ist, was irgendeine Frau über mich denkt, nachdem ich mit ihr geschlafen habe.

Aber ich weiß genau, dass ich das nicht tun werde.

Ich will sie nur noch für ein paar Tage im Auge behalten. Sichergehen, dass ihr Dad übern Berg ist. Dann lasse ich sie gehen.

„Wie lang brauchst du, bis du fertig bist?", knurre ich Tank an. „Ich habe nicht den ganzen verdammten Tag Zeit."

„Mein Gott, was hast du denn gefrühstückt? Hat dir jemand in die Cornflakes gespuckt?“ Tank lacht.

„Sowas in der Art“, knurre ich und schiebe mich an ihm vorbei. „Ich hole meine Sachen. Sei in zwanzig Minuten fertig.“

Ein Gefallen bringt dich schneller um als eine Kugel.

Die Worte meines Vaters hallen in meinem Kopf nach und übertönen den Klang meiner Maschine, während wir den Weg von Ironwood nach Tanner Springs zurücklegen.

Er ist vor fünf Jahren gestorben. Wir standen uns nicht sonderlich nah, aber manchmal wusste der Mistkerl einfach, wovon er sprach.

Scotty ist tot, weil er Kylie einen Gefallen tun wollte. Weil er ihren Vater retten wollte.

Ich war deswegen unfassbar wütend auf ihn. Wütend auf jeden, der mit dieser Sache zu tun hatte.

Und jetzt ist Kylies Dad krank. Diesmal könnte sie ihn endgültig verlieren. Aber nichts davon ist ihre Schuld, sie hatte einfach Pech. Und ich weiß, dass sie tut, was sie kann.

Ich weiß nicht, was ich tun könnte, um ihr zu helfen. Nicht wirklich. Aber verdammt, irgendetwas weckt in mir den Wunsch, es zu versuchen. Zumindest ein paar Tage für sie da zu sein, damit sie nicht das Gefühl hat, das alles allein stemmen zu müssen.

Und ja, ich bin auch nicht aus Stein. Ich will sie noch einmal unter mir spüren. Ich will spüren, wie ihre Pussy um meinen Schwanz herum explodiert. Ich will hören, wie sie im Dunkeln meinen Namen flüstert.

Ich hätte nichts dagegen, die Nacht mit ihr zu verbringen.

Alarmglocken schrillen in meinem Kopf. Ein großer Teil

von mir ruft mir zu, dass ich gerade einen riesigen Fehler mache, dass ich meine Entscheidungen von meinem Schwanz beeinflussen lasse.

Aber scheiß drauf. Ich muss das tun. Wenn ich es nicht tue – wenn ich einfach nach Tanner Springs zurückkehre und diese ganze Sache hinter mir lasse –, werde ich sowieso trotzdem die ganze Zeit an Kylie denken.

Auf diese Weise kann ich mich immerhin persönlich davon überzeugen, wie es ihr geht. Und ihr vielleicht ein bisschen helfen.

Scotty hätte gewollt, dass ich das tue.

Was für ein Schwachsinn. Scotty wäre stinksauer auf mich, weil ich seine Freundin gevögelt habe.

Oder etwa nicht?

Tatsache ist, dass ich es schlicht und einfach nicht weiß.

Ich weiß überhaupt nichts mehr. Nur, dass ich nach Ironwood zurückkehren werde.

Und was dann passiert, wird sich zeigen.

Als Tank und ich die Tür zum Clubhaus öffnen und hineingehen, kommt es mir vor, als seien wir ein ganzes Jahr weg gewesen. Thorn sieht zu uns hinüber und begrüßt uns, und schon bald finden wir uns in einem Meer aus Rufen und Faustchecks wieder. Einer nach dem anderen kommen die Männer auf uns zu und klopfen uns auf den Rücken. Tank grinst mich an und wirft einen Blick auf die Bar.

„Jewel, Schätzchen, was zur Hölle?“, ruft er. „Was machst du denn wieder dahinten?“

„Willkommen zurück, Tank!“ Jewel, die Old Lady unseres Präsidenten, hebt die Hand und winkt. „Ich helfe nur für eine Stunde oder so aus. Wir lernen gerade einen der Anwärter an der Bar an.“ Ihr Lachen bringt ihre Augen zum Funkeln. „Aber Gunner hat ihn nach draußen geschickt, um einem der Picknicktische einen neuen Anstrich zu verpassen.“

Drei der Clubmädels, Melanie, Rachel und Tammy, bahnen sich einen Weg durch die Menge auf uns zu. „Verdammt, ihr beide werdet jeden Tag heißer“, säuselt Tammy. „Wie konntet ihr uns nur so lange hier zurücklassen?“

„Die Liebe wächst mit der Entfernung, Schätzchen. Weißt du das denn nicht?“, erwidert Tank mit rauer Stimme und zieht sie an sich.

„Hast du in Ironwood etwa nicht genügend Muschis abgegriffen?“, ziehe ich ihn auf.

„Zuhause sind die Muschis eben doch am besten.“ Er grinst mich vielsagend an. „Verdammt, es ist wirklich schön, wieder hier zu sein.“

Ich sehe zu, wie er von Ohr zu Ohr grinsend zur Bar schlendert, während sich Tammy und Rachel an seine Arme klammern. Melanie sieht ihnen ebenfalls nach, legt dann den Kopf schief und mir eine Hand auf die Brust. „Was ist mit dir, Hale?“, fragt sie und macht einen Schmollmund. „Hast du uns auch vermisst?“

Die Wahrscheinlichkeit ist verdammt gering, denke ich im Stillen.

„Sicher, Schätzchen“, antworte ich lässig und schiebe ihre Hand weg. „Aber ich muss mit Angel sprechen. Ist er da?“

„Jewel!“, ruft Melanie unglücklich. „Wo ist Angel?“

„Er sollte hinten im Büro sein“, ruft Jewel zurück.

„Nein, ich bin hier“, verkündet Angel. Ich drehe mich um und sehe, dass er auf mich zukommt. Melanie zieht enttäuscht von dannen.

Ich laufe Angel entgegen, und er klopft mir zur Begrüßung auf den Rücken. „Bruder. Schön, dass du wieder da bist."

„Schön, wieder hier zu sein."

„Komm, holen wir uns ein Bier. Und dann können wir uns in meinem Büro unterhalten."

„Alles klar."

Wir gehen zur Bar hinüber und Jewel schenkt mir ein Lächeln. „Willkommen zuhause, Hale!"

„Danke, Schätzchen." Ich nicke in Richtung ihres runden Bauches, auf den sie schützend eine Hand gelegt hat. „Scheiße, Süße, du bist deutlich runder geworden, seit ich losgefahren bin."

Jewel verdreht die Augen und stöhnt gutmütig. „Ich fühle mich wie ein Wal. Ich weiß nicht, wie viel größer er noch werden kann. Und ich habe noch fast zwei Monate vor mir!"

Angel legt ihr einen Arm um die Taille. „Dieser Junge wird mit Schwung auf die Welt kommen", gluckst er und küsst seine Frau innig. „Mit solchen Eltern wird der Kleine sicher hart im Nehmen sein."

„Oder dieses Mädchen", korrigiert ihn Jewel. „Ich muss allerdings sagen, dass dieses Baby ein ganz schöner Schläger ist." Betrübt sieht sie auf ihren Bauch hinunter. „Es tritt mich den ganzen Tag lang." Sie seufzt. „Wie auch immer, ich hoffe, er – oder sie – macht es mir auf dem Weg nach draußen nicht allzu schwer. Wobei, mit diesem Vater wird das Baby vermutlich schon von Anfang an eine ziemliche Nervensäge sein."

„Du verletzt mich zutiefst, Frau", sagt Angel dramatisch.

Jewel verdreht die Augen und küsst ihn auf die Wange. „Was soll's. Habt ihr beide nicht etwas zu besprechen?"

„Ja. Reich uns zwei Flaschen Bier, ja, Schatz?", antwortet

Angel. „Wir gehen nach hinten ins Büro. Sag mir Bescheid, wenn du gehst, okay?"

Jewel geht hinter die Bar und reicht uns zwei Flaschen. „Mache ich."

„ALSO." Angel sitzt zurückgelehnt in seinem Stuhl, seine Stiefel ruhen auf dem Schreibtisch. „Du willst mir also sagen, dass mit Axel und dem Dos-Santos-Kartell alles gut läuft, du aber trotzdem wieder hinfahren willst?"

„Nur für eine weitere Woche oder so", erkläre ich ihm und frage mich, ob das wirklich der Wahrheit entspricht.

„Wozu? Du warst stinksauer darüber, dass ich dich überhaupt nach Ironwood geschickt habe. Ich dachte, du würdest meine Motorradreifen aufschlitzen."

Eigentlich wollte ich mir irgendeine Geschichte ausdenken und ihm erzählen, dass ich den Ironwood MC noch ein wenig länger im Auge behalten will, aber ich will meinem Präsidenten nicht ins Gesicht lügen. Und er ist auch noch ein verdammt guter Präsident. Also kann ich ihm auch einfach die Wahrheit sagen – oder zumindest einen Teil davon.

„Ich habe da unten noch was zu erledigen", sage ich bedächtig. „Es gibt da jemanden, den ich noch ein wenig länger im Auge behalten will."

Angel zieht einen Mundwinkel hoch. „Im Auge behalten, was? Nennen die das so da unten?"

„Nein, nichts in der Richtung." *Naja, eigentlich schon, aber* ... „Sie ist ..." Sobald mir das Wort über die Lippen gekommen ist, schmunzelt Angel noch mehr. „Verdammt noch mal", schnauze ich. „Sie ist nur jemand, den ich mal kannte. Sie steckt in der Klemme. Ihr Vater ist krank. Und, ähm, sie schmuggelt für den MC. Was in Ordnung ist, aber … Ich will einfach nur sichergehen, dass alles okay ist.“

„Hast du Zweifel an ihrer Eignung als Kurier?“

„Nicht wirklich. Sie ist vertrauenswürdig. Es gefällt mir nur nicht, dass sie das macht, das ist alles.“

Angel schnaubt und verdreht die Augen zur Decke. „Bruder, dich hat es echt erwischt. Aber hey, mach nur weiter so und rede dir ein, dass du nur ein hilfsbereiter Pfadfinder sein willst.“

Wenn das irgendjemand anders als mein Präsident gesagt hätte, würde ich jetzt eine Schlägerei anzetteln. „Ist es in Ordnung für dich, dass ich wieder zurückfahre?“, frage ich ihn durch zusammengebissene Zähne.

Angel schüttelt den Kopf. „Na gut. Ich sage dir was. Wir treffen uns morgen zur Church, und ich will, dass du dabei bist. Du kannst am nächsten Tag zurückfahren und eine Woche oder so dortbleiben. Aber halte mich auf dem Laufenden. Ich will es wissen, falls du zum *Nomad* werden willst oder so ein Scheiß.“

„Nichts in der Richtung. Ich komme zurück.“

Er sieht mich lange an, eindeutig amüsiert.

„Wenn du das sagst.“

20

KYLIE

Am nächsten Tag rufe ich Mal an und sage ihm, dass ich dringend mit Axel sprechen muss.

Als ich im Clubhaus ankomme, betrete ich ohne zu zögern das Gebäude, als würde mir der Schuppen gehören, und sage den Männern dort, dass ich den Präsidenten sehen will. Erstaunlicherweise bringen sie mich ohne zu diskutieren zu ihm. Er befindet sich wieder in demselben kleinen Raum auf einer Seite des Clubhauses. Er und ein anderer Mann, dessen Kutte ihn als Vizepräsident ausweist, sitzen sich auf zwei der niedrigen Sessel gegenüber. Axel sieht auf und legt den Kopf schief, einer seiner Mundwinkel hebt sich, doch seine Augen werden schmal. Ich kann nicht erkennen, ob er belustigt oder wütend ist – oder beides.

„Ich brauche mehr Aufträge", sage ich ohne große Vorrede. „Ich habe die Dayton-Tour gut gemeistert und bin bereit für Cincinnati. Schick mich dorthin."

„Du hast Mut, das muss man dir lassen", sagt er schmunzelnd und wirft einen Seitenblick auf seinen VP. „Ja, du hast bist nach Dayton gefahren und hast deine Sache gut gemacht. Aber du hattest auch Hale dabei. Und es war eine einfachere Tour."

„Inwiefern war sie denn einfacher?", frage ich fordernd. „Es ist immer derselbe Ablauf, egal wo. Ich fahre hin, stelle den Truck ab und fahre wieder zurück. Kein Problem."

„Ganz so einfach ist es nicht, Mädchen", erwidert der VP. Ich schlucke die Wut, die dieser Kosename in mir auslöst, herunter und warte darauf, dass er fortfährt. „Bei der Dayton-Tour handelt es sich um ein Gebiet, das wir und unsere Verbündeten kontrollieren. Es gibt keine Konkurrenz, um die wir uns Gedanken machen müssten. In Cincy ist das anders."

„Inwiefern anders?", wiederhole ich beharrlich.

Jetzt antwortet Axel. „In Cincy gibt es mehr Revierkämpfe. Die Kerle, denen wir unsere Ware liefern, befinden sich im Krieg mit einer anderen Gang. Es geht darum, den Opioidhandel in diesem Teil der Stadt zu kontrollieren. Und du begibst dich in die Schusslinie. Wenn du von den falschen Kerlen aufgegriffen wirst, kannst du dich auf eine sehr schmerzhafte Erfahrung einstellen, Schätzchen. Mal ganz davon abgesehen, dass du da draußen auf dich allein gestellt bist und wir nicht in der Nähe sind, um dir zu helfen."

Axels Worte lassen mir das Blut in den Adern gefrieren, doch ich sage mir, dass nichts davon eine Rolle spielt. Ich trage ja keine Gangfarben. Ich habe ungefähr so viel Ähnlichkeit mit einem MC-Mitglied wie mit einem Gürteltier. *Für mich besteht so oder so keine größere Gefahr. Ich fahre einfach hin, stelle den Truck ab und fahre dann wieder zurück. Genauso wie in Dayton.*

„Jemand wie ich wird ihnen unmöglich auffallen", beharre ich und winke ab. „Wenn ihr euch wegen der Revierkämpfe Sorgen macht, bin ich sogar exakt die Person, die ihr dorthin schicken *solltet*. Ich bin unsichtbar, Axel. Keiner von denen kennt mich. Genauso wie meinen Truck. Und ich kenne auch keinen Einzigen von ihnen. Ist das nicht genau das, was du willst?“

Der VP nickt. „Sie hat nicht unrecht. Das ist der Grund, warum wir sie überhaupt erst angeheuert haben.“

„Ich kann das schaffen“, wiederhole ich. „Meine Rolle ist ja nicht schwierig. Ich fahre einfach hin, stelle den Truck ab und fahre dann wieder zurück. Und in der Zwischenzeit gehe ich Klamotten kaufen oder so. Genau wie beim letzten Mal.“

„Brauchst du wirklich so dringend Geld?“, fragt mich Axel.

„Ja. Tue ich.“ Ich beiße die Zähne zusammen, um ihnen keinerlei Schwäche oder Emotionen zu zeigen. Sie brauchen nicht zu wissen, warum ich das hier tue. Sie müssen nur wissen, dass ich absolut entschlossen und vertrauenswürdig bin.

„Fuck.“ Er atmet stoßartig aus. „Okay, gut. Wir versuchen es.“

Er spuckt die Worte aus, als sei er mit der Entscheidung nicht allzu glücklich, doch das interessiert mich nicht.

„Wann ist die nächste Tour?“, frage ich, bevor er es sich anders überlegen kann.

„Morgen, wenn du das schaffst. Ich kann die Übergabe arrangieren und dir dann die Details mitteilen, wenn du mit deinem Truck herkommst.“

„Das kann ich schaffen.“ Im Kopf rechne ich bereits nach, wie viele Stunden ich im Salon mit Nevaeh tauschen muss. Aber das ist es wert.

Als ich das Clubhaus verlasse, fühle ich mich ganz leicht, aber auch ein bisschen zittrig. Ich würde lügen, wenn ich behaupten würde, dass mich das Ganze nicht nervös macht. Aber ich bin lieber nervös als verzweifelt, und genau so habe ich mich gefühlt, bevor ich wusste, dass ich auf dieses Geld zählen kann.

Im Auto rufe ich kurz im Salon an und bitte Nevaeh, meine Schicht zu übernehmen. Dann fahre ich ins Krankenhaus, um meinen Dad zu besuchen und mit dem Onkologen über Therapiemöglichkeiten zu sprechen.

Die Ärzte haben beschlossen, meinen Vater noch einen weiteren Tag im Krankenhaus zu behalten. Und so sehr ich mir auch wünsche, dass er bald nachhause darf, bin ich doch auch ein wenig erleichtert. Er wird in Sicherheit und gut versorgt sein, wenn ich nach Cincinnati fahre, und damit gibt es eine Sache weniger, um die ich mir Sorgen machen muss.

In dieser Nacht kann ich kaum schlafen. Ich versuche, meine bis zum Zerreißen gespannten Nerven zu beruhigen, und rede mir ein, dass alles, was ich Axel gesagt habe, der Wahrheit entspricht – dass alles gutgehen wird und die Tour keine große Sache ist.

Als ich am nächsten Morgen auf das MC-Gelände fahre, beruhigt es mich ein bisschen, wie ähnlich der Ablauf im Vergleich zum letzten Mal ist. Ich warte darauf, dass sich das Rolltor öffnet, fahre meinen Truck hinein und gehe dann in den Wartebereich, um mir mit schlechtem Kaffee die Zeit zu vertreiben, bis jemand kommt und mir Bescheid sagt, dass ich losfahren kann. Erneut bin ich die einzige Person im Warteraum. Ich rutsche unbehaglich auf dem Plastikstuhl hin und her und erinnere mich an das letzte Mal, als ich hier war. Wie Cam wutentbrannt hereingestürmt kam und sich weigerte, ein Nein als Antwort zu akzeptieren, als er mir mitteilte, dass er mich begleiten würde.

Mir dreht sich der Magen um, als mir klar wird, wie sehr ich mir wünsche, dass er mich auch heute begleitet.

Letzte Nacht, als ich mich bettfertig gemacht habe, habe ich etwas getan, von dem ich dachte, dass es mir ein Gefühl der Sicherheit und der Kontrolle vermitteln würde: Ich ging in das Zimmer meines Vaters und nahm die Pistole und die Patronen aus seinem Nachttisch, die er dort sicherheitshalber aufbewahrt.

Ich weiß, wie man schießt – dafür hat mein Dad gesorgt, als ich noch jünger war –, aber ich habe noch nie tatsächlich eine Waffe bei mir geführt. Ich hatte vorher noch nie das Gefühl, eine zu brauchen. Jetzt, mit meiner Handtasche auf dem Schoß, spüre ich das schwere Gewicht der Waffe darin. Eigentlich sollte ich mich damit sicherer fühlen, doch irgendwie scheint sie das genaue Gegenteil zu bewirken. Sie dabei zu haben ist eine schwere, allgegenwärtige Erinnerung daran, dass ich viel mehr Angst davor habe, das hier zu tun, als ich vorgebe. Und dass ich glaube, dass ich sie möglicherweise werde einsetzen müssen, wie gering die Wahrscheinlichkeit dafür auch sein mag.

Ich versuche, mich abzulenken, indem ich mir die Frühstückssendung ansehe, die auf dem Fernseher in der Ecke gerade läuft, als mein Handy vibriert. Ich ziehe es hervor und sehe, dass Cyndi mich anruft.

„Hey, alles okay bei dir?“, ertönt ihre besorgte Stimme aus dem Lautsprecher. „Nev meinte, du hättest angerufen und sie gebeten, noch einmal deine Schicht zu übernehmen.“

„Ja, alles gut“, versichere ich ihr. „Ich muss nur ein paar Dinge erledigen. Mein Dad ist immer noch im Krankenhaus.“

Ich hoffe, dass sie davon ausgeht, dass auch ich mich heute dort aufhalten werde. Ich weiß, dass Mal ihr nichts erzählen würde, schließlich handelt es sich um Clubgeschäfte.

„Oh! Tja, gut! Ich wollte dich nämlich eigentlich fragen, ob du heute mit mir und ein paar Freunden was trinken gehen willst, wenn ich dich sehe. Heather, Taylor und Dina. Taylor hast du schon mal kennengelernt, oder? Wir treffen uns im *The Hollow* um halb sechs."

„Oh, ja. Ähm …" Ich halte kurz inne und rechne aus, wann ich ungefähr aus Cincinnati zurück sein werde. „Ich glaube, das kann ich schaffen. Vielleicht verspäte ich mich ein wenig, aber das klingt gut."

„Wunderbar! Ich bin so froh, dass du nicht krank bist, Süße. Wir sehen uns später!"

„Jap. Klingt gut!"

Sie legt auf und ich atme einmal tief durch, genieße es, wie normal sich dieser Anruf angefühlt hat.

Es wird schon gutgehen, sage ich mir im Stillen, als ich wieder ausatme. *Alles wird gutgehen.*

DIE FAHRT nach Cincinnati kommt mir länger vor als die Fahrt nach Dayton, vor allem, weil ich mich unterwegs mit niemandem unterhalten kann. Ich verbinde mein Handy mit dem Autoradio und vertreibe mir die Zeit, indem ich bei jedem fröhlichen Song mitsinge, den ich in meinen Playlists finden kann. Sobald ich die ersten Ausläufer der Stadt erreiche, verlasse ich den Highway und suche nach einer Tankstelle. Ich tanke, gehe auf die Toilette und gebe die Zielkoordinaten in mein Handy ein. Kurz bevor ich die Toilette verlasse, werfe ich noch einen Blick in den Spiegel. Ich trage dieselben Klamotten wie bei der letzten Tour. Ich sehe blass aus, meine Augen sind weit aufgerissen und wirken ernst. Ich atme tief durch und schenke mir ein Lächeln, versuche, so zu tun, als wäre ich einfach nur irgendein unscheinbares Mädchen auf einem Shoppingausflug. Genau wie beim letzten Mal. Dann verlasse ich die Toilette, bezahle die Tankfüllung und mache mich auf den Weg.

Die Adresse, zu der mein Handy mich führt, befindet sich im Stadtzentrum. Ich überquere den Ohio River, fahre durch das Geschäftsviertel und komme dann in ein Gebiet nördlich der Innenstadt, das aus lauter historischen Gebäuden aus roten Ziegelsteinen besteht. Einige der Bauten sehen sehr gepflegt aus, doch während ich durch die Straßen fahre, fällt mir auf, dass andere in sehr schlechtem Zustand sind. Fenster und Türen sind mit Brettern vernagelt, und einige Zugänge sind durch Maschendrahtzäune versperrt. Die Straße, die ich gerade entlangfahre, sieht mir sehr nach Gentrifizierung aus, mit niedlichen Läden direkt neben leerstehenden Geschäftsräumen und ein paar verblassten Zu-Verkaufen-Schildern in den Schaufenstern.

Das Navigationssystem meines Smartphones weist mich an, nach links abzubiegen, und dann erreiche ich mein Ziel. Es handelt sich um den Parkplatz einer alten Kirche, die aussieht, als würde sie schon seit einer Weile nicht mehr genutzt werden. Der Großteil des Parkplatzes besteht aus einem riesigen Quadrat aus abgenutztem Beton. Überall sind Schlaglöcher, die nur hier und da mit Teer ausgebessert wurden. Es gibt aber auch noch einen kleineren, etwas versteckteren Bereich an der hinteren Seite der Kirche, und genau dort soll ich parken.

Als ich meinen Truck abstelle, ist er das einzige Fahrzeug, auf dem ganzen Parkplatz. Dennoch kneife ich die Augen ein wenig zusammen, um die Markierungen besser sehen zu können, damit ich so akkurat wie möglich auf einem der Parkplätze zum Stehen komme. Ich fühle mich unglaublich verdächtig, als ich den Motor abstelle, und halte nervös Ausschau nach irgendwelchen anderen Menschen. Doch von den Wohnhäusern und Geschäften, die mir am nächsten sind, sehe ich nur die Rückseiten.

Ich beschließe, auszusteigen und zurück zu einer etwas belebteren Straße zu laufen. Ich fühle mich relativ sicher und werde es bestimmt schaffen, eine Stunde oder so damit zu verbringen, mir die dortigen Geschäfte anzusehen. Vielleicht finde ich ja ein Café, in dem ich ein bisschen warten kann.

Ich ignoriere mein klopfendes Herz, steige aus dem Truck und gebe mein Bestes, um so normal wie möglich auszusehen, während ich eilig auf die belebtere Straße zulaufe. Sobald ich angekommen bin und wieder andere Menschen sehe, entspanne ich mich. Die nächste Stunde verbringe ich damit, erst die eine und dann die andere Straßenseite abzulaufen, in die Schaufenster zu sehen und jedes Geschäft zu betreten, das mich interessiert. Ein Café finde ich zwar nicht, lege jedoch einen Zwischenstopp in einer Eisdiele ein und gönne mir einen Becher Cookies and Cream, meiner Lieblingssorte. Die Normalität dieser simplen Handlung hilft mir, meine Nerven zu beruhigen. Während ich esse, sehe ich aus dem Fenster und beobachte die Menschen, dir an mir vorbeilaufen. Hin und wieder werfe ich einen Blick auf mein Smartphone, um die Zeit im Auge zu behalten.

Ich warte eine Stunde und fünfzehn Minuten, nur um ganz sicherzugehen. Dann werfe ich meinen Becher in den Müll, verlasse die Eisdiele und schlendere die Straße entlang zurück zu der Kirche. Mein Auto ist noch immer das einzige Fahrzeug auf dem Parkplatz, genau wie vorhin.

Und genau wie bei der Dayton-Tour erscheint es mir sehr surreal, dass die ganze Transaktion in der einen Stunde, die ich weg war, komplett abgeschlossen wurde, und ich jetzt einfach nur noch nachhause fahren muss.

Der Gedanke, dass alles vorbei ist, erfüllt mich mit so viel Erleichterung, dass mir beinahe schwindlig wird. Meine Schritte sind ein wenig leichtfüßiger, als ich auf das Auto zulaufe, und in Gedanken bin ich schon auf dem Heimweg nach Ironwood und besuche meinen Dad, bevor ich mich mit Cyndi im *The Hollow* treffen werde. An diesem Abend werde ich mit ihr und ihren Freunden ein wenig feiern können, obwohl ich den Grund dafür natürlich für mich behalten muss.

Ich klettere ins Fahrerhaus des Trucks, schiebe den Schlüssel in die Zündung und greife in meine Handtasche, um mein Handy herauszuholen. Ich will eine kurze Nachricht an die Nummer formulieren, die Axel mir gegeben hat, damit ich sie dann auf dem Weg aus der Stadt nur noch abschicken muss.

Ich beuge mich über das Display und rufe die Nummer auf. Dann hebe ich die Daumen, um zu tippen, als mich ein lauter Schlag und ein Rütteln an der rechten hinteren Seite des Trucks aufschreien und den Kopf heben lässt. Beinahe im selben Moment fliegt die Fahrertür auf. Raue Hände packen mich an den Armen und zerren mich aus dem Auto. Ich falle aus dem Fahrerhaus, lande auf dem Asphalt und öffne den Mund, um zu schreien, doch da raubt mir ein explosionsartiger Schmerz am Hinterkopf den Atem und ich falle in einen tiefen, dunklen Tunnel. Dann wird alles um mich herum schwarz.

21

HALE

Nach den Nächten in diesem beschissenen Bett in dem Apartment im Ironwood-Clubhaus fühlt es sich verdammt gut an, wieder in meinem eigenen Bett schlafen zu können, auch wenn es mir schwerfällt, nicht ständig an Kylie zu denken. Ich überlege, ob ich sie anrufen soll, aber nach unserem unschönen Abschied will ich die Sache eigentlich nicht übers Telefon klären. Ich schreibe ihr eine Nachricht und frage, wie es ihrem Dad geht, doch sie antwortet nicht.

Am nächsten Morgen bin ich relativ früh wieder auf den Beinen. Unsere Besprechung ist für den Vormittag angesetzt, und ich will auf dem Weg dorthin noch einen Zwischenstopp bei Twisted Pipes einlegen, denn ich muss meine Maschine checken, und in der Werkstatt geht das einfacher als in meiner Einfahrt. Während der Fahrt spüre ich mein Handy vibrieren und ziehe es an einer roten Ampel aus der Tasche. Die Nummer kenne ich nicht, doch die Vorwahl gehört zu Ironwood.

Ich schiebe das Handy zurück in meine Tasche und hole es erst wieder heraus, als ich die Werkstatt erreicht und den

Motor abgestellt habe. Auf meiner Mailbox ist in der Zwischenzeit zwar keine Nachricht hinterlassen worden, aber dafür habe ich eine SMS von derselben Nummer bekommen.

Hale. Hier ist Mal. Ruf mich an.

Ich runzle die Stirn, drücke auf Rückruf und warte.

„Hale", sagt mein Cousin scharf, seine Stimme klingt ernst. „Ich glaube, wir haben ein Problem."

„SIE IST nach der Tour nie in der Werkstatt angekommen." Mals Stimme bricht wegen der schlechten Verbindung immer wieder ab. „Sie hatte ein Wegwerf-Handy dabei, hat uns aber danach nicht kontaktiert. Und Cyndi hat gesagt, dass sie sich eigentlich gestern Abend mit ihr und ein paar anderen Mädels in irgendeiner Bar treffen wollte. Sie ist aber nie aufgetaucht."

„Scheiße." Ich fange an, auf dem Parkplatz vor Twisted Pipes auf und ab zu laufen. „War schon irgendjemand bei ihr zuhause?"

„Ja. Sind dran vorbeigefahren. Niemand zuhause. Ihr Truck steht auch nicht dort."

„Ihr Vater ist immer noch im Krankenhaus, da bin ich mir ziemlich sicher." Ich ziehe die Augenbrauen zusammen und versuche, nachzudenken. „Ich bezweifle allerdings, dass er irgendwas weiß. Sie hat versucht, diese ganze Scheiße vor ihm zu verheimlichen."

„Meinst du, sie hat sich mit dem Geld aus dem Staub gemacht?", fragt Mal.

Ich denke über seine Frage nach. „Das ergibt überhaupt keinen Sinn. Selbst wenn sie in Versuchung gekommen wäre – was ich nicht glaube –, müsste sie die Stadt für immer verlassen, wenn sie unseren Club betrogen hätte. Sie würde ihren Vater nie wiedersehen, und hätte damit ihr eigenes Todesurteil unterschrieben."

„Ja." Mal stößt den Atem aus. „Das habe ich auch gedacht."

„Scheiße, Mann!" Ich explodiere, als mir die volle Tragweite der Gefahr, in der sie schweben könnte, bewusst wird. „Warum zur Hölle hat euer Club sie überhaupt auf diese Tour geschickt? Ich dachte, ihr setzt sie erst mal nur für Dayton ein."

„Sie kam zu Axel und bat um mehr Aufträge. Sie meinte, sie bräuchte das Geld. Hat es geschafft, ihn davon zu überzeugen, dass sie für die Cincy-Tour bereit ist."

„Mein Gott", knurre ich. „Also, was hat sie geschmuggelt und für wen?"

„Verschreibungsscheine und Fentanyl. Für die Black Seven."

„Meinst du, dass *die* sie haben?", will ich wissen.

„Das bezweifle ich. Die Seven sind im Krieg mit den OTR Kings, beide wollen dasselbe Gebiet kontrollieren. Axel hält es für wahrscheinlicher, dass die Kings sie abgefangen haben. Als Warnung für diejenigen, die sie geschickt haben, damit sie keine Geschäfte mehr mit Seven machen."

„Fuck!", schreie ich. „Axel hat sie also ohne jeglichen Schutz dorthin geschickt, damit die dann ein verdammtes *Exempel* an ihr statuieren können! Und du hast das zugelassen!"

„Ich wusste nichts davon, Mann!", ruft Mal. „Sie hat mir ganz bestimmt nichts davon gesagt! Und es klingt ganz so, als hätte sie dich auch nicht informiert!"

Natürlich hat sie das nicht, verdammt noch mal. Kylie hat sicher ganz genau gewusst, dass ich sie so eine Tour niemals allein hätte fahren lassen. Und sie hätte mich auch bestimmt nicht gebeten, sie zu begleiten. Sie ist nicht sonderlich gut darin, um Hilfe zu bitten. War sie noch nie.

„Verdammte Scheiße, dafür schlage ich Axel die Fresse ein", fauche ich. „Hat irgendjemand versucht, euch über das Wegwerf-Telefon, das er ihr gegeben hat, zu erreichen?" Wenn die Kings oder irgendwer anders sie hätten und eine Warnung schicken wollten, würden die doch wohl verdammt noch mal anrufen, oder nicht?

„Nein. Aber das Handy war mit einem GPS-Tracker ausgestattet. Yoda sagt, die letzte Ortung war in der Nähe des Übergabeortes. Jetzt ist es ausgeschaltet."

„Verdammte Scheiße, Mann!", brülle ich. Ich drehe mich um und ramme die Hand, in der ich nicht gerade mein Handy halte, gegen die Wellblechwand des Lagerschuppens hinter mir. Meine Faust hinterlässt eine Delle darin, die so groß ist wie mein Kopf.

Kylie ist irgendwo da draußen. Und sie ist in Gefahr. Falls sie überhaupt noch lebt.

Sie ist am Leben. Sie muss *noch am Leben sein. Ich muss sie rechtzeitig finden.*

„Stell für mich Kontakt zum Präsidenten der Black Seven her", belle ich. „Und sag Axel, dass er mich anrufen soll, und zwar verdammt noch mal *sofort*. Wir gehen da rein und holen sie. Euer Chapter und unseres."

„Mache ich, Cousin." Mal klingt besorgt. „Es tut mir so leid, dass ich dir diese Nachricht überbringen musste. Ich weiß ... Naja, ich wusste, dass dich das mitnehmen würde."

„Was mich verfickt noch mal mitnimmt, ist, dass euer Präsident seinen verdammten Kopf in seinem Arsch stecken hat", knurre ich und lege auf, bevor sich noch andere Gefühle als Wut in meine Stimme schleichen können.

Ich rase so schnell vom Parkplatz der Werkstatt, dass

meine Reifen dunkle Streifen hinterlassen, und stürme nur fünf Minuten später durch die Tür unseres Clubhauses. Gott sei Dank sind Angel und Beast bereits hier, und als ich den beiden erzähle, was passiert ist, informiert Angel sofort die Brüder, dass die Church vorverlegt wird und in zwanzig Minuten stattfindet, und dass sich lieber niemand verspäten sollte.

In der Zwischenzeit ruft Axel mich zurück und ich bin schon kurz davor, ihm durchs Telefon den gottverdammten Kopf abzureißen, als mir die Motorengeräusche im Hintergrund auffallen und mir klar wird, dass er mich vom Motorrad aus anruft.

„Wir sind auf dem Weg nach Cincy", ruft er über den Fahrtwind hinweg. „Ich habe mit dem Anführer der Black Seven gesprochen. Sie glauben auch, dass die OTR Kings sich Kylie wahrscheinlich geschnappt haben. Sie haben auch ein paar Ideen, wo sie sie verstecken könnten. Die Seven begleiten uns dorthin, um sie rauszuholen. Sämtliche Ironwood-Männer sind auf dem Weg. Ich melde mich als Nächstes bei Angel und gebe die Koordinaten durch, sobald du aufbrechen kannst. Das wird ein Blutbad, Bruder, aber wir werden sie da rausholen."

„Du solltest verdammt noch mal beten, dass wir das schaffen", schnauze ich. „Oder Ironwood wird nach dieser Sache einen neuen Präsidenten wählen müssen."

Am anderen Ende der Leitung herrscht Schweigen. Dann erwidert er mit eiskalter Stimme: „Was hast du da gerade gesagt, mein Sohn?"

„Ich bin nicht dein verdammter Sohn", sage ich. „Und du hast gehört, was ich gesagt habe."

„Darüber werden wir uns noch unterhalten, da kannst du dir sicher sein."

Dann ist die Leitung tot. Ich starre eine Sekunde lang

mein Handy an und stecke es dann mit vor Wut mahlendem Kiefer wieder ein. Das war keine leere Drohung von mir. Wenn wir Kylie nicht lebend da rausholen, werde ich Axel mit eigenen Händen erschlagen.

FÜNFZEHN MINUTEN später befinden wir uns in der Chapel und ich schildere meinen Brüdern die Situation. Angel fragt die anderen, wer bereit wäre, mit uns nach Cincy zu fahren, und fast alle heben sofort die Hände. Angel bestimmt zehn Männer, sich selbst eingeschlossen.

Als wir aus der Chapel strömen, kommt Tank zu mir herüber und klopft mir auf den Rücken.

„Fuck, es tut mir leid, Bruder." Er starrt auf den Boden, dann hebt er den Blick, um mich anzusehen, und schüttelt den Kopf. „Kylie ist eine tolle Frau. Wir werden sie zurückbekommen."

Ich erwidere seinen Blick, und meine Hände ballen sich zu Fäusten. „Ja, das werden wir, verdammt."

Ich sage die Worte, als seien sie wahr. Als könne die Sache gar nicht anders enden. Denn das kann sie auch nicht. Das ist keine Option.

Wir werden sie finden. Und es wird ihr gutgehen. Wir werden nicht zu spät kommen.

Mein Gott. Bitte lass uns nicht zu spät kommen.

22

KYLIE

Für wen arbeitest du, Schlampe?”

Es schwingt zwar Belustigung in seiner Stimme mit, doch darunter klingt sie hart und wütend. Er kommt einen Schritt auf mich zu und ich zucke zurück, nicht in der Lage, die Reaktion meines Körpers zu kontrollieren, nachdem ich so lange gefesselt war und geschlagen und gefoltert wurde, bis mir jegliches Zeitgefühl abhandengekommen ist.

„Ich …“ Meine Kehle ist völlig ausgetrocknet, und die Worte kommen mir nur schwer über die Lippen. „Ich habe doch gesagt, dass ich nicht weiß, wovon du sprichst. Ich arbeite für niemanden. Ich weiß nicht, was ihr von mir wollt.“

Mein Kopf wird zurückgeschleudert, als etwas meine Schläfe trifft und ein blitzartiger Schmerz dahinter explodiert. Benommen frage ich mich, ob ich wohl eine Gehirnerschütterung habe. Das würde mir Sorgen bereiten, wenn ich mittlerweile tatsächlich noch glauben würde, dass ich lebend hier herauskomme. „Du blöde Fotze“, faucht er und springt erneut auf mich zu. Er hebt die Hand, als wolle er mich noch mal schlagen, und ich zucke wieder zusammen, allerdings nur sehr schwach. Meine Reaktionen werden langsamer. „Für wen arbeitest du? Deine Jungs beliefern die Black Seven. Das hier ist aber unser Gebiet, nicht ihres. Kapiert?"

„Ich weiß nicht …", setze ich an, doch ein erneuter Schlag gegen den Kopf lässt mich verstummen. Das Klingeln in meinen Ohren wird lauter. Ich weiß nicht, wie lange ich das noch durchhalte.

„Von wegen", sagt er höhnisch. Er beugt sich nach unten und bringt sein Gesicht beinahe auf eine Höhe mit meinem. Seine Haut ist dunkel, seine Stirn und Wangenknochen überzogen von Narben und Tätowierungen. „Hör zu, Schlampe, wenn du uns nicht sagst, für wen du arbeitest, hast du keinerlei Nutzen für uns. Wenn du es uns sagst, wollen sie dich *vielleicht* zurück und wir können verhandeln." Er zieht eine Augenbraue hoch und hebt die Hand, winkelt dabei jedoch den Ring- und den Mittelfinger an, um eine Pistole zu formen. „Und wenn sie dich nicht zurückwollen? Dann haben wir ein bisschen Spaß mit dir, und sobald wir damit fertig sind, bist du tot. Das wird eine Warnung für sie sein, sich nicht mit uns anzulegen. Aber wenn du es uns nicht sagst, gehen wir sofort zu Möglichkeit zwei über. Hast du mich verstanden?"

„Ich … Ich weiß nicht, wer sie sind", versuche ich mein Glück, auch wenn ich mir nicht sicher bin, warum ich ihnen nicht einfach alles erzähle, um hier rauszukommen. Dann kommt mir trotz meiner Benommenheit eine Idee. „Ich hatte ein Wegwerf-Handy dabei. In meiner Handtasche. Ihr … Ihr könnt versuchen, sie anzurufen …"

Der Mann, der mich befragt, sieht hinüber zu einem anderen, größeren Mann, der Goldketten trägt und in einer

Hand eine Pistole hält. Er nickt. „Ja. Wir haben zwei Handys bei ihr gefunden. Haben beide zertreten und auf dem Boden neben dem Truck zurückgelassen, wo wir sie aufgegriffen haben." Er schürzt die Lippen. „Haben auch eine Waffe bei ihr gefunden. Und einen Ausweis. Ihre Adresse ist in dieser beschissenen Kleinstadt. Ironwood oder so."

Der erste Mann flucht. „Fuck. Haben die da unten nicht einen MC?"

„Ja." Aus einer finsteren Ecke am anderen Ende des Raumes ertönt eine tiefe, dunkle Stimme. „Waren die es, die dich hergeschickt haben, Schlampe?"

Ich schließe die Augen und weigere mich, zu antworten, doch ich weiß, dass mein Schweigen Antwort genug ist.

Ich spüre einen groben, rauen Finger unter meinem Kinn, der mein Gesicht nach oben drückt. Ich öffne die Augen und sehe, dass mich der erste Mann anstarrt. „Du bist weit weg von zuhause, Mädchen. Ich werde es genießen, deinen Country-Arsch zu ficken und damit deinem MC eine schöne Lektion zu erteilen." Er grinst breit und ich sehe oben ebenmäßige, weiße Zähne und unten silberne Grills. „Sie sollten ihre Nutten wirklich nicht hierher nach Nati schicken, damit sie die Drecksarbeit für sie machen." Er wendet sich an den Mann in der Ecke. „Hol Li'l Cris und sag ihm, er soll mir die Nummer ihres Präsidenten besorgen." Dann wendet er sich wieder mir zu und fährt mir mit einem seiner rauen Finger über die Wange. „Wir lassen sie erst ihre Stimme hören. Lassen sie wissen, dass wir sie haben. Ich werde dich zum Schreien bringen, Mädchen. Werde ihnen zeigen, dass man sich mit den OTR Kings besser nicht anlegt."

. . .

Als der Mann, der mich entführt hat, den Raum verlassen hat, haben sie die Lichter ausgeschaltet, und nun bin ich ganz allein. Es ist stockdunkel hier drin, und sehr feucht. Mein Kopf dröhnt immer noch, und auch das Klingeln in meinen Ohren ist noch da, so laut, dass ich nichts hören könnte, selbst wenn es um mich herum irgendwelche leisen Geräusche gäbe. Was ich aber wahrnehmen kann, ist, dass ich weine, denn ich kann die Laute, die ich dabei von mir gebe, in meiner Kehle spüren. Doch ich kann nicht damit aufhören. Es fühlt sich an, als hätte ich nicht länger die Kontrolle über meinen Körper.

Meine Hände sind hinter der Lehne des Stuhls, auf dem ich sitze, fest zusammengebunden. Auch meine Beine sind gefesselt, und unterhalb meiner Knöchel kann ich kaum noch etwas spüren. Vor einer Stunde war diese fehlende Blutzirkulation noch schmerzhaft, doch nun sind meine Füße einfach nur noch taub. Selbst wenn ich es schaffen würde, mich zu befreien, weiß ich genau, dass ich so nicht laufen könnte. Und ich kann nirgendwo eine Tür oder ein Fenster erkennen. Ich sitze praktisch in einem Loch, ganz allein, und bin diesen Männern schutzlos ausgeliefert, die sich die OTR Kings nennen und dem MC durch mich eine Warnung schicken wollen.

Ich weiß nicht, ob es an der Angst liegt, an den Schmerzen oder an dem Hämmern in meinem Kopf, aber so langsam fühle ich mich, als wäre ich von meinem Körper losgelöst, beinahe so, als würde ich über mir schweben. Ich spüre den Herzschlag in meiner Brust, und ich glaube, ich habe wohl Angst, aber hauptsächlich wünsche ich mir, dass das alles hier einfach vorbei ist. Der Anführer der Gang hat gesagt, er würde mich zum Schreien bringen. Er will, dass ich Schmerzen habe, um Axel zu zeigen, dass er mit mir machen kann, was er will, ohne dass sie etwas dagegen tun können. Sie werden mir Schmerzen zufügen. Sie werden mich vergewaltigen.

Sie werden mich umbringen.

Ein erstickter Laut hallt durch die Finsternis, und er muss von mir kommen. Aus irgendeinem Grund denke ich an Cam. Sein wütendes, sexy Gesicht erscheint vor meinem inneren Auge wie ein Leuchtfeuer. Ich vermisse ihn. Ich wünschte, er könnte mir helfen. Ich wünschte, ich wüsste, wo er ist. Er hatte recht, ich hätte niemals allein herkommen sollen. Wenn er jetzt hier wäre, würde ich ihm das sagen. Er wäre stinksauer auf mich. Ich wünschte, er wäre nicht mehr sauer auf mich. Ich will, dass er mich liebt. Dass er mich will. Dass er dasselbe für mich empfindet, was ich für ihn empfinde.

Rufe, wütende Rufe von oben, reißen mich aus meinen benommenen Gedanken. Meine Lungen saugen gierig die Luft ein, als die Angst mir das Blut in den Adern gefrieren lässt. *Das war's. Jetzt kommen sie. Jetzt werden sie mir wehtun. Jetzt geht es los.* Mir stockt der Atem, und dann fange ich an zu schreien, doch meine Ohren nehmen den Klang kaum wahr.

Ein lauter Knall ertönt hinter mir, und dann dringt plötzlich Licht in den Raum. Ich werde mit solcher Wucht von hinten gepackt, dass ich das Gleichgewicht verliere und zusammen mit dem Stuhl unter mir auf den Boden knalle. Mein Kopf trifft auf den kalten Stein, doch diesmal spüre ich den Schmerz kaum. Auf einer Seite sehe ich plötzlich einen Blitz, und der Knall, der damit einhergeht, ist unglaublich laut. Ich glaube, ich höre jemanden meinen Namen rufen, doch ich bin mir nicht sicher. Um mich herum herrscht heilloses Durcheinander, aber ich kann weder den Kopf heben noch meinen Körper bewegen. Weitere Rufe und laute Knalle dringen an meine Ohren, die

Geräusche scheinen sich jedoch von mir zu entfernen, genau wie das Licht, das mich umgibt. Ich schließe die Augen und lasse mich in die Dunkelheit locken, heiße sie willkommen, sehne sie herbei. Als ich in dieser tiefschwarzen Finsternis versinke, besteht meine letzte Hoffnung darin, dass es jetzt vielleicht endlich vorbei ist.

23

HALE

Die Black Seven fahren uns voran durch die Straßen Cincinnatis. Sie führen uns durch einen Teil der Stadt, in dem die Menschen ganz genau wissen, dass sie in ihre Häuser zurückkehren und die Türen verschließen sollten, statt draußen herumzustehen und zu gaffen.

Einen Block von dem Haus entfernt, in dem wir die OTR Kings und Kylie vermuten, steigen wir von unseren Motorrädern und gehen den Rest des Weges zu Fuß. Ich habe furchtbare Angst, dass wir zu spät sein könnten, um sie zu retten, verdränge diesen Gedanken aber sofort wieder, zum wahrscheinlich hundertsten Mal.

Ich bin der Erste, der die Stufen zur Veranda des Hauses hinaufeilt. Ich weiß, dass ich leicht erschossen werden kann, wenn ich einfach so voranpresche, doch das ist mir scheißegal. Ich hebe den Fuß und trete die Tür ein, mit gezückter Waffe und bereit, alles und jeden, der sich mir in den Weg stellt, niederzuschießen. Mal, Tank und die anderen stürmen nach mir ins Haus. Die Seven stehen draußen und warten darauf, dass irgendwelche Kings aus dem Haus strömen, damit sie sie niedermetzeln können. Als wir sie gebeten haben, uns zu helfen, waren sie sofort einverstanden – sie sehen darin eine Möglichkeit, die Gang auszuschalten, mit der sie sich schon seit Monaten im Krieg befinden.

Sobald wir das Haus betreten haben, kommen drei der OTR Kings auf uns zu. Zwei von ihnen sind bewaffnet, doch ich hebe einfach meine Waffe und schlage einem von ihnen damit so hart gegen das Kinn, dass er zu Boden fällt und ich ihm die Pistole abnehmen kann. Ich trete ihm heftig in den Bauch und gegen den Kopf, und er bleibt regungslos liegen. Ich drehe mich gerade noch rechtzeitig um, um zu sehen, wie Tank den anderen Bewaffneten überwältigt, er versetzt ihm einen Tritt in die Eier und erledigt ihn dann mit einem Kinnhaken, der ihn sofort ausknockt. Mittlerweile strömen weitere Lords ins Gebäude. Weiter hinten im Haus beginnen Leute zu schreien und wir machen uns bereit für den Kampf.

Ein kleiner, dürrer Mistkerl kommt um die Kurve in den Raum geschossen, doch Mal streckt einfach den Arm zur Seite aus, rennt auf ihn zu und mäht ihn nieder. Der Kerl wird gegen die Wand geschleudert, stößt sich ab und stürmt erneut auf Mal zu, doch der ist vorbereitet und schießt dem Wichser aus nächster Nähe direkt zwischen die Augen. Ich höre auch von draußen Schüsse, was nur bedeuten kann, dass ein paar der Kings versucht haben, zu entkommen.

Links von mir kämpft Beast gerade mit einem riesigen Kerl, der ihm ordentlich Kontra gibt, doch Beast ist einer der besten Kämpfer, die ich kenne, also sprinte ich den Flur entlang und suche nach Kylie. Als ich beginne, mit gezogener Waffe die Räume zu überprüfen, fällt mir rechts eine Bewegung ins Auge und ich drehe mich gerade noch rechtzeitig um. Ich reiße dem Kerl, der gerade seine Waffe auf meinen Kopf richten wollte, den Arm weg, packe ihn am Handgelenk und drehe. Mit der anderen Hand hebe ich meine eigene Waffe und setze sie ihm an die Schläfe. Kurz bevor ich abdrücke, sehe ich Angst in seinen Augen aufflackern. Die Explosion macht mich eine Sekunde lang taub, die Wand hinter mir wird mit Blut und Hirnmasse bespritzt. „Fick dich, du Arschloch“, knurre ich, lasse das, was noch von dem Kerl übrig ist, zu Boden fallen und steige drüber.

Mittlerweile befinden sich auch einige der Seven im Haus, und sobald sie ihre Pistolen und Messer zücken, veranstalten sie ein absolutes Blutbad und metzeln jedes Mitglied der Gang nieder, die es gewagt hat, mein Mädchen zu entführen. Mir ist das scheißegal, das hier ist ihr Krieg, nicht meiner, also rufe ich meinen Brüdern zu, dass sie Kylie suchen sollen. Ich renne den Flur hinunter und durchsuche jeden Raum, doch alles, was ich überall im Haus finde, sind Drogenutensilien und Müll. Am Ende des Flurs befindet sich eine Küche, voller dreckigem Geschirr und noch mehr Müll, doch da ist auch eine Tür, die in den Keller führt. Ich renne hindurch, stürme mit noch immer gezogener Waffe die Treppe hinunter. Es interessiert mich nicht, ob mich irgendjemand kommen hört. Am Fuß der Treppe befindet sich ein einziger, großer Raum mit einem Boden aus rissiger Erde und Beton. Hier unten riecht es ekelhaft, nach Urin und Schimmel und Verwesung. Auf einer Seite sehe ich irgendetwas auf dem Boden liegen, doch es ist so dunkel hier unten, dass es eine Sekunde dauert, bis mir klar wird, dass es sich dabei um einen Menschen handelt. Zwei Schritte und ich stehe davor, starre entsetzt auf das, was da vor mir auf dem Boden liegt.

„O Gott“, hauche ich, als ich sie sehe, und das Herz rutscht mir in die Hose. Ich trete noch näher heran und merke, dass sie zwar bewusstlos ist, aber immerhin atmet.

Gott sei Dank. Sie liegt mit geschlossenen Augen auf der Seite, gefesselt an einen umgestürzten, klapprigen Holzstuhl. Ihr Gesicht ist geschwollen und voller Blut, ihre Arme in einem unnatürlichen Winkel nach hinten gebogen und an den Handgelenken zusammengebunden. Ich gehe in die Hocke, ziehe mein Messer aus dem Stiefel und schneide ihre Arme und Beine los. Dann hebe ich ihren schlaffen, zerschundenen Körper auf und haste mit ihr die Stufen hinauf. „Holt den Van!", schreie ich Gunner zu. „Sie ist schwer verletzt!"

„Er hat sie gefunden!", ruft Beast. Die Seven sind immer noch damit beschäftigt, die OTR Kings niederzustechen, doch das hier geht uns jetzt nichts mehr an. Wir lassen sie ihr Werk vollenden, und ich renne aus dem Haus. Im selben Moment biegt der hässliche Van, mit dem wir hergekommen sind, um die Ecke und hält vorm Haus. Die Schiebetür öffnet sich und Brick springt heraus. Hawk sitzt auf dem Fahrersitz, und Smiley, unser Arzt, ist schon bereit und wartet mit seiner Tasche auf uns.

„Ich weiß nicht, wie schwer sie verletzt ist", sage ich eilig. „Aber sie atmet noch. Bringt sie in unser Clubhaus. Das Krankenhaus sollten wir meiden, wenn es geht."

Smiley nickt. „Ich werde mein Bestes tun."

„Ich bin direkt hinter euch auf meiner Maschine."

Brick hebt das Kinn und verzieht die Lippen zu einem grimmigen Grinsen. „Versuch, mitzuhalten!", scherzt er. Dann wird die Tür zugeschoben und der Van rast davon. Ich sprinte zu meiner Maschine. In der Ferne ertönen Sirenen. „Gunner! Die Cops!", schreie ich.

„Fahr los! Wir kommen klar!"

Und das tue ich.

„Sie wird eine Zeit lang ziemliche Kopfschmerzen haben. Aber davon abgesehen geht es ihr gut."

Smiley schließt hinter uns die Tür zu dem Apartment im Clubhaus, in das wir Kylie gebracht haben. „Ich habe die Seilverbrennungen an ihren Hand- und Fußgelenken eingeschmiert und ihr eine Spritze gegen die Schmerzen gegeben. Wenn sie aufwacht, können wir stattdessen auf Tabletten umsteigen, aber jetzt lassen wir sie erst mal schlafen."

„Bist du sicher, dass es ihr gut geht? Sie …" Die Erinnerung daran, wie ich sie da unten gefunden habe, strömt wieder auf mich ein und raubt mir für eine Sekunde den Atem. Ich räuspere mich. „Sie sieht aus, als wäre sie übel zusammengeschlagen worden."

„Sie wird wieder, Hale", beruhigt mich Lucy und schenkt mir ihr unerschütterliches Lächeln. Lucy ist Gunners Mutter und Smileys Old Lady, außerdem ist sie auch Krankenschwester. Sie ist sofort zum Clubhaus gefahren, als Smiley sie angerufen und ihr die Situation geschildert hat. „Sie ist jung und kräftig. Sie wird sich erholen."

„Was ist mit ihrem Kopf?", frage ich. Ich versuche, mich zusammenzureißen, doch bei den letzten Worten wird meine Stimme brüchig.

„Ich will hier nichts beschönigen, sie hat wahrscheinlich eine Gehirnerschütterung", sagt Smiley. „Aber wir müssen abwarten, wie es ihr geht, wenn sie aufwacht. Sie wird viel Ruhe brauchen, und wir müssen sie genau im Auge behalten."

„Ich gehe nicht weg hier", belle ich. „Ich werde die ganze Zeit bei ihr bleiben. Sagt mir, wonach ich Ausschau halten muss."

„Probleme beim Sehen oder Hören. Probleme mit dem

Gleichgewicht oder der Koordination. Reflexe. Kraft. Erinnerungsvermögen. Konzentration.“

Lucy sieht mich lange an, dann legt sie eine Hand auf meinen Unterarm. „Sie wird sich erholen, Hale“, sagt sie sanft.

„Ja.“ Ich weiß nicht, ob sie die Wahrheit sagt, aber im Moment muss ich daran glauben.

Angel kommt durch den Flur auf uns zu. „Geht’s ihr gut?“ Er nickt in Richtung der geschlossenen Tür.

„So gut es ihr im Moment eben gehen kann“, erwidert Smiley. „Sobald sie aufwacht, wissen wir mehr.“

Lucy und Smiley gehen nach unten und lassen mich mit dem Präsidenten allein.

„Ist sie der Grund dafür, dass du noch eine Weile in Ironwood bleiben wolltest?“, fragt er.

„Ja.“

Er nickt ernst. „Ich nehme an, dass dieser Plan jetzt erst mal auf Eis gelegt ist.“

„Ich hoffe, ich kann sie davon überzeugen, erst nach Ironwood zurückzukehren, wenn es ihr besser geht“, erkläre ich. „Im Moment würde ich sie gerne im Auge behalten, wenn es irgendwie geht.“

„Das geht.“ Er zieht einen Mundwinkel hoch. „Aber unsere Clubmädels werden furchtbar traurig sein.“

„Was meinst du?“

„Es wird ihnen nicht gefallen, dass du jetzt vergeben bist.“

„Dass ich …“ Verdammt noch mal, ich bin jetzt wirklich *nicht* in der Stimmung, mit irgendjemandem über diesen Scheiß zu sprechen, nicht einmal mit meinem Präsidenten. Aber sein Schmunzeln verrät mir, dass er mich nicht einfach so das Thema wechseln lassen wird. „Scheiße, Mann, ja. Ich bin vergeben. Wenn sie mich denn will.“

„Wer ist sie denn eigentlich?“ Er hebt eine Augenbraue.

„Lange Geschichte.“ Ich schüttle den Kopf und stoße ein reumütiges Lachen aus. „Verdammt lang, ehrlich gesagt. Aber ich hoffe, dass sie jetzt ein Ende findet.“

Ich unterhalte mich noch ein paar Minuten mit Angel, doch er merkt, dass ich so schnell wie möglich zu Kylie zurück will, also klopft er mir schließlich auf den Rücken und entfernt sich. Ich sehe ihm nach, öffne dann die Tür zum Apartment und gehe wieder hinein.

Kylie liegt in meinem Bett. Sie sieht furchtbar aus, aber immerhin atmet sie gleichmäßig und scheint im Moment keine Schmerzen zu haben. Ich weiß, dass ich gerade nichts anders tun kann, als zu warten.

Erschöpft gehe ich hinüber zum Sofa und setze mich hin. Ich ziehe mein Handy aus der Tasche, suche nach der Nummer, von der Mal mich heute Morgen angerufen hat, und drücke auf Anruf.

„Hey.“ Er antwortet schon nach einem Klingeln.

„Hey. Seid ihr in Cincy alle noch gut rausgekommen?“

„Ja.“ Ich höre ein Rascheln am anderen Ende der Leitung und seine Stimme wird plötzlich klarer. „Als die Cops angekommen sind, haben sie nur noch einen Haufen toter OTRs gefunden“, gluckst er. „Alle anderen sind rechtzeitig rausgekommen. Wie geht’s Kylie?“

„Sie wird wieder, denke ich. Wir haben sie hier im Clubhaus einquartiert. Unser Arzt hat sich um sie gekümmert. Wahrscheinlich hat sie nur eine Gehirnerschütterung, aber drück die Daumen, dass es nichts Schlimmeres ist. Sie schläft gerade.“

„Das klingt gut“, murmelt Mal.

„Hey, Mal“, fahre ich fort. „Ihr Dad ist immer noch im Krankenhaus, glaube ich. Er fragt sich bestimmt schon, wo sie ist. Kannst du hinfahren und nach ihm sehen? Sag ihm, dass es ihr gut geht, und denk dir irgendeine Geschichte aus, um ihn zu beruhigen. Vielleicht kannst du auch herausfinden, wann sie ihn entlassen."

„Ich kümmere mich darum, Cousin. Mach dir keine Gedanken darüber. Ich fahre gleich hin und melde mich bei dir, sobald ich was Neues weiß."

„Danke."

„Ist doch selbstverständlich", erwidert er lässig. „Wofür hat man denn Familie?"

Die trügerische Schlichtheit seiner Worte bringt mich fast zum Lachen. Zu sagen, dass mein Cousin und ich uns seit Scottys Tod nicht mehr sonderlich nahestanden, wäre eine Untertreibung. Selbst nachdem ich ihm gesagt hatte, woher Scotty die Drogen hatte, und dass ich mir ziemlich sicher war, dass Charlie Sutton ihn für sich damit hatte handeln lassen, hat Mal Kylie nie einen Vorwurf dafür gemacht, dass sie uns nicht gesagt hatte, was mit Scotty los war. Anders als ich. Und das machte mich wütend. Ich hatte das Gefühl, dass Mal sich unserem Freund gegenüber nicht loyal verhielt und einfach nicht verstand, dass Kylie ihn hätte retten können, wenn sie nicht versucht hätte, ihren Dad zu schützen.

Wenn ich jetzt allerdings daran zurückdenke, sehe ich das alles langsam in einem anderen Licht. Vielleicht war es in Ordnung, dass Mal nicht so wütend war wie ich, ich weiß es nicht. Alles, was ich weiß, ist, dass Wut sich manchmal besser anfühlen kann als Trauer, wenn man jemanden verloren hat. Die Wut kann man nach außen richten. Sich ein Ziel dafür suchen. Wenn man trauert, hat man gar nichts, was einem mit all dem Schmerz helfen kann.

Doch Wut kann einen auch dumm machen. Man klammert sich an sie, und sie kann einen wahnsinnig machen. Und zwar sehr.

Nach Ironwood zu fahren und mich meiner Vergangenheit stellen zu müssen, hat mir wieder vor Augen geführt, wie fertig ich nach Scottys Tod war. Und noch Jahre danach.

Doch nun wird mir klar, dass ich damals genau die Menschen aus meinem Leben gedrängt habe, die mir wahrscheinlich hätten helfen können, das Ganze zu verarbeiten.

Die Menschen, die denselben Schmerz verspürten.

„Ja“, stimme ich meinem Cousin zu. „Wofür hat man denn Familie?“

24

KYLIE

„Uff", jammere ich, nachdem ich so viel Wasser getrunken habe, dass ich das Gefühl habe, gleich zu platzen. „Ich hasse diese verdammten Pferdepillen. Ich kann es gar nicht erwarten, die endlich weglassen zu können."

Ich konnte noch nie gut irgendwelche Tabletten schlucken, und was auch immer die Dinger, die Smiley mir gegeben hat, genau sind, sie kleben auf jeden Fall in meiner Kehle. Doch sobald ihre Wirkung nachlässt, verwandelt sich das dumpfe Dröhnen in meinem Kopf in einen verdammten Presslufthammer. Smiley sagt, es wird eine Weile dauern, bis die Kopfschmerzen besser werden, aber er wirkt ziemlich zuversichtlich, dass ich am Ende wieder ganz gesund werde.

„Ich weiß." Jewel grinst. „Die sind scheiße. Aber du musst sie weiter nehmen. Tu es für mich. Wenn Hale zurückkommt und herausfindet, dass du die Anweisungen nicht befolgst, bin *ich* diejenige, die er zur Schnecke macht."

Es ist das erste Mal, dass Cam mich aus den Augen lässt, seit der MC mich gerettet hat. Das ist jetzt vier Tage her, so lange hat es gedauert, ihn davon zu überzeugen, dass ich schon nicht tot umfallen werde, wenn er das Clubhaus für eine Stunde verlässt. Er ist nachhause gefahren, um sich frische Kleidung zu holen, und ich glaube, er will danach noch in die Werkstatt des Clubs, um ein wenig an seiner Maschine zu schrauben. Er hat mir versprochen, bis zum Abendessen wieder zurück zu sein, und sein Gesichtsausdruck war dabei so ernst und aufrichtig, dass es mich zum Lachen gebracht hätte, wenn es nicht so rührend gewesen wäre.

Seit ich in diesem fremden Bett, in diesem fremden Raum in seinem Clubhaus aufgewacht bin, mit Cams besorgtem Gesicht über mir, ist er mir nicht ein einziges Mal von der Seite gewichen. Er war rund um die Uhr hier, um sicherzustellen, dass ich meine Medikamente nehme, genug schlafe und nicht vergesse zu essen. Ich musste keinen Finger rühren. Er stellt auch sicher, dass es hier nicht zu laut ist, weil sonst mein Kopf wehtut. Er hat es sogar geschafft, den Clubpräsidenten Angel zu überreden, ein Partyverbot im Clubhaus zu verhängen, bis ich wieder fit genug bin, um es zu verlassen.

Ich hoffe, das wird morgen sein. Cam hat versprochen, mich nach Ironwood zu fahren, damit ich meinen Dad besuchen kann, wenn es mir gut genug geht. Dad fängt heute mit seiner Krebstherapie an, und ich möchte so gut es geht für ihn da sein. Ich bin mir zwar immer noch nicht sicher, wie ich das alles bezahlen soll, vor allem jetzt, wo ich vermutlich eine Weile nicht in der Lage sein werde, zu arbeiten, bis es meinem Kopf besser geht. Doch darüber mache ich mir jetzt keine Gedanken. Ich habe noch das Geld von der letzten Tour, die ich für den Ironwood MC übernommen habe, und das ist schon mal ein Anfang.

Ich weiß auch nicht genau, wie es weitergeht, falls ich

morgen hier rauskomme. Ich habe mit Cam noch nicht darüber gesprochen, wo ich danach hingehe, doch hier im Clubhaus will ich jedenfalls nicht länger bleiben. Ich habe ein schlechtes Gewissen, weil die Männer nicht feiern dürfen, während ich hier bin. Jewel sagt zwar, dass alle damit einverstanden sind, aber ich will ihre Gastfreundschaft nicht überstrapazieren.

Als ich alle meine Medikamente genommen habe und Jewel zufrieden ist, wirft sie einen Blick aus dem Fenster. „Möchtest du heute mal versuchen, nach draußen zu gehen?“, fragt sie. „Es ist wirklich schönes Wetter. Die Sonne scheint zwar, aber wir können dir einen Hut und eine Sonnenbrille aufsetzen. Ich glaube, es wird dir guttun, an die frische Luft zu kommen.“

Ich nicke. „Die Idee gefällt mir. Aber zuerst muss ich duschen und mir was Frisches anziehen.“ Cam hat mir ein paar von meinen Sachen aus Ironwood bringen lassen – wie er das genau bewerkstelligt hat, weiß ich allerdings nicht. Die Sachen waren einfach plötzlich da.

„Klingt gut. Ich warte einfach hier.“ Jewel zieht ihr Handy aus der Tasche.

„Du kannst auch schon nach unten gehen, wenn du möchtest“, biete ich an. „Und ich komme dann nach, wenn ich fertig bin.“

„O nein!“ Jewel lacht. „Ich will Hale später sagen können, dass ich dich nicht aus den Augen gelassen habe. Du weißt ja, wie er ist.“

Ich muss kichern. „Ja, das weiß ich.“

Während ich mir im Badezimmer des Apartments eine lange, heiße Dusche genehmige, kann ich nicht umhin, darüber nachzudenken, wie beschützerisch Cam sich mir gegenüber verhält, seit sie mich gerettet haben. Ich gebe mir die größte Mühe, nicht zu viel hineinzuinterpretieren, doch es gelingt mir nicht ganz, mein dummes Herz davon abzuhalten, sich gewisse Hoffnungen zu machen.

Denn es ist nun mal eine Tatsache, dass ich mich irgendwie in Cam verliebt habe. Meine Gefühle gehen mittlerweile weit über die Schwärmerei zu Highschoolzeiten hinaus. Und sie übertreffen auch das enorme Verlangen, jedes Mal seine Hände auf meinem Körper spüren zu wollen, wenn wir uns im selben Raum aufhalten.

Ich sehne mich nach ihm. Ich will ihn. Ich kann nicht aufhören, an ihn zu denken. Und ich wünsche mir mehr als alles andere, dass er mich nicht mehr hasst.

Nein, das stimmt nicht ganz.

Was ich mir mehr wünsche als alles andere, ist, dass Cam mich genauso sehr liebt wie ich ihn.

Seufzend drehe ich das Wasser ab und greife nach dem Handtuch. Ich trockne mich ab und schlüpfe dann in ein bequemes T-Shirt und meine Lieblings-Yogahose. Als ich das Badezimmer verlasse, hebt Jewel den Blick und nickt in Richtung meines Handys, das auf dem Tisch liegt.

„Jemand hat dich angerufen, während du da drin warst“, informiert sie mich.

„Wahrscheinlich Cyndi“, erwidere ich. „Sie will bestimmt wissen, ob ich wirklich morgen komme.“

Die arme Cyndi war völlig aufgelöst, als ihr klarwurde, dass ich vermisst wurde. Als ich nicht wie geplant zu dem Treffen mit ihr und ihren Freunden in dieser Bar auftauchte, rief sie ganz panisch bei Mal an, denn wenn sie es bei mir versuchte, wurde sie sofort auf die Mailbox umgeleitet, und sie rechnete schon mit dem Schlimmsten. Als Mal ihr schließlich eine abgespeckte Version dessen erzählte, was vorgefallen war, flehte sie ihn an, Cam zu sagen, dass er mir ein neues Handy besorgen solle, denn meines hatten mir die OTR Kings ja abgenommen, und sie wollte unbedingt mit mir sprechen können. Dieses hier ist zwar nur ein billiges Wegwerf-Handy, aber im Moment ist es meine einzige Verbindung zu Cyndi, und ich bin sehr dankbar dafür.

Ich schnappe mir das Telefon und gehe mit Jewel nach unten. Auf dem Weg nach draußen holt sie noch eine große Sonnenbrille und einen breitkrempigen Hut für mich, die sie von zuhause mitgebracht hat. Dankbar setze ich beides auf und wir gehen hinaus in den Sonnenschein. Es ist so hell, dass ich die Augen zusammenkneifen muss – es fühlt sich an, als hätte die Sonne heute besonders viel Power –, aber ich werde ganz bestimmt nicht wieder reingehen. Es fühlt sich viel zu gut an, die Wärme auf meinen nackten Armen zu spüren, und die leichte Brise in meinem Haar.

Da es keine Liegestühle gibt, klettern wir stattdessen auf zwei der Picknicktische, die einzigen richtigen Möbelstücke hier draußen. Jewel scheint meine Gedanken gelesen zu haben, denn sie murmelt: „Wir sollten hier wirklich mal bequemere Sitzmöglichkeiten aufstellen." Sie legt sich vorsichtig auf einen der Tische und faltet die Hände über ihrem runden Bauch.

„Wann ist denn dein Termin?", frage ich sie.

„In acht Wochen. Ich kann es gar nicht erwarten, dass das Baby endlich rauskommt", scherzt sie.

„Habt ihr euch schon für Namen entschieden?"

„Es stehen noch ein paar zur Debatte. Die Mädchennamen waren komischerweise sehr einfach. Aber die Jungennamen, die Angel gefallen, mag ich nicht, und andersrum ist es genauso."

„Und wer wird am Ende gewinnen?", frage ich grinsend.

„Diejenige, die diese Wassermelone aus ihrer Vagina pressen muss", antwortet Jewel und zwinkert mir zu.

Ich lache gackernd, während ich Cyndis Nummer auf

dem Wegwerf-Handy auswähle. Sie freut sich, von mir zu hören, und ist hellauf begeistert, als ich ihr erzähle, dass ich nach wie vor plane, morgen nach Ironwood zu kommen. Sie und Mal haben mir geholfen, die schlimmsten Details dessen, was mir zugestoßen ist, vor meinem Dad zu verheimlichen. In der Version der Geschichte, die er kennt, bin ich auf dem Gehweg gestürzt, als ich in Tanner Springs einen Freund besucht habe, und mit dem Kopf auf dem Asphalt aufgeschlagen. Damit wären die grundlegenden Aspekte abgedeckt.

Cyndi erzählt mir, dass sie und Mal meinen Vater im Auge behalten und er sich darauf freut, mit der Krebstherapie anzufangen. Wir plaudern noch ein paar Minuten, und als ich schließlich auflege, schicke ich ein weiteres stilles Gebet hinauf zum Himmel, damit mein Vater wieder gesund wird.

Nachdem das nun erledigt ist, strecke ich mich auf meinem eigenen Picknicktisch aus, ziehe mir den Hut übers Gesicht, um mich vor der Sonne zu schützen, und lasse mich von den leisen Motorengeräuschen in der Ferne und der Wärme der Sonne auf meinem Körper in den Schlaf wiegen. Bevor ich weiß, wie mir geschieht, träume ich schon. Ich bin wieder an der Highschool. Scotty ist bei mir, und wir sind mit einem Haufen anderer Leute in einem Park und lachen. Er nimmt meine Hand und führt mich zu einer Baumgruppe, weg von den anderen. Doch als er sich wieder zu mir umdreht, sehe ich, dass Scotty verschwunden ist und stattdessen Cam vor mir steht. Er sagt irgendetwas zu mir, doch ich kann seine Worte nicht verstehen.

Es ist tatsächlich Cams Stimme, die mich aus dem Traum zurück in die Wirklichkeit bringt. Ich höre ihn mit Jewel sprechen, in dem leisen, rauen Tonfall, den ich so gut kenne. Ich blinzle, schiebe mir den Hut aus dem Gesicht und setze mich auf.

„So ist das also, kaum bin ich mal ein paar Stunden weg, sitzt du hier draußen und sonnst dich“, meint Cam und zwinkert mir zu. „Bist du dir sicher, dass du die Sache mit der Kopfverletzung nicht die ganze Zeit nur simuliert hast?“

Jewel lacht und ich falle mit ein und schüttle den Kopf. Ich kann nicht umhin zu bemerken, wie *fröhlich* Cam wirkt. Der Kontrast zu der üblichen düsteren, mürrischen Laune, die er in Ironwood in meiner Gegenwart immer an den Tag gelegt hat, ist bemerkenswert, und steht auch im Gegensatz dazu, wie ernst und besorgt er die ganze Zeit war, seit er mich hier nach Tanner Springs gebracht hat.

Ich schätze, es hat ihm gutgetan, eine Weile von mir wegzukommen, sagt eine leise Stimme in meinem Kopf. Der Gedanke versetzt mir einen Stich.

„Ich fühle mich besser“, sage ich und versuche, mir meine Traurigkeit nicht anhören zu lassen. „Es ist schön hier draußen.“ Ich hebe die Arme und strecke mich wie eine Katze.

„Ja. Sieht aus, als würde dir das guttun.“ Er nickt zufrieden und hält dann einen Moment inne. „Also, meinst du, du fühlst dich gut genug für eine kleine Ausfahrt?“, fragt er. „Ich würde dir gerne was zeigen.“

„Auf deinem Motorrad?“, frage ich misstrauisch.

„Nein. Zu laut. Ich habe mein Auto mitgebracht.“

Ich spähe zu Jewel hinüber, die mir ein ermutigendes Lächeln schenkt. „Geh ruhig. Das wird dir guttun. Ich bin noch eine Weile hier, aber falls ich schon weg sein sollte, wenn du wiederkommst, sehen wir uns bald.“

„Okay.“ Ich stehe auf und umarme Jewel, wobei ich mich ein wenig um ihren großen Bauch herumbeugen muss. „Ich danke dir. Für alles.“

„Kein Problem. Wer mit Hale *befreundet* ist, ist auch ein Freund unseres Clubs.“ Beim Wort ‚befreundet‘ wackelt sie vielsagend mit den Augenbrauen, und ich laufe rot an und versuche, die Implikation zu ignorieren.

„Bist du schon abfahrtbereit?“, fragt mich Cam. „Oder musst du noch mal reingehen?“

Ich denke kurz nach. „Ich glaube, ich bin bereit. Ich habe nichts oben, das ich brauche.“

„Okay, dann lass uns fahren.“ Cam greift nach meiner Hand und umschließt sie mit seiner eigenen großen Pranke. Er tut das so beiläufig, dass er mich damit völlig überrumpelt. Ich versuche, mein Erstaunen zu überspielen, und lasse mich von ihm zu einem relativ neuen schwarzen Mustang führen. Er öffnet die Tür für mich und hilft mir beim Einsteigen.

„Wo fahren wir denn hin?“, frage ich, als er auf den Fahrersitz gleitet.

„Ich dachte, du würdest vielleicht gerne ein bisschen mehr von Tanner Springs sehen als nur das Innere des Clubhauses“, erwidert er. „Da du ja nicht wirklich was mitbekommen hast, als wir dich hergebracht haben.“ Er startet den Motor, und der Wagen stößt ein sanftes Brüllen aus, das dann zu einem Schnurren wird. „Und dann, nach der großen Tour, will ich dir noch was anderes zeigen.“

25

KYLIE

Während wir fahren, späht er zu mir hinüber. „Lehn dich einfach zurück und entspann dich. Und sag Bescheid, falls dir das Fahren etwas ausmacht, dann bringe ich dich wieder zurück."

Diese seltsame, zuvorkommende Seite von Cameron Hale bringt mich ganz durcheinander – und meine Eierstöcke auch. Ich war so daran gewöhnt, dass er mich hasste, und dann daran, dass er mich irgendwie doch nicht hasste, aber mich auch nicht sonderlich mochte. Ich weiß nicht genau, wie ich mit dieser Version von Cam umgehen soll. Während der Fahrt wirft er mir immer wieder besorgte Blicke zu, wie um sich zu vergewissern, dass es mir gut geht. Er macht das so oft, dass ich irgendwann die Augen verdrehe und seufze. „Cam. Ich verspreche dir, dass ich Bescheid sage, wenn ich mich nicht gut fühle, okay?"

Er runzelt die Stirn, wirkt aber belustigt. „Das wäre auch besser so", droht er, richtet seine Aufmerksamkeit danach aber zum Glück nach vorne. Langsam lenkt er den Mustang durch die Straßen, so langsam, dass ich mir sicher bin, dass er es meinetwegen tut. Ich will schon fast etwas sagen, bin mir aber ehrlich gesagt nicht sicher, wie viel Bewegung mein Kopf tatsächlich verträgt. Also lehne ich mich einfach zurück und lasse mich von ihm herumkutschieren.

Er fährt mich durch die Innenstadt und macht mich auf diese Bar oder jenes Diner aufmerksam. Irgendwann deutet er auf einen Coffeeshop namens *The Golden Cup* und erzählt mir, dass er der Old Lady eines seiner MC-Brüder gehört. Dann kommen wir am Krankenhaus vorbei und ich erfahre, dass Lucy und auch die Old Lady von Gunner, Isabel, dort arbeiten. Nach einer Weile fällt mir auf, dass er mir ziemlich viel über die Old Ladys des Clubs erzählt, doch ich frage ihn nicht, warum.

Irgendwann lenkt Cam den Wagen aus der Innenstadt und in ein Wohnviertel. Mittlerweile starre ich nur noch aus dem Fenster und genieße den Ausblick, daher frage ich nicht, wohin wir fahren, bis er schließlich vor einem einstöckigen, grau-weißen Haus anhält. Er stellt den Wagen ab und ich drehe mich zu ihm um und sehe ihn fragend an.

„Mein Zuhause", murmelt er.

Ich hebe die Augenbrauen, doch er sieht mich nicht an. Er stellt nur den Motor ab und kommt herüber auf die Beifahrerseite, um mir aus dem Auto zu helfen.

„Cam, ich bin doch kein Pflegefall", beschwere ich mich.

„Doch, das bist du", korrigiert er mich. „Außerdem dachte ich, dass Frauen auf diesen Kavaliermist stehen?"

Das bringt mich zum Lachen. „Ja, ich schätze, das tun wir", gebe ich zu.

Ich frage ihn nicht, warum wir hier sind, und er sagt es mir auch nicht. Ich schätze, ich werde es früh genug herausfinden, also folge ich ihm einfach zur Haustür. Er lässt mich hinein und meint, ich solle mich ganz wie zuhause fühlen.

Dann verschwindet er für ein paar Minuten im hinteren Teil des Hauses und ich ergreife die Gelegenheit, um mich ein wenig umzusehen. Sein Wohnzimmer ist viel hübscher und ordentlicher, als ich gedacht hätte. Die Einrichtung wirkt zwar ziemlich männlich, sieht aber viel bequemer und stilvoller aus als erwartet. Wohnlich. Ich kann mir gut vorstellen, dass er hier lebt. Ich schlendere hinüber in die Küche und werfe einen Blick in den Kühlschrank. Überraschenderweise sind tatsächlich Lebensmittel darin. Irgendwie hatte ich damit gerechnet, nicht mehr als ein paar Bierdosen und vielleicht ein Glas saurer Gurken darin vorzufinden.

Ich höre Schritte im Flur und zucke zusammen. Schnell schließe ich den Kühlschrank, allerdings nicht schnell genug. Cam kommt in die Küche und sieht mich. „Spionierst du mich etwa aus?", fragt er amüsiert.

„Irgendwie schon", gestehe ich. „Es ist seltsam, zu sehen, wo du wohnst. Die Einrichtung ist viel weniger junggesellenmäßig, als ich erwartet hatte."

„Junggesellenmäßig?", fragt er grinsend. „Was ist das denn bitte für ein Wort?"

„Ein ganz normales Wort", antworte ich und recke trotzig das Kinn.

„Vielleicht für eine Frau mit einer Gehirnerschütterung."

„Hey!" Ich schnappe mir das Geschirrtuch, das am Kühlschrank hängt, und werfe es nach ihm, doch er fängt es ohne Probleme auf. Bevor ich mich versehe, hat er die Küche durchquert, legt das Tuch um mich und zieht mich damit zu sich heran.

„Du fühlst dich definitiv besser", stellt er mit rauer Stimme fest. „Deine Streitsucht ist jedenfalls zurück."

„Streitsucht?", wiederhole ich schnaubend, doch mein Herz klopft ganz schnell. „Was ist das denn bitte für ein Wort?"

„Ein ganz normales Wort“, murmelt Cam und streicht mit den Lippen sanft über mein Ohr. „Um eine unfassbar nervtötende Frau zu beschreiben.“ Er neigt sein Gesicht zu mir herunter und beginnt mich zu küssen, sanft und doch fordernd. Mir wird ein wenig schwindlig, doch ich bin mir ziemlich sicher, dass das nichts mit meiner Gehirnerschütterung zu tun hat. Ich erwidere seinen Kuss, und seine Nähe macht mich so benommen, dass ich ganz vergesse zu atmen, bis er sich schließlich von mir löst.

„Das war …“ Ich schnappe nach Luft. „Wow.“

„Ja. Das will ich jetzt schon seit Tagen tun.“ Seine Stimme klingt belegt. „Ich bin froh, dass ich dich wiederhabe, Ky. Du hast mir einen ganz schönen Schrecken eingejagt, weißt du das?“

Na wunderbar, jetzt kommt der Teil, wo Cam mir den Arsch aufreißt, weil ich alleine nach Cincy gefahren bin. Er hat zwar noch kein Wort darüber verloren, vermutlich, weil er warten wollte, bis es mir besser geht, aber ich wusste die ganze Zeit, was auf mich zukommt. Ich atme einmal tief durch und warte darauf, dass er anfängt, mich anzuschreien, doch das tut er nicht. Stattdessen beugt er sich vor, schiebt einen Arm unter meine Knie und hebt mich hoch.

„Was machst du denn da?“, hauche ich, und mein Herz fängt wieder an zu klopfen.

„Ich bringe dich ins Bett.“ Er stößt ein tiefes, kehliges Kichern aus, während er mich in sein Schlafzimmer trägt. „Im Clubhaus hat man ja kein bisschen Privatsphäre, da will alle drei Minuten irgendjemand nach dir sehen.“ Er sieht auf mich herab, seine Augen sind dunkel und voller Verlangen. „Ich weiß, dass du dich immer noch erholen musst, und wir werden nicht weiter gehen, als für dich in Ordnung ist. Aber wenn ich richtigliege, dann wünschst du dir das schon seit einem Tag oder so genauso sehr wie ich.“

Mir stockt der Atem. „Mindestens genauso sehr“, flüstere ich.

Ganz behutsam setzt Cam mich auf dem Bett ab, doch die Beule in seiner Hose lässt keinerlei Zweifel daran aufkommen, dass er sich ganz schön anstrengen muss, um sich zurückzuhalten. Meine Haut kribbelt, und meine Mitte fühlt sich heiß und feucht an, als er sich erst die Kutte und dann das Shirt auszieht. Dann steht er da, riesig und unerträglich sexy. Einen Moment lang scheint er sich nicht sicher zu sein, was er als nächstes tun soll, und ich weiß, dass das daran liegt, dass er mir nicht wehtun will.

Also übernehme ausnahmsweise einmal ich die Führung.

Ich knie mich auf das Bett und ziehe ebenfalls mein T-Shirt aus, und dann auch den BH. Dann strecke ich die Hände aus, öffne den Knopf und den Reißverschluss seiner Jeans und ziehe sie nach unten, bis sein Schwanz herausspringt. Eine Sekunde lang zögere ich, strecke dann erneut die Hand aus und lege sie um seinen dicken Schaft.

Cam stöhnt. „Fuck“, zischt er. „Mein Gott, fühlt sich das gut an.“

Ganz langsam beginne ich zu pumpen und liebe es, wie schwer und heiß er sich in meiner Hand anfühlt. Ich habe das noch nie über einen Mann gedacht, aber sein Schwanz ist wunderschön. Cam beugt sich nach unten und umfasst mit den Händen meine Brüste, seine Daumen gleiten aufreizend über meine Nippel und ich werde noch feuchter zwischen den Beinen. Ich lehne mich vor und nehme seine Spitze zwischen die Lippen, lasse meine Zunge über seine seidige Haut gleiten. Er schmeckt salzig und einfach köstlich, und plötzlich wünsche ich mir nichts mehr, als ihn so zum Kommen zu bringen, wünsche mir, dass er jede Kontrolle verliert, und dass ich es bin, die ihn dazu bringt.

Cam lässt mich etwa eine Minute lang gewähren, dann jedoch entzieht er sich sanft meinem Griff. „Nicht heute", murmelt er. Er tritt einen Schritt zurück und zieht seine Jeans ganz aus, dann beugt er sich über mich und hilft mir dabei, meine eigene auszuziehen. Schließlich drückt er mich zurück aufs Bett und positioniert sich zwischen meinen Oberschenkeln.

Ich halte den Atem an und muss einen Aufschrei unterdrücken, als ich seine Zunge an meiner Mitte spüre. Meine Beine fallen auseinander, und mein Körper unterliegt plötzlich seiner Kontrolle. Er küsst mich, kostet mich, neckt mich so sanft, dass ich das Gefühl habe, auf sanften Wellen zu treiben, die mich immer höher tragen, und als die Wellen über mir zusammenschlagen, rufe ich seinen Namen. Mein ganzer Körper erbebt unter einem so machtvollen Orgasmus, wie nur er ihn mir schenken kann. Niemand hat meinen Körper je auch nur halb so gut gekannt, und niemand wusste je so gut, was ich brauche, wie Cam es tut. Als er sich wieder aufrichtet und in mich eindringt, treffen sich unsere Blicke, und obwohl keiner von uns auch nur ein Wort sagt, ist eigentlich schon alles gesagt.

Cams Stöße sind tief und langsam. Seine Finger sind mit meinen verschränkt und drücken sich auf beiden Seiten neben mir in die Matratze. Seine Augen weichen keine Sekunde von meinen, während er langsam schneller wird. Als sich ein zweiter Orgasmus in mir aufbaut, fange ich an zu stöhnen. Kurz bevor ich komme, hebt Cam die Mundwinkel zu einem sanften Lächeln. Dann versteift er sich und ich zerbreche um ihn herum in tausend Teile, während er sich mit einem Aufschrei in mir ergießt. Cam nimmt mich in die Arme und presst mich an sich, während wir beide erbeben, und es fühlt sich an, als hielte er das Einzige im

Arm, das ihn davon abhält, in Millionen von Lichtstrahlen zu explodieren.

Als es vorbei ist – als ich wieder atmen, hören und sehen kann –, hält er mich noch immer. Cams Lippen treffen auf meine, und ich klammere mich an ihn, so von meinen Gefühlen überwältigt, dass ich beinahe Angst davor habe, dass der Kuss irgendwann aufhören könnte. Dass ich Angst davor habe, dass er mir ansehen könnte, wie sehr ich mir wünsche, dass dieser Kuss niemals endet.

Doch irgendwann löst Cam sich von mir und ich zwinge mich dazu, die Augen aufzuschlagen und ihn anzusehen.

„Kylie“, murmelt er. „Scheiße. Es tut mir leid.“

Mir dreht sich der Magen um. *Es tut ihm leid? Ist jetzt der Zeitpunkt gekommen, an dem er das Ganze beendet?* Doch bevor ich den Mund öffnen kann, um zu fragen, was er damit meint, fährt er bereits fort.

„Ich war nie wütend auf dich wegen Scottys Tod“, sagt er und hebt eine Hand, um mir übers Haar zu streichen. „Das weißt du doch, oder?“

„Wa … Was?“ Ich bin völlig perplex. „Du warst stinksauer auf mich! Du hast mich gehasst, Cam. Du wolltest nicht einmal auf der Beerdigung mit mir sprechen. Du hast mir die Schuld dafür gegeben. Ich *weiß*, dass du das getan hast.“ Meine Stimme bricht. „Nicht, dass ich dir dafür einen Vorwurf machen könnte. Ich hätte wissen müssen, dass …“

„Nein. Hättest du nicht. Und verdammt noch mal, selbst wenn du es geahnt hättest, hättest du Scotty nicht von dem abbringen können, was er getan hat. Er hat seine eigenen Entscheidungen getroffen.“ Cam sieht mich an. „Er war in vielerlei Hinsicht ziemlich verkorkst, Ky, aber er war auch ein guter Mensch. Er hat für deinen Dad den Kopf hingehalten, um ihn zu schützen. Das weiß ich. Aber was soll’s, es ist ja nicht so, als wäre Scotty für etwas bestraft worden, was er nicht getan hatte. Alles, was er getan hat, war, deinen Vater da rauszuhalten.

Ja, ich war wütend“, fährt er fort und zuckt mit den Achseln. „Verdammt wütend. Für eine sehr lange Zeit. Aber die Wahrheit ist, dass der Mensch, auf den ich am wütendsten war, ich selbst war. Weil ich dich wollte.“ Cam schnaubt leise. „Das ist total bescheuert, aber es ist wahr. Ich war sauer auf dich, weil ich dich so sehr wollte. Ich habe dir die Schuld gegeben, weil es einfacher war, wütend auf dich zu sein, als mir einzugestehen, dass ich nach der Freundin meines toten besten Freundes verrückt war. Und es hat bis jetzt gedauert, bis ich das begriffen habe, weil ich so ein sturer Esel bin.“

Ich bin völlig überwältigt von seinen Worten und weiß nicht, wie ich darauf reagieren soll. Also antworte ich auf den einzigen Teil, zu dem mir etwas einfällt.

„Du bist kein sturer Esel“, murmle ich. „Naja, ich meine, zumindest kein Esel. Was deine Sturheit angeht, verstehe ich das Argument.“

Cam fängt an zu lachen. Ich liebe den Klang seines Lachens, dieses tiefe, sexy Brummen. Unwillkürlich muss ich lächeln. „Ich wollte dich auch, weißt du“, gestehe ich beinahe flüsternd. „Ich habe mich schrecklich gefühlt. Ich wusste, dass ich mit Scotty schlussmachen sollte, aber ich wusste nicht, wie. Und außerdem war ich mir nie sicher, was du für mich empfunden hast, Cam. Die Hälfte der Zeit hatte ich den Eindruck, dass du mich ganz in Ordnung fandest, aber dann hast du dich wieder so verhalten, als würdest du dir wünschen, dass ich einfach verschwinde.“

„Ich wollte auch, dass du verschwindest. Nur nicht aus den Gründen, von denen du ausgegangen bist. Es war manchmal wirklich Folter, in deiner Nähe zu sein“, gesteht er. „Erinnerst du dich an den Tag, als ich dich nach der

Schule nachhause gefahren habe und wir dort Scotty bei deinem Vater vorgefunden haben? Mein Gott, da war ich im Auto die ganze Zeit steinhart. Ich konnte es kaum ertragen, dir so nah zu sein.“ Er schüttelt den Kopf. „Wenn du die Freundin von irgendjemand anderem als Scotty gewesen wärst, hätte ich keine Sekunde darüber nachgedacht, das zu tun, was mir nur natürlich erschien. Aber du warst eben seine Freundin, und ich habe mich verdammt noch mal dafür gehasst, dass ich auch nur darüber nachgedacht habe. Aber, mein Gott, ich habe oft darüber nachgedacht.“

Zu hören, dass Cam mich auch wollte, und endlich den Grund dafür zu verstehen, dass er sich in meiner Gegenwart so verhalten hat, gibt mir das Gefühl, plötzlich das ganze Puzzle zusammensetzen zu können. All die Male, als er ohne jeden Grund wütend auf mich zu sein schien. All die Male, als er in meiner Gegenwart mit Scotty und Mal Witze riss und dann ganz plötzlich aufstand und den Raum verließ.

„So viele Missverständnisse“, sage ich belustigt. „Mein Gott, das war alles so ein Chaos. Und wir wussten es damals noch nicht einmal.“

„Aber das liegt jetzt alles in der Vergangenheit“, murmelt er. „Wir wurden alle in eine Menge Scheiße verwickelt, die wir weder verstehen noch kontrollieren konnten. Ich habe Jahre damit verbracht, mir selbst einzureden, dass ich dich hasse, wo ich doch eigentlich tief im Inneren genau wusste, dass das Gegenteil der Fall war. Aber damit ist es jetzt vorbei, Ky.“

Mittlerweile sind wir im Bett weiter hoch gewandert. Cam lehnt am Kopfteil und ich schmiege mich an seine Schulter. „Also … Wie geht es jetzt weiter?“, frage ich.

„Jetzt hören wir auf, herumzualbern und uns wie zwei verdammte Kinder zu benehmen“, sagt er entschieden und legt einen Arm um mich. „Ich fahre dich morgen runter nach Ironwood, wie versprochen. Und danach fahre ich meinetwegen jeden Tag mit dir dorthin, wenn du das willst, solange dein Vater noch im Krankenhaus ist und während seiner Krebstherapie. Aber am Ende des Tages kommst du wieder mit mir hierher." Er dreht sich zu mir, seine Augen sind dunkel und entschlossen. „Ich lasse dich diese Scheiße mit deinem Dad nicht allein durchstehen. Und du wirst auch nicht mehr den Drogenkurier für den Ironwood MC spielen."

„Aber Cam", protestiere ich. „Ich habe doch kein Geld. Nichts. Ich muss irgendwie Dads Therapie bezahlen."

„Das ist mir scheißegal", sagt er und unterbricht mich damit. „Dein Dad braucht dich lebendig. Es würde ihn umbringen, wenn dir irgendetwas zustoßen würde. Und mich auch. Ich liebe dich, Kylie. Und ich lasse nicht zu, dass du noch mal dein Leben aufs Spiel setzt, wo dein Dad deine Unterstützung doch gerade so dringend braucht, während er gegen den Krebs kämpft."

Seine letzten Worte habe ich kaum noch mitbekommen. „Was hast du da gerade gesagt?", flüstere ich ganz benommen.

„Zwingst du mich wirklich, es noch mal zu sagen?", knurrt Cam. Er schiebt mir einen Finger unters Kinn und hebt mein Gesicht an. „Ich liebe dich, Ky. Mein Gott, siehst du das denn immer noch nicht?"

„Ich …" Ich schüttle den Kopf und versuche zu sprechen, doch Cameron Hale hat mich völlig sprachlos gemacht.

„Wir werden diese Sache mit deinem Dad gemeinsam durchstehen. Keine Widerrede. Du bist nicht mehr allein damit, Kylie. Verstanden?"

Seine funkelnden Augen bohren sich in meine. Cams Tonfall ist hart, sein Kiefer angespannt.

An einem anderen Ort, zu einer anderen Zeit würde ich jetzt vielleicht denken, dass er sauer auf mich ist.

Aber ich weiß es jetzt besser.

„Verstanden“, flüstere ich.

Die dunklen Wolken in seinem Blick verziehen sich wieder, und er hebt einen seiner Mundwinkel, wenn auch nur ganz leicht. Er nickt. „Gut.“

„Ich liebe dich, Cameron Hale.“

Und dann, einfach so, breitet sich ein Lächeln auf seinem Gesicht aus. Ein wahrhaftiges, aufrichtiges Lächeln. Ein Lächeln, das ich nicht mehr auf seinem Gesicht gesehen habe, seit wir achtzehn waren.

Er lacht. „Mein Gott, es tut gut, das zu hören.“

„Und es fühlt sich sogar noch besser an, es zu sagen“, seufze ich.

„Ja“, stimmt er mir zu. „Das tut es. Bringt mich richtig in Feierlaune.“ Er runzelt die Stirn. „Hm. Scheint, als müsste ich dich auf ein Date einladen oder sowas. Um das Ganze offiziell zu machen.“

„Ich habe da eine bessere Idee.“

„Ach ja? Und die wäre?“

Ich nicke in Richtung der Matratze. „Wie wär’s mit einer zweiten Runde?“

EPILOG

HALE

Wie sehe ich aus?"

Kylie wirft mir einen nervösen Blick zu, während sie sich in ihrer neuen Barkeeper-Uniform hin und her dreht. Sie besteht aus einem schwarzen Tanktop mit kleinen Haken an der Vorderseite, die sich über die gesamte Länge ziehen, und einem Jeansrock, der ihrem Hintern an genau den richtigen Stellen schmeichelt. An den Füßen trägt sie ein Paar schwarzer Converse-Sneakers. In den zwei Monaten, die sie jetzt schon hier in Tanner Springs ist, hat sie etwa fünf Pfund zugenommen, und der Großteil davon ist scheinbar genau auf ihren Brüsten gelandet, wogegen ich absolut nichts einzuwenden habe.

Sie sieht einfach zum Anbeißen aus. Und definitiv auch zum Durchvögeln.

Ich bin mir nicht sicher, wie ich das finde.

„Darin wird dir bestimmt kalt sein", grummle ich.

„Was?" Kylie legt den Kopf schief und wirft mir dann einen wissenden Blick zu. „Du wirst jetzt aber nicht zum Höhlenmenschen, oder, Cam? Es ist nun mal eine Biker-

Bar. Ich kann da ja kaum in einem viktorianischen Kleid aufschlagen, zugeknöpft bis obenhin."

„Ja", murmle ich. „Ich weiß."

„Außerdem ...", fährt sie mit besänftigender Stimme fort und kommt zu mir auf die andere Seite des Wohnzimmers. Sie lässt sich auf meinen Schoß sinken und legt mir die Arme um den Hals. „... sind die Türsteher im Smiling Skull wirklich gut, das hat Jewel sichergestellt. Keiner wird mich anfassen."

„Das ist auch verdammt noch mal besser so", sage ich mit finsterem Blick. „Vielleicht sollte ich mitkommen und mich selbst davon überzeugen."

Doch Kylie lacht nur. „Du kannst doch nicht jedes Mal mit mir zur Arbeit kommen, Cam. Hör. Auf. Dir. Sorgen zu machen. Das wird schon."

Ich weiß, dass sie vermutlich recht hat, aber es gefällt mir einfach nicht. In Gedanken nehme ich mir vor, im Skull anzurufen und den Türstehern dort zu sagen, dass sie es mit mir zu tun bekommen, sollte Kylie irgendjemand zu nahe kommen.

„Gott, ich hoffe, ich stelle mich heute einigermaßen gut an", meint sie besorgt und lehnt ihren Kopf einen Moment an meine Brust. „Ich habe noch nie gekellnert, kannst du dir das vorstellen? Und dabei hatte ich doch schon so viele verschiedene Jobs. Und wie ich höre, geht es im Skull am Wochenende immer ziemlich rund." Sie hebt den Kopf und verdreht die Augen. „O Mann, ich klinge total albern, oder?"

„Ja, denn du schaffst das mit links", sage ich und drücke ihr einen Kuss auf die Stirn.

Ich weiß, dass Kylie ihre Sache dort wirklich gut machen will, auch wenn sie noch nicht weiß, wie lange sie dort arbeiten wird. Das Smiling Skull ist eine Bar außerhalb der Stadt, die unserem MC gehört. Jewel, Angels Old Lady, ist dort die Managerin. Sie hat Kylie als Unterstützung eingestellt, weil sie in den Mutterschaftsurlaub geht. Die Stelle ist wirklich in Ordnung – Vollzeit und gutes Trinkgeld. Außerdem hat Jewel dafür gesorgt, dass ihre Vertretung Kylie vorläufig erst mal einen sehr flexiblem Schichtplan erstellt, damit sie ihren Dad während seiner Krebstherapie besuchen kann.

Kylie hebt den Blick und lächelt mich liebevoll an. „Möchtest du mit mir ins Krankenhaus fahren und Jewel und das neue Baby besuchen, wenn meine Schicht zu Ende ist?“, fragt sie, als sie von meinem Schoß rutscht. „Ich bin heute um vier fertig. Lola hat mich für meinen ersten Tag nur für eine kurze Schicht eingetragen.“

Ich ergreife die Gelegenheit und gebe ihr einen Klaps auf den Hintern, als sie aufsteht. Kylie kreischt und hüpft von mir weg. „Ja, das klingt gut“, sage ich. „Und danach führe ich dich aus.“

„Ein Date? Wie romantisch!“ Sie nimmt ihre Jacke von dem Haken neben der Tür und zieht sie an. „Okay, ich sollte besser losfahren. Wir sehen uns gegen halb fünf!“

Kylie hüpft förmlich aus der Haustür. Ich lache und schüttle den Kopf, doch eigentlich fühle ich mich wie ein gottverdammter König, wenn ich sie so sehe. Kylie ist so glücklich, wie ich sie noch nie erlebt habe. Obwohl ihr Vater noch immer gegen den Krebs behandelt wird. Obwohl wir immer noch nicht genau wissen, wie wir seine Behandlung bezahlen sollen. Obwohl noch so viele Fragen offen sind, wacht mein Mädchen jeden Morgen mit einem Lächeln auf den Lippen auf.

Und natürlich tue ich mein Bestes, um ihr auch jeden Abend eines ins Gesicht zu zaubern.

Direkt nachdem ich Kylie gesagt hatte, dass ich keine einzige Sekunde mehr ohne sie verschwenden würde, ist sie bei mir eingezogen. Im letzten Monat haben wir unser Bestes getan, um auch ihren Dad hierher verlegen zu lassen. Zum einen haben wir hier oben ein sehr gutes Krankenhaus, und zum anderen gehören zwei der Krankenschwestern dort – Lucy und Thorns Old Lady Isabel – zum MC. Sie versuchen, ihm einen Platz in einem Programm zu besorgen, das unversicherten Patienten dabei hilft, ihre Behandlung zu bezahlen. Das wird die Kosten nicht vollständig abdecken können, aber es wird helfen. Und den Rest werden Kylie und ich schon irgendwie stemmen.

Ich trinke meinen Kaffee aus und gehe hinaus in die Garage zu meinem Motorrad. Es ist ein bisschen zu kalt für so eine Fahrt, immerhin ist es schon fast Dezember, aber der Weg zum Clubhaus ist nicht weit und es ist ein heller, strahlender Tag. Perfekt für eine kleine, spätherbstliche Fahrt.

Ich steige auf meine Maschine und werfe den Motor an. Als ich aus der Einfahrt fahre, wandern meine Gedanken zurück zu den vergangenen Monaten. Nicht zum ersten Mal denke ich darüber nach, dass die Dämonen, die Kylies Dad verfolgten, damals eine Kette von Ereignissen in Gang setzten, die am Ende zu Scottys Tod führten.

Damals redete ich mir ein, dass es der dümmste Fehler war, den man begehen konnte, jemandem aus Liebe einen Gefallen zu tun. Doch wenn ich nun darauf zurückblicke, wird mir klar, dass ich da vielleicht falsch lag.

Wie sich herausstellt, war Scotty am Ende zwar körperlich tot, ich jedoch war es innerlich.

Aber all das ist jetzt vorbei. Kylie ist bei mir. In gewisser Weise hat sie mir neues Leben eingehaucht. Und nun gehört alles, was mir gehört, auch ihr, und andersrum genauso.

Ihrem Dad zu helfen, ist kein Gefallen. Keine mögliche Option.

Es ist einfach nur das, was man eben tut, wenn man jemanden liebt.

Liebe kann einen retten. Einen wieder ganz machen. Selbst so einen bemitleidenswerten, wütenden Bastard wie mich.

Es hat sehr lange gedauert, bis mir das klarwurde. Aber jetzt weiß ich es.

Und Kylie war es, die es mich gelehrt hat.

Die Church ist heute eigentlich nur eine reine Formsache, zumindest was richtige Clubgeschäfte angeht. Beast beruft heute die Versammlung in seiner Rolle als VP ein, denn Angel ist noch bei Jewel im Krankenhaus. Wir sprechen hauptsächlich über die gigantische Party, die wir planen, um die Geburt von Angels und Jewels neuem Sohn zu feiern. Natürlich erst, sobald Mutter und Kind genug Zeit hatten, um sich ein wenig zu erholen.

Timothy James Abbott, der zukünftige Lord of Carnage, wurde letzte Nacht geboren, zwei Tage nach Thanksgiving. Heute Morgen haben sich die Lords und ihre Familien schon im Krankenhaus die Klinke in die Hand gegeben, um die frischgebackene Familie zu besuchen. Den Erzählungen von Beast und den anderen konnte ich entnehmen, dass Angel ein verdammt stolzer Vater ist. Er brüstet sich schon überall damit, was sein Sohn für einen festen Griff hat.

Die Old Ladys des Clubs haben sich bereits untereinander darauf geeinigt, wer wann für die neue Familie kocht und so, wenn Jewel und Timothy aus dem Krankenhaus kommen. Ein paar von ihnen, darunter auch Kylie, fahren morgen sogar zu ihnen nachhause, um zu staubsaugen,

Wäsche zu waschen und den Kühlschrank aufzufüllen, damit sie in ein sauberes Heim zurückkehren können und genug zu Essen haben.

Der ganze Club tut sich zusammen, wie die Familie, die wir ja auch sind, um sicherzustellen, dass es unserem Präsidenten und seiner Old Lady an nichts fehlt. Und ich freue mich wie ein Schneekönig, dass Kylie jetzt ein Teil dieser Familie ist.

Ich verbringe mehr Zeit im Clubhaus, als ich eigentlich geplant hatte, und unterhalte mich mit meinen Brüdern. Ich fahre gerade noch rechtzeitig los, um gegen halb fünf zuhause anzukommen, und schiebe gerade mein Motorrad in die Garage, als Kylie mit ihrem Truck dort eintrifft.

„Perfektes Timing“, begrüße ich sie, als ich die Garage wieder verlasse und auf sie zulaufe. „Wie war deine Schicht?“

„Oh, es war gut!“ Kylie strahlt. „Ehrlich gesagt hat es mir total Spaß gemacht.“

„Klingt gut. Zieh dich um, und dann fahren wir ins Krankenhaus. Wir nehmen deinen Truck.“

„Den Truck?“, fragt Kylie verwundert. Normalerweise nehmen wir immer entweder mein Motorrad oder den Mustang, wenn wir zusammen irgendwohin fahren. „Warum denn das?“

„Wirst du schon sehen.“

Ihre Augen fangen an zu leuchten. „Hat das irgendwas mit dem Date zu tun?“

„Vielleicht.“

Kylie stößt ein übertriebenes Seufzen aus. „Du gehst mir wirklich auf die Nerven“, sagt sie, geht aber ins Haus, um sich umzuziehen.

Und ich verbringe möglicherweise ein paar Sekunden damit, ihr auf den Arsch zu starren, als sie geht.

"O MEIN GOTT", haucht Kylie und beugt sich vor, um das winzige Bündel in Jewels Armen zu betrachten. „Sieh ihn dir nur an! Er ist so niedlich!"

„Kräftig und gutaussehend, genau wie sein Daddy." Jewel blickt glückselig auf ihren Sohn hinunter. „Und früher oder später vermutlich auch genauso störrisch. Aber im Moment ist er noch ganz ruhig und friedlich." Jewel stößt einen tiefen, zufriedenen Seufzer aus.

„War Jude schon hier, um ihn zu sehen?", fragt Kylie. Sie spricht von Jewels Bruder.

„Er war sogar letzte Nacht hier", gluckst Angel. „War die ganze Zeit im Wartezimmer. Er war der Erste, der den kleinen Kerl nach Jewel und mir auf dem Arm hatte."

„Ich glaube, er wird ein sehr hingebungsvoller Onkel sein. Wer hätte das gedacht?" Jewel schmunzelt. Dann sieht sie zu Kylie auf und fragt: „Möchtest du ihn mal halten?"

„Darf ich?"

„Natürlich!"

Kylie beugt sich vor und nimmt den Säugling ganz vorsichtig auf den Arm. Sobald sie ihn hält, verwandelt sich ihr Gesichtsausdruck in pure Glückseligkeit. „Cam." Sie flüstert es beinahe, voller Ehrfurcht. „Sieh ihn dir nur an!"

Und das tue ich, auch wenn das Kind für mich genauso aussieht wie jedes andere Baby. Worauf meine Aufmerksamkeit allerdings wirklich gerichtet ist, ist Kylie. Während sie beruhigende Laute von sich gibt und das winzige Babygesicht anlächelt, habe ich das Gefühl, einen Blick auf unsere Zukunft zu erhaschen. Eine Zukunft, die dem Leben von Angel und Jewel gerade verdammt ähnlichsieht. Mit unserem eigenen Baby.

Der Gedanke macht mir nicht annähernd so viel Angst, wie er eigentlich sollte.

„Wir haben ein kleines Geschenk für euch“, murmelt Kylie, während sie sanft auf und ab wippt. Ich reiche es Angel. Sowohl er als auch Jewel fangen an zu lachen, als sie es auspacken. Es ist ein weiches Motorradspielzeug, auf das das Logo der Lords of Carnage gestickt wurde.

„Kylies Idee“, sage ich.

„Es ist perfekt.“ Jewel grinst. „Ich weiß jetzt schon, dass das sein absolutes Lieblingskuscheltier sein wird.“

Wir bleiben noch ein paar Minuten dort, bis Thorn und Isabel hereinkommen und wir beschließen, uns zu verabschieden. Hand in Hand verlassen Kylie und ich das Krankenhaus.

„Ich freue mich so für die beiden“, murmelt sie. „Ich kann einfach nicht glauben, dass sie jetzt Eltern sind.“

„Ich auch nicht“, stimme ich zu. „Aber sie werden das toll machen.“

Wir steigen in den Truck und ich starte den Motor. „Also. Geht jetzt unser Date los?“, fragt Kylie grinsend und hüpft in ihrem Sitz leicht auf und ab.

Ich schalte das Radio an. „Aber sicher.“

Kylie will mich dazu überreden, ihr zu sagen, wohin wir fahren, doch tue so, als würde ich meine Lippen versiegeln, woraufhin sie so tut, als würde sie schmollen. Der Ort, zu dem wir unterwegs sind, liegt ein wenig außerhalb der Stadt, doch wir müssen nicht lange fahren. Es ist zwar erst kurz nach sechs Uhr, doch draußen ist es bereits dunkel. Noch ist der Nachthimmel sehr klar, ich sehe in der Ferne allerdings ein paar Wolken aufziehen.

„Vielleicht sehen wir heute doch noch den ersten Schnee, von dem wir gesprochen hatten“, merke ich an.

Ich bremse auf dem Highway etwas ab und biege auf

eine Seitenstraße ab, neben der ein großes Schild steht. Kylie kennt sich in Tanner Springs noch nicht gut aus, daher hat sie keine Ahnung, wohin wir fahren. Sie lehnt sich in ihrem Sitz vor, um das Schild zu lesen. Als sie die Worte erkennt, stößt sie ein leises, begeistertes Quietschen aus.

„Eine Weihnachtsbaum-Farm?“, ruft sie. „O mein Gott, das ist so toll! Das habe ich noch nie gemacht! Verdammt, ich glaube, ich hatte bisher sogar noch nie einen richtigen Baum!“

„Immerhin feiern wir bald unser erstes gemeinsames Weihnachtsfest, da dachte ich, wir sollten alles richtig machen.“

Kylie ist wie ein kleines Kind, während wir zusammen über die Farm schlendern. Es gibt Apfelwein und heiße Schokolade, und wir sind umgeben von anderen Paaren und Familien.

Eine Weile laufen wir durch die Reihen verschiedener Bäume, und Kylie beschließt, dass wir einen kaufen sollten, der bereits gefällt wurde. Wir gehen hinüber in den Bereich, wo die gefällten Bäume ausgestellt sind, und sie sieht sich praktisch jeden einzelnen Baum genau an, als gehe es bei dieser Entscheidung um Leben und Tod. Währenddessen spricht sie darüber, wo wir ihn aufstellen könnten und wie groß er sein sollte.

„Wir haben aber gar keinen Christbaumschmuck“, sagt sie mit sehr ernstem Gesicht und nippt an ihrer heißen Schokolade. „Darum müssen wir uns noch kümmern.“

Schließlich wählen wir einen aus, der ihr gefällt, und ich bezahle ihn. Just in dem Moment, als wir den Baum auf den Truck laden, fallen die ersten kleinen Schneeflocken.

Kylie dreht sich zu mir um, ihre Augen leuchten. „Es ist so perfekt“, flüstert sie. „Ich kann es gar nicht glauben.“

Ich greife nach ihrer Hand und nehme sie in meine.

„Fröhliche erste Weihnachten, Babe“, murmle ich.

„Fröhliche erste Weihnachten. Ich liebe dich so sehr, Cam“, haucht sie.

„Ich liebe dich auch, Ky“, antworte ich. „Für immer.“

Vielen Dank, dass du HALE gelesen hast!

Das nächste Buch der Lords-of-Carnage-Reihe, BULLET, wird bald erscheinen.

Wenn du zu den Ersten gehören möchtest, die informiert werden, wann Bullets Geschichte erscheint, melde dich für meinen Newsletter an, dann erhältst du eine E-Mail.

https://smarturl.it/daphne_deutsch

Daphne Loveling ist ein Mädchen aus der Kleinstadt, das als junge Erwachsene auf der Suche nach Abenteuern in die Großstadt gezogen ist. Sie lebt mit ihrem fabelhaften Mann und deren zwei Katzen im Mittleren Westen der USA. Eines Tages möchte sie sich an einem Sandstrand zur Ruhe setzen und mit Sand zwischen den Zehen weiterschreiben.

Kontaktiere sie per E-Mail unter daphne@daphneloveling.com

Manufactured by Amazon.ca
Acheson, AB

14609475R00152